Vierfleck oder Das Glück

© 2015 Jung und Jung, Salzburg und Wien
Alle Rechte vorbehalten
Umschlaggestaltung nach einer Fotografie
der Lovers' Lane in Ann Arbor
Druck: Theiss GmbH, St. Stefan im Lavanttal
ISBN 978-3-99027-065-3

KATHARINA GEISER

Vierfleck oder Das Glück

Roman

JUNG
UND
JUNG

für Eugen Esslinger

Legt sich das Glück in dein Nest,
so kannst du es behutsam
überallhin mit dir herumtragen,
es fallenlassen, ausbrüten oder auch
hart kochen, schälen und aufessen,
mit Salz, Senf oder Zucker.

Eben hat Eugen die beiden Kinder bemerkt, die kühn an der Bugspitze des Kursschiffs herumturnen und deren Jacken dünner sind, als es seinerzeit Nachthemden waren. Blondes, unruhiges Haar haben das Mädchen und sein jüngerer Bruder, Gischt flieht den Schiffsrumpf, und die Wellenkämme sind aus Katzengold. Zwei Schwäne bewegen sich aufeinander zu, ein Ufer entfernt sich, während das andere näher rückt, dort schaukeln drei Fischerboote. Hier hat die Mutter sich Kopfhörer aufgesetzt und dämmert mit geschlossenen Augen vor sich hin, und scheinbar ist niemand zugegen, der zu Hilfe eilen könnte, falls eines der Kinder das Gleichgewicht verlieren sollte, sobald es auf noch höher gelegene Metallvorsprünge steigt und sich weit über die Reling vorbeugt, viel zu weit. Wie in diesem Augenblick. Aber auf Eugen ist Verlass.

1907
Jetzt hat der Himmel die Farbe von Sardinen. Aale und Zeppeline, oben und unten. Oder sehr nahe beieinander. Es ist Winter.

Eugen steht in unvertrauter Umgebung an einem Fenster und blickt auf den See. Eine ölige Stille liegt in der frühen Stunde. Auf der Fensterbank des Nachbarhauses steht eine Flasche Apfelwein oder Bier, andere Länder, andere Sitten, schau an, der Winterlaube Zier. Eine Krähe und bald noch eine zweite torkeln über den Dachfirst, Spatzen sind durch Vorfenster und Fenster zu hören, Rinnsale von Schwitzwasser irren über die Glasscheiben. Auf einer fernen Hügelkuppe liegt ein letzter, von Wäldern gesäumter Schneefleck, schön rechteckig und einladend. Wie ein unbeschriebenes Blatt. Aus dieser Entfernung ist es aber nicht größer als ein Daumennagel.

Mit einem Taschenmesser putzt Eugen sich jeden Morgen die Fingernägel, öffnet Briefe, schält Früchte, spitzt Bleistifte an. Seine Hände sind die Hände eines Miederwarenfabrikantensohns. Das Messer hat einen perlmuttbesetzten Schaft und eine goldene Klinge. Manchmal stößt Eugen es in einen Stapel Zeitungen oder in eine Schnecke, zweimal, fünf-, siebenmal.

Mit einem ähnlichen Messer, so hat der Biologe am Vorabend bemerkt, während er die Apfelschalenspirale unter Eugens Hand auffing, hätte mancher Arzt noch vor wenigen Jahren Luftröhrenschnitte vorgenommen.

Eugen sah in die grauen Augen seines Gastgebers.

Kleines Fest der Sinne gefällig, Monsieur?

Dieser Ort scheint ganz schön auf der Höhe der Zeit zu sein. Und doch ist es manchmal besser, etwas nicht zu berühren, als es zu berühren.

Eugen könnte einige Tage beim Biologen Blum und dessen Familie wohnen bleiben. Seine Frau werde für eine Diät aus Nüssen, Milch und eingemachten Äpfeln sorgen, sofern dies der Wunsch seines Gastes sei, so Blum. Aber eine Nacht reicht, ganz nach Plan will Eugen heute die Kur in der anderen Seegemeinde antreten. Auch darum, weil man ohne festen Wohnsitz einen Anker in den Zeitläuften benötigt.

Als er sich vom Fenster abwendet, haben vor seiner Zimmertür die Kinder des Biologen die Flurdielen auf und ab zu hüpfen begonnen, sie hüpfen, quietschen, glucksen, hüpfen. Das will ausgehalten sein. Das hält Eugen aus, denn er braucht sich nur Maxi zu vergegenwärtigen, Maxi mit baumelnden Zwillingskirschen an den abstehenden Ohren, seiner Zahnlücke und den zerkratzten, braunen Beinen. Maxis Glöckchenlachen. Doch damit ist auf der Stelle auch die Unruhe da und bemächtigt sich Eugens Körper. *Flüchtig auf der Hut*, schreibt er in sein kleinformatiges Notizheft. Anschließend wäscht er sich das Gesicht, tupft es mit einem nach Landluft duftenden Tuch trocken, streicht sich über Kinn- und Oberlippenbart und betrachtet das hochanständige Blumenmuster auf dem Wasserkrug. Und muss an Karlsbad denken, sieht sich erneut im Dampf- und Moorbad, wie er die Seife aufbricht – die versiegelte Umhüllung mit dem Löwen und dessen im Wasser schwebender Rute.

In Karlsbad, überlegt Eugen, könnte er eine Familie gründen, in Karlsbad hätte er alle Annehmlichkeiten. Und die Wintermonate ließen sich im Süden, etwa in Sestri Levante, verbringen, wo niemand etwas von einem Paragraphen wüsste. Nur die passende Frau fehlt noch, fehlt nach wie vor. Das muss sich ändern. Jedenfalls darf es keine sein, die ihn erziehen will. Bloß das nicht.

1906
Wieder einmal fasst er Vorsätze. Erstens eine Ausbildung, zweitens soll dem unbedingten Trieb Freude folgen und dem Streben die Tat. Anderen ist das schließlich auch schon gelungen! Abgesehen von der Scala und von Tensis treuer Gesellschaft ist Mailand nämlich nicht mehr zum Aushalten. Eugen hat es satt, im Spiegel seine schmalen Lippen und die angespannten Nasenlöcher zu betrachten. Satt hat er auch seine andauernde Abgeschlagenheit, die sich wie ein einziger Ton im Lochband einer Drehorgel ausnimmt, aufreibend ist das, weil er ein sehr feines Ohr hat. Auch deshalb ist Eugen ein Bewunderer von Maria Barrientos. Die Kurzatmigkeit, die Magenschmerzen und die immer wieder aufflammenden Hautausschläge will er fortan nicht mehr einfach hinnehmen. Und weil dem Streben die Tat folgen muss, und zwar ab sofort, raucht er Zigaretten (gegen die Atemnot), gegen die Magenschmerzen trinkt er körperwarmen Hafer-Kakao, Fleur d'oranger wird von nun an immer griffbereit sein, und zuweilen will er sich tagelang ausschließlich von Milch ernähren. Leider war die Rippenkreppwäsche ein Reinfall, darum setzt Eugen jetzt all seine Hoffnung auf die neue Bauchbinde. Doch wie seine Ausbildung aussehen soll, kann er sich noch nicht so ganz vorstellen, genau genommen überhaupt nicht. Als erstes verkauft er seine *residenza*, danach nimmt er eine weitere Reise durch Italien in Angriff; Stiefel hinunter und wieder hinauf, hin und her. Die Enttäuschungen lassen nicht auf sich warten.

Also fährt Eugen im Sommer nordwärts. In Zermatt kauft er sich eine Bergsteigerausrüstung, das Beste vom Besten. Höhenluft dürfte auch seinem Fingerkuppenekzem gut tun, der Haut überhaupt. Keifend gelbgrüne und sattorange Flechten flecken den Granit, als Eugen oberhalb von Zermatt mit Pickel und Steigeisen unterwegs ist. Er nimmt es gemütlich. In nahezu festlicher Laune erwidert er die Grüße der Wandersleute, die ihn überholen oder ihm entgegenkommen. Auf kahlem, geschichtetem Fels winden sich Arven neben aufrecht wachsenden Lärchen. Drollig fette Murmeltiere pfeifen, und ein Adler oder Geier äugt von oben, kreist lange, zieht ab. Edelweiß lockt zu abschüssigen Stellen. Wo steckt man sich ein Büschelchen davon hin? An einem Tümpel auf halbem Weg zur Berghütte verfolgt Eugen den Flug von Libellen. Hier trifft er auf den Biologen, der Biologe auf ihn.

Schillebolde, französisch *demoiselles*, finden sich versteinert schon im Jura, im Miozän und im Bernstein, beginnt der Biologe. Auch der Fachmann weiß nur wenig. Allein durch ihre Flugweise können wir immerhin die großen von den kleinen Arten unterscheiden. Die kleinen Libellenarten gaukeln wie Schmetterlinge in hüpfendem Flug, die großen hingegen sind an ihrer schneidigen, gleichsam erregten Flugweise zu erkennen. Und ist Ihnen bekannt, verehrter Wandervogel, dass Libellen mühelos rückwärts fliegen können? Als einzige Insekten vollführen sie ein perfektes horizontales Staccato.

Tannenspitzengrün steht vor einem satten Augusthimmel. Kleine Lichter springen über das Wasserkräuseln. Und plötzlich ist der Vorhang für Goldpippau und Teufelskralle aufgezogen.

Eugen hätte sich nie träumen lassen, eines schönen Tages das Matterhorn zu bezwingen. Aber er tut es. Über den Hörnligrat. Mit fünfunddreißig Jahren. Der Biologe kann es bezeugen.

Später ruht Eugen sich im Grand Hôtel Victoria auf seinen Lorbeeren aus. Und wenige Wochen darauf steht er auch noch auf der Zugspitze, wieder mit feuchten Augen, arg entkräftet, aber stolz. Stolz – kein schlechtes Gefühl.

1904
Drei Mokkatassen klirren.

Kaum kriegt der Bengel ein Stück Kuchenrand, wird er schon unverschämt!

Die gellende Stimme der Mutter versetzt Eugen einen Stich, immer noch. Der von klein auf gefürchtete Ton. Sich nur nichts anmerken lassen, möglichst Ruhe bewahren. Eugen sieht, wie Maxi die Tränen in die Augen schießen. Dabei hat der kleine Junge ihn bloß etwas gefragt. Warum er (sein Onkel) keine Kinder habe, hat Maxi wissen wollen. Doch derartige Fragen darf man am Vespertisch der Mutter (der Großmutter) keinesfalls stellen. Maxi wagt jetzt nicht einmal, die Tränen abzuwischen. Stattdessen sitzt er mit steifem Rücken, unnatürlich langem Hals und am weißen Tischtuch festgefrorenen Händchen da. Emma (Eugens Lieblingsschwester) steckt die gestärkte, gerollte Serviette in einen gepunzten Ring.

Schau mich an, wenn ich mit dir rede, Emma!, fährt die Mutter fort. Es ist höchste Zeit, dass du deinem Balg nicht nur den Hintern versohlst, sondern ihn endlich auch zum Kindergefängnis führst!

Da streicht Eugen Maxi rasch übers struppige, vergeblich gebürstete Haar. Ich brauche keine eigenen Kinder, ich hab ja dich, flüstert er.

1902
Die Moral ist ein nervöses Tier und frisst Eugen aus der Hand, leckt, beißt ihn wund, nicht nur in Berlin. Hier in Berlin aber hat Freund Frieder ihm irgendwann einen

Stadtplan gegeben, auf dem alle wichtigen Treffpunkte blau angestrichen waren, fast achtzig an der Zahl, darunter das Voo-Doo an der Skalitzer Straße, das Café Fritz an der Neuen Grünstraße und das Café Nordstern an der Linienstraße (dem Kellner Erich sei dort Beachtung zu schenken, hatte Freund Frieder gesagt), das Hollandaise unter dem Hochbahnbogen der Bülowstraße, Köhlers Festsäle, wobei die Jours der Gleichgesinnten nur am Donnerstag, Samstag und Sonntag stattfänden, bestimmte Badeanstalten, gewisse Orte im Tiergarten, nicht zu vergessen den Bootsverleih am Neuen See, oder jener Abschnitt am Planufer, wo nach Einbruch der Dämmerung die Soldaten auf und ab gehen. Nur in London hat Eugen eine noch größere Anzahl Soldaten gesehen, die Umarmungen feilboten.

Zwar war er mit der Vorstellung nach England gereist, dass sich dort sein Traum nach einer Frau erfüllen müsste. Vornehm und gebildet, und wenn ungebildet, dann zumindest wohlerzogen, so hatte Eugen das britische Weib erwartet, nicht unpreußisch, nur irgendwie freier, sozusagen entblößter. Die Londonerinnen indes machten auf ihn einen kolossal aristokratisch-konservativen Eindruck. Keine einzige sah ihm ins Gesicht. Einmal stieß Eugen fast mit einem Korbhändler zusammen, als er sich nach einem einfachen Weib umsah, das auf einem Eselskarren fröhlich war. Doch im gehobenen Londoner Milieu schien es keine leidenschaftlichen Menschen zu geben. Selbst vor Englischlehrerinnen wurde Eugen gewarnt. Eine Lady aus ehrbarer Familie werde einem alleinstehenden Herrn niemals Stunden erteilen, bekam er von einem Buchhändler zu hören, ein Weib hingegen, welches dieser Regel keine Beachtung schenke, gehöre mit Sicherheit dem niederen Volk an und spreche demzufolge ein miserables Englisch. Eugen konnte das nicht glauben. Aber er sah dann tatsächlich in die leeren Augen einer hochgeschossenen und kinnfliehenden Miss, die sich für ausreichend bright and handsome hielt, Schüler zu empfangen. Nach dieser Lektion wusste er, dass in London das Kraut nicht wuchs, welches er suchte. Keine einzige Vokabel mochte er mehr lernen, keine Zeitung beim Zeitungsjungen mehr kaufen, und schließlich zog es ihn weg, erst zur Küste, dann zurück aufs Festland.

Vierzehn Tage später steigt Eugen in Berlin in einem Athletenklub ab. Man trifft sich in einer Wirtschaft, in einem nach hinten gelegenen engen Raum, der nach Öl, Metall und Schweiß der Kohleschipper oder Schmiede (oder was auch immer) riecht. In schwarzem Trikot heben diese kraftstrotzenden Männer Eisenstangen und Hanteln oder sie ringen miteinander. Manche von ihnen haben einen tätowierten Oberkörper. Andere Männer, deren Aufmachung deutlich mit derjenigen der Turner kontrastiert, sitzen an einem Tisch an der Fensterseite des Raums und haben äußerst wache Sinne für die Körperspiele der Athleten. Indem die Herren die Sparbüchse auf dem Tisch füttern, spendieren sie ihnen Selters, Limonade, Leberwurstbrote und Bier. Oder Zigaretten aus roten Saffianlederetuis, die mit einem Goldblitzchen aufklicken. Dank Freund Frieder kennt Eugen auch Berlins Spezialität: die exklusiven Bälle, die im Winterhalbjahr da und dort stattfinden. Jeweils ab elf Uhr abends geben sich ein paar hundert Männer ein Stelldichein. Der Ballveranstalter waltet nach einer strengen Regel: Es werden nur ihm bekannte Männer sowie Begleiter der ihm bekannten Männer eingelassen. Auf sein Zeichen hin werden die am schönsten Kostümierten mit donnerndem Tusch willkommen geheißen und durch den Saal geleitet. Selbstgefertigte Toiletten werden vorgeführt, ziemlich kostbar, oft ziemlich geschmacklos. Seit Eugen in Wien den großen Alexander Girardi auf der Bühne gesehen hat, trägt auch er einen vanillegelben Strohhut mit kornblumenblauem Seidenband. Und natürlich italienische Schuhe. Bei diesen Tanzveranstaltungen stellt Eugen sich jeweils zu Anfang erst einmal in Nischen oder lehnt beobachtend an Säulen. Als überzeugter Ästhet hat er für zwirbel- oder vollbärtige Typen, die als Frauen auftreten, gar nichts übrig. Er mag es auch nicht, wenn sich jemand derart weibisch gibt, wie ein Weib es niemals ist.

Aber wenn dann irgendwo, anderswo, wo auch immer, so ein kleiner, dicker, gottvoller Sachse daherkommt! Oder eine Madame, die ihm stundenlang Himmlisches gewährt. Wie jene in Gent. Leider fiel sie Eugen ansonsten und überhaupt ziemlich lästig. Auf Dauer wird es ihm eben schwer, den Kavalier zu spielen, er kann dabei einfach nicht zu sich selber kommen. Madame ging sogar so weit, sich am darauf folgenden Morgen (bereits um halb neun!) unter geistlosem Reden ans Flicken ihrer Haarbänder zu machen, während er das Frühstück kaum erwarten konnte. Da sah Eugen sich genötigt, nach exzellentem Milchkaffee, Rührei und Käsebrot flugs weiterzuziehen.

1906
Die Kopula findet zum Teil im Flug, teils auf Bäumen, Sträuchern oder im Gras statt. Ihre Dauer schwankt bei den einzelnen Gruppen und Arten zwischen wenigen Sekunden und einer halben Stunde, erklärt der Biologe, als Eugen sich nach weiteren Einzelheiten der Libellen erkundigt.

Man hat sich an einen Felsen gehockt, die Männer starren gemeinsam in die sinkende Sonne und sprechen in die kühle, reine Alpenluft.

So häufig man kopulierende Paare auch sehe, führt der Biologe aus, so selten gelinge es, die Tiere im Stadium der Kopulation zu konservieren. Nur ausnahmsweise trenne sich ein Libellenpaar bei der Abtötung nicht und könne in dieser Stellung genadelt und gespannt werden. Andere frisch gefangene Tiere werfe der Sammler in siebzigprozentigen Alkohol, den man erneuern müsse, sobald er sich trübe. Das Anlegen einer Alkoholsammlung sei von ganz besonderem Nutzen. Viele Farben, die bei den luftgetrockneten Tieren verschwinden oder sich verändern würden, hielten sich bei den Alkoholtieren vorzüglich. Ferner habe die Alkoholsammlung den Vorzug, dass man die Genitalien jederzeit untersuchen könne, während man die getrockneten Libellen erst umständlich aufweichen müsse, was auch zu einer Verletzung der feinen Chitinteile führen könne. Ja, Männchen und Weibchen seien oft sehr verschieden gefärbt, erstere hell und lebhaft, die anderen düster und eintönig. Bei manchen Libellenarten fänden sich am Hinterleib farbige Hautsekrete, so zum Beispiel bei den männlichen Exemplaren des Plattbauchs, wo diese Ausscheidung als puderartiger Belag von himmelblauer Farbe zu erkennen sei. Dessen Bedeutung sei den Wissenschaftlern aber noch ein Rätsel.

1905
Jemand bewegt die Fäden. Jemand schickt den Wind auf Maxis Stirn. Jemand hat Maxis guten Onkel mit Anderssein geschlagen, Hypochondrie gab's obendrauf. Jemand ist Kuss, Zunge, Spucke und Blut in einem, ist der Harz ebenso wie der Tau oder der Stich ins Herz. Jemand bestimmt über Störche und Stöckchen. Jemand sorgt für einen hungrigen oder einen satten Bauch. Jemand hat die

Farben erfunden (wozu nur, wozu?). Jemand hat Maxi einen Onkel geschenkt, der mit ihm redet, lacht, schnitzt und Fadenspiele macht. Blätterkränze auch. Jemand bringt diesen guten Onkel auf die Idee, Zwillingskirschen an die etwas auffälligen Kinderohren seines Neffen zu hängen. Jemand verteilt Wünsche und erfüllt sie nicht. Jemand hat aus Maxis Großmutter eine Hexe gemacht, die mit keinem Besen fliegen kann. Jemand malt den Ziegen immer neue Muster aufs Fell und den Fischen Silber auf die Schuppen. Jemand wählt sich Maxi aus, als er an einem sonnigen Herbsttag am Ufer der Isar, auf der Praterinsel, nach einem Stück Baumrinde fischt, groß und klein genug, um daraus ein Schiff zu werkeln, einen Handelsdampfer, der jenem ähnlich sehen soll, den sein guter Onkel für ihn gezeichnet hat, während er von der weiten Welt erzählte, die von Neapel oder von Genua oder Marseille oder Hamburg oder Kristiania aus zu erreichen sei.

Während Maxi sich am Ufer verliert, sitzt Eugen ein Stück weiter weg auf einem Baumstrunk. Seine Lektüre macht ihn taub für alles andere.

1900
In Paris macht Eugen als erstes eine Fahrt mit der nur wenige Wochen alten Metro. Ein öffentliches Verkehrsmittel im Untergrund – dieses Paris!

Andererseits kann es einen missmutig stimmen, wenn man gesundheitlich etwas angeschlagen ist, ausgerechnet in diesen Tagen kündigt sich eine Erkältung an. Deshalb trägt Eugen über dem Netzleibchen noch ein Unterjäckchen, und vor dem Schlafengehen schlüpft er zusätzlich in ein drittes Trikot. Unseligerweise gibt es in seinem Hotelbett Wanzen. Wie soll man sich da abhärten können?!

Für die Weltausstellung, derentwegen er ja eigentlich hier ist, fühlt Eugen sich momentan auch nicht sonderlich gewappnet, geht natürlich aber hin. Unaufhörlich ziehen Tausende von Menschen an einem vorüber. Überflüssig kommt man sich da vor, wie ein mit einem einzigen Tritt aus der Welt zu Schaffender. Doch in einer aufleuchtenden Sekunde, unter der riesigen gläsernen Kuppel der Festhalle, wird Eugen mit einem Mal klar, dass er wiederum jenes Tausend voll macht, das jeden anderen Besucher umgibt. Jetzt kann er sich die ganze Sache ein wenig genauer betrachten.

Die Länderpavillons längs der Seine bilden insgesamt eine eher lähmende Attraktion, Palais reiht sich an Palais. Es gefällt Eugen aber, dass etwas Pompöses nicht unbedingt für die Ewigkeit gebaut werden muss, sechs Monate genügen durchaus. Auch die elektrische Beleuchtung in allen Räumen ist schön. Das Lichtspektakel besteht sogar des Nachts fort, wenn Straßen und Fassaden illuminiert sind, was ähnlich erregend wirkt wie gewisse stereoskopische Bilder in einem Kaiserpanorama. Im Elektrizitätspalast könnte Eugen viel Technisches lernen, will er aber nicht. Stattdessen studiert er das Alte Paris so ausgiebig, bis Nacken und Hacken ihn schmerzen. Le Village Suisse, die mit Bergen, Kirchen und Kühen, Ziegen und Hühnern, Chalets und Riegelhäusern, Trachtenmädchen und Sennen bestückte Schweizer Landschaft am Ende des Ausstellungsgeländes, wurde säuberlich ausgetüftelt. So viel muss man zugeben. Selbst ein Wasserfall und ein akkurat im Zopfmuster angelegter Misthaufen fehlen nicht. Alles wirkt restlos unverdorben und beschaulich, ob Ferkel am Wassertrog, Spinnerin, äpfelndes Pferd oder die Tellskapelle en minature. Unverdorben und wohlanständig. Dies alles macht einen ganz flau. Überhaupt die Details. Bei der Volkstanzgruppe vor dem persischen Pavillon reichen die Röcke der im Kreis wirbelnden Frauen knapp übers Knie. Doch mit Wadenfleisch alleine ist nicht viel anzufangen. Unmittelbar neben dem Eiffelturm steht der Tempel der modernen Frau. Eugen lässt dieses grazil wirkende Schlösschen links liegen, er hat schon öfters in komplizierte Weiberseelen geblickt. Verlockend wäre ein Pendant, eine Kultstätte für den aufgeschlossenen Mann. Gibt es natürlich nicht. Dafür trifft er auf einen rollenden Gehsteig, dem eine glänzende Zukunft beschieden sein könnte, da man damit bequem eine Stadt erkunden kann. Im großartigen Grand Palais ist es hingegen ganz in Ordnung, im eigenen Tempo unterwegs zu sein. Hier findet Eugen das, was diese Parisreise lohnenswert macht, den Diskus werfenden Jüngling etwa, dem er über den perfekt modellierten Marmorrücken streichen kann. Und dann ist da noch Manets *Frühstück im Grünen*. Stück im Grünen. Ein Stück Glück. Plötzlich steht Eugen allein vor dem Bild und stellt fest, dass der Leinwand feinste Gerüche entströmen, Schleierlingwürziges, Müdgeflogenes.

Am vierten Tag seines Aufenthalts, gerade als er die Erkältung los ist, leidet Eugen an Magenbeschwerden. Bis ihm einfällt, dass er die ganze Zeit über viel zu wenig gegessen hat. Im Pavillon bleu, einem nett zusammengebosselten Jugendstilbau, gönnt er sich deshalb ein opulentes Mahl, bestellt Pot-au-feu und Merlot. Im Lauf der Mahlzeit setzt sich eine junge Dame an seinen Tisch. Das attraktive Frauenzimmer erinnert Eugen an Maria Barrientos, spricht jedoch Französisch und wird von einem nicht gerade sympathisch aussehenden Herrn begleitet, der ihr Vater sein könnte, es aber nicht ist. Die Eigenart seiner Tischnachbarin, ihren Mund bei den O-Lauten asymmetrisch zu bewegen, ist sehr reizvoll. Macht Eugen geradezu Lust auf eine Tarte des Demoiselles Tatin. Zu einem weiteren Glas Rotwein. Und nachdem er sich den teuersten Cognac genehmigt hat, stellt sich endlich eine deutliche Besserung seines Befindens ein. Mit einem winzigen Jubel unter der etwas schweren Zunge macht er sich auf den Umweg zum Hotel.

1906
Nächstens wird Eugen Esslinger Fräulein W. in Florenz wiedersehen. Er ist geradezu erleichtert, dass er seine neueste Bekanntschaft *Fräulein Fanny* nennen darf und ihren Familiennamen (Weinwurm) nicht aussprechen muss.

Rechtschaffen scheint Fräulein Fanny zu sein, zumindest Recht schaffen wollend. Bei Kompagnon Tensi hat er die Berlinerin kennengelernt und mit ihr zwei Nachmittagsstunden verbracht, ohne die oft hassenswerte Hast zu empfinden.

Jede Frau solle durch Bildung und Berufstätigkeit zu voller innerer Entfaltung gebracht werden, erklärte Fräulein Fanny bei ihrem ersten Rendezvous. Die Frauenbewegung betrachte den Pflichtenkreis in Ehe und Mutterschaft als ersten und nächstliegenden Beruf einer Frau, doch müsse diese primäre Aufgabe von der Gesellschaft endlich, und zwar mit großer Dringlichkeit, als vollgültige Kulturleistung anerkannt werden, wirtschaftlich und rechtlich (und so weiter und so fort). Und was die doppelte Moral angehe, die einerseits dem Manne eine in jeder Hinsicht verhängnisvolle sexuelle Freiheit gewähre (meinte Fräulein Fanny) und andererseits die Frau mit ungerechter Härte treffe, so sei diese doppelte Moral nachhaltig zu bekämpfen, mit allen denkbaren Mitteln.

Fräulein Fannys Ausführungen zwischen einer Gabel *castagnaccio* und einem Schluck Sodawasser hatten Hand und Fuß, ihre Wangen waren nun hübsch gerötet, Eugen hatte keine Lust, in irgendeinem Punkt zu widersprechen. Obwohl er Einwände hätte vorbringen können. Ein jeder macht schließlich seine eigenen Erfahrungen. Aber eventuell und hoffentlich würden die Phantasien von Fräulein Fanny noch in andere Richtungen führen, hatte er gedacht. Zumindest gab diese Frau sich offen, war auf interessante Weise fortschrittlich, ein zweites Treffen würde sich daher unbedingt lohnen, und danach würde er weitersehen.

Bis es so weit ist, wandert Eugen an der ligurischen Küste von einem Fischerdorf zum nächsten. Ein beschauliches Flanieren unter einem von dünnen Schleiern verhängten Himmel ist das. Das sind Schritte, mit denen Eugen dies und jenes hinter sich lassen kann. Maxi zum Beispiel. Jenes entsetzliche Unglück. Und eigenartig: In dem Augenblick, da er an seinen kleinen Neffen denkt, sind klägliche Schreie zu hören. Von unterhalb der Böschung müssen sie herkommen. In geringer Entfernung steht eine Ziege bis zum Bauch im Wasser. Eugen steigt zum Ufer hinunter und geht zunächst ratlos etwas näher. Offenbar haben die Beine der Ziege sich zwischen den Steinen verkeilt. Ist sie vielleicht auch noch trächtig? Eugen fasst Mut und sieht sich um. Weit und breit ist niemand zu sehen. Er legt den Hut neben die abgestreiften Schuhe und Strümpfe und krempelt Hosenbeine und Jackenärmel hoch. Die Glasaugen der Ziege sprechen Bände. Vor den kleinen Wellen braucht er sich nicht zu fürchten. Er schichtet die Steine um, wird nass, aber das Tier rührt sich nicht vom Fleck. Beherzt packt er zu. Kaum zu glauben, dass er den warmfeuchten Kartoffelsack zu heben vermag. (Jahre später wird

Eugen an diesen pochenden Ziegenbauch zurückdenken, wenn er Mücke Märchen erzählt, immer wieder dieselben werden es sein müssen.) Ächzend und hechelnd trägt er die Ziege ein rechtes Stück weit weg und stellt sie im strohigen Gras ab. Bedauerlicherweise knickt das Tier gleich mit allen vieren ein. Womöglich hat es ein gebrochenes Bein? Eugen krault den hellen Fleck zwischen den Hörnern, sucht einige saftig aussehende Pflanzen und häuft sie vor der Ziege auf. Ihr schmallippiger Mund lächelt gequält. Eugen wird unbedingt jemanden finden müssen, der sich weiter um das Tier kümmert und vielleicht sogar ein Gehör für seinen Hinweis haben wird, dass es an überhängenden Wiesen- oder Weiderändern zu folgenschweren Stürzen kommen kann. Oder sind Ziegen etwa so dumm, sich an Meerwasser satt saufen zu wollen?

1908
Von nun an will Eugen bescheidener sein und sich mit einer braven Frau begnügen. Aber ein bisschen außergewöhnlich darf seine künftige Gefährtin schon sein, er will sich mit ihr ja sehen lassen. An seiner Seite, so stellt er sich vor, wird sie mit ihm im Warenhaus Wertheim und in der Galleria in Milano promenieren. Sie werden sich die Tempel von Girgenti zu Gemüte führen und sich durch die Avenue d'Albigny in Annecy kutschieren lassen. In Kopenhagen werden sie im Cosmopolite absteigen, um im dortigen Wintergarten mit seinen leider etwas dürftig geratenen Topfpalmen zu dinieren, und in Karlsbad werden sie jeden Nachmittag eine Stunde lang entweder in Pupp's Cafésalon oder im Café Elefant zwei Plätze besetzen; zu einer der Gesundheit zuträglichen Regelmäßigkeit hat Doktor Gans ja schon längst geraten. Nur mit Frauenrechtlerinnen

muss man Eugen nicht mehr kommen. Überhaupt mit keinen Theorien. Was ihn betrifft, so hat sich sein allgemeiner Wissensdrang während der letzten Jahre eher verflüchtigt. Dafür haben die schönen Künste ihn immer mehr für sich eingenommen. Also hat er sich dem Zeichnen und Malen zugewandt. Warum sollte er sich nicht eine Künstlerexistenz aufbauen? Aus ihm könnte doch noch etwas werden. Und auch seine anderen Zukunftspläne haben Gestalt angenommen: Warmherzig stellt Eugen sich seine Einzige vor, eher klug und ziemlich musikalisch. Diese drei Dinge. Ist das denn zu viel verlangt? Schließlich bringt er dafür ja auch ein Opfer. Er wird den alten Adam nämlich endlich hinter sich lassen.

1909
Aus Rotmarderhaaren werden beste Pinsel hergestellt. Eugen kauft davon ein ganzes Arsenal, als er in München weitere Malkurse belegt.

Hier, ausgerechnet in seiner Geburtsstadt, trifft Eugen auf die viel jüngere Mila, an einem Sonntagnachmittag, bei einem banalen Ball. Die Tanzveranstaltung ist Mila von ihrer Hausherrin nicht nur ans Herz gelegt, sondern richtiggehend verordnet worden. Als repräsentierendes Hausmädchen müsse Mila hin und wieder mit der guten Gesellschaft auf Tuchfühlung gehen, hat die Hausherrin bestimmt, ihr einen Geldschein zugeschoben und sie vor den eigenen Kleiderkasten geführt. Mila riss die Augen gleich zweimal auf.

Mila im geliehenen, achatblauen Kleid (schulterfrei), ungeschminkt und mit einer Welle im kurz geschnittenen, golden schimmernden Haar. Sie sieht bezaubernd knabenhaft aus. In Begleitung eines anderen Mädchens, das Eugen hinterher in nichts erinnerlich sein wird, sitzt sie am Nebentisch und schaut dem Treiben amüsiert zu. Und Eugen blickt unverwandt auf Mila. Wie sie zum Tanz aufgefordert wird, den Mann von oben bis unten mustert und zuletzt ihren Kopf schüttelt. Ihn hingegen wimmelt sie nicht ab, als er sie anspricht. Und gelächelt hat sie auf mich, gelächelt hat sie, wird er von da an gelegentlich wiederholen.

Zuneigung ist etwas Feines. Dank Eugen kann Mila ihre Stelle von einem Tag auf den anderen aufgeben. Er mietet für sie auch ein Zimmer. An der Türkenstraße in Schwabing. Sie müsse sich aber zu nichts verpflichtet fühlen, sagt Eugen, Milas unartigem Blick ausweichend.

Eugens Bewunderung wächst schnell, Milas Musikalität ist außerordentlich. Und es macht ihm nichts aus, dass dieses junge Ding im Gebrauch von Wörtern nicht gerade sattelfest ist – so ungeniert, so aufrichtig, so kühn, so unterhaltsam ist seine Freundin eben! Dass sie gelegentlich Dinge verlegt und verliert, hat auch keine Bedeutung, es lässt sich ja alles im Handumdrehen ersetzen. Endlich kann Eugen jemanden über alle Maßen beschenken, er kennt niemanden, der sich über Geschenke derart freuen kann wie Mila. Auch darum spendiert er ihr Kleider und Hüte für Konzert und Theater, aus Shantungseide, Lüstrin oder Madapolam, Tand sowie Handschuhe, feinste Häkelware bis zu den Ellbogen, voilà!

Schließlich kann Mila Eugen zum Malunterricht begleiten. Damit sie sieht, wie seriös die Ausbildung eines Malers sich ausnimmt. So schnell lässt sie sich aber nicht beeindrucken, hat sie doch schon mancherlei Begegnungen mit Künstlern und Künstlerinnen gehabt, erst in Wien, dann in München – sind nämlich allesamt auch bloß Menschen,

Leute mit gewöhnlichen Bedürfnissen, von denen viele sich im Leben nur mit Ach und Krach zurechtfinden, wie sie es selbst nicht anders tat. Deshalb schlägt sie im Atelier von Franz Marc wohlgelaunt Eier für die Tempera auf, trennt Eiklar von Eigelb und zieht, möglichst nach Anleitung, Leinöl und Pigmente unter das Eigelb. Und sie soll wieder kommen, und sie kommt wieder. Und sie soll auch malen. Und wegen ihrer ungehemmten Pinselführung und ihres Sinns für Raumaufteilung spricht der Maler bald einmal von Talent.

Es gibt Luftschlösser, es gibt Pferdchen, aus Zinnober und Neapelgelb, Nachtkerzengelb und Madonnenblau. Gelb entspreche dem sanften, heiterweiblichen Prinzip. Zusammen mit dem geistigen, herbmännlichen Blau müsse es sich dem brutalen und schweren Rot stellen und es bekämpfen, legt Franz Marc dar, den Eugen schätzt, überaus. Auch weil er ihn von Ambitionen erlöst. Denn wenn Mila Talent hat, dann soll aus ihr etwas werden. Was nicht bedeutet, dass Eugens Freude am Malen und Zeichnen kleiner wird.

Die besten Malakademien in Europa stehen Mila fortan offen. Eugen reist mit ihr nach Paris, nach Ostende und Berlin, sie leben mal da, mal dort und wieder da. Beide mögen sie das Vagabundieren, machen keine großen Pläne. Bisweilen nehmen sie weitere Malkurse, Mila macht sichtbare Fortschritte. Oft gehen sie in die Oper und ins Theater, schauen sich Museen und Ausstellungen an, seine Freundin hat Nachholbedarf, das hat Eugen schnell einmal gemerkt. Auch die Weltausstellung in Brüssel will er ihr nicht vorenthalten. Mila schwelgt, ist von einem von Matisse gemalten Blumenstoff ebenso begeistert wie von einer Achterbahnfahrt. Als ein Großbrand mehrere Ausstellungsabteilungen zerstört, bezeichnet sie das bloße Stahlgerippe des belgischen Pavillons als kunstvoll, weil außerordentlich lebendig, worauf Eugen ihre Vitalität und ihre hellen Instinkte einmal mehr bewundert.

Sie reisen auch in den Süden. Ein ganzes halbes Jahr verbringen sie in einem abgeschiedenen Ort oberhalb des Luganersees. Dank Mila haben sie schnell Kontakt zu jedermann. Öfters lesen sie mit den Leuten Kastanien auf oder suchen Pilze, die sie dem Koch des Hotels bringen. Sie gönnen einander einiges. Sie lesen viel. Mila malt. Landschaft im Wind. Schnee auf Palmen. Marktplatz. Begegnung. Sie verstehen einander. Sie freuen sich. Auch über die Blütenpracht der Kamelien. Unter diesen Büschen, Bäumen vielmehr, liegen im frühen Frühjahr regelrecht Blütenteppiche. In ihrem Übermut legt Mila sich auf einen. Sie ist schmal, nach wie vor ein neugieriges Kind. Eines, das auch stur und originell besserwisserisch sein kann und sich hierbei ein wenig im Ordinären verheddert. Alles gut, alles bestens.

1913
Im frühen Sommer bekommt Eugen eine Nachricht von Franz Marc. Es sei ihm noch nicht möglich, die geliehene Summe zurückzuzahlen, schreibt der Maler von München nach Brüssel. Lächerliche zwanzig Franken, an die Eugen überhaupt nicht mehr gedacht hat. Die Vorderseite der Karte zeigt zwei Pferde: ein rotes, das scheinbar zurückweicht, sowie ein angriffslustiges in kräftigem Blauton.

Franz Marc dürfte keine Ahnung davon haben, dass Mila und Eugen kürzlich klammheimlich geheiratet haben. In Brüssel, an einem Maientag, die Grünpeters sind ihre Trauzeugen gewesen. Salo und Trude Grünpeter aus dem preußischen Kattowitz, deren Bekanntschaft sie im Königlichen Museum zu Brüssel gemacht haben. Das fidele Paar war Mila aufgefallen, als Salo eben die dicke Saalluft mit der Spitze seines Spazierstocks stückweise aufspießte und dazu einen Faun gab. Trude hatte sich göttlich amüsiert, sich vor Lachen kaum mehr halten können und sich husch husch ihren Rock samt Unterröcken zwischen die Beine geschoben. Was zumindest Mila hinterher behauptet hat.

1914

Als die deutschen Truppen in Brüssel einmarschieren, steckt das Ehepaar Esslinger zunächst fest. Salo und Trude Grünpeter haben sich wohlweislich schon frühzeitig Richtung Heimat aufgemacht.

Eugen und Mila wechseln ihre Unterkunft und nehmen die Mahlzeiten in anderen als den bisher besuchten Gasthäusern ein. Um als Deutsche möglichst unerkannt zu bleiben, vermeiden sie es, in der Öffentlichkeit Deutsch zu sprechen. Mila kann keine Fremdsprache, aber es macht ihr Spaß, wenn Eugen mit ihr bei Tisch ausschließlich Italienisch spricht und sie nur ab und zu *si, si, caro!* einzuwerfen braucht.

Dann kehren sie doch nach Deutschland zurück. Erst bleiben sie in München. Früher hat der Malzdunst der Brauereien über dieser Stadt gelegen. Bald entschließen sie sich für eine Bleibe in Heppenheim. Hier riecht es nach Wein.

1916

Eugen hat nicht Begeisterung gebrüllt, aber genickt hat er, hat sich ködern lassen und Kriegsanleihen gezeichnet, im lieben Deutschland daheim. Dass er selber einmal Krieger werden würde, damit hat er niemals gerechnet.

Seine Gesundheit ist gerade verflixt tadellos, als er mit fünfundvierzig Jahren aufgeboten wird. Als Ungedienter soll er mit eigenen kriegsgebrauchsverwendungsfähigen Stiefeln in den Landsturm einrücken. Pflichtbewusst bringt Eugen die Bergschuhe auf Hochglanz, mit denen er zu so manchem Abenteuer aufgebrochen ist. Zur Aufmunterung hält Mila ihm eine Illustrierte vor die Nase: Sieh mal, wohlgenährte Landsturmmänner und zufrieden aussehende Gefangene! Sie verspricht auch, alle Tage einen Rosenkranz zu beten, damit Eugen nichts geschieht. Der jedoch macht bloß eine wegwerfende Handbewegung. Denn selbst der euphorische Franz Marc ist gefallen. Der Maler mit den blauen Pferden wurde bei seinem letzten Erkundungsritt in der Nähe von Verdun erschossen. Kurz zuvor hatte man ihn von weiteren Kampfeinsätzen freigestellt, nachdem er mit einem Mal als bedeutender deutscher Gegenwartskünstler anerkannt worden war.

Es geht an die Ostfront, bis nach Weißrussland. Eugen hasst die Rolle eines Landsturmmanns so gründlich, dass er gar nicht aus dem Hassen herauskommt. Überall, wo er mit Brotsack und Maschinengewehr frierend oder schwitzend stationiert ist, gehen neben ihm Männer kaputt. Andernorts, daran muss Eugen gelegentlich auch denken, sterben jetzt Männer, die er einst in Palermo auf dem Korso sah, lachend, schwatzend, Männer, die tagsüber in den Außenboulevards von Paris an ihm vorüberstrichen und abends in den Champs Élysées zu den Theatern flanierten, Männer, die in den Kaffeehäusern von Wien um drei Uhr nachmittags über Dominosteinen saßen, Männer, die in einem Lesesaal in Brüssel sehr private Zettel schrieben, Männer, die auf schmierigen Provinzbahnhöfen in Böhmen dem Zug nachglotzten, Männer, die ihm zuwinkten hinter Amiens auf den Feldern, aufschauend von ihrer Arbeit. Viele streifen Eugens Gedächtnis, an eine Dreifingerflinkheit, einen von Schweiß nassen Nacken oder an einen Schmiss erinnert er sich, an tief liegende Augen oder an Gerüche, Pampelmuse, rohe Kartoffeln, Kampfer und andere. Jemand hatte sich Lukullus vom Paradiesbach genannt, ein galanter und gleichwohl kühner Mensch. Meister Pimpernell aus Nordfriesland dagegen gehörte zu den Scheuen; ein Nachtwächterhorn brachte sie einmal ganz unschön aus dem Konzept. Von Joseph Papanek war zu erfahren, dass er als Chefredaktor arbeitete, und tatsächlich flogen ihm allerlei Ausdrücke zu. Dann war da noch Doktor Erdmuthe, der kein Doktor gewesen sein dürfte, einen aber in keine heikle Situation manövrierte. Filou Weil besaß ein Ruderboot auf dem Zürichsee, und der Wald einer kleinen lauschigen Halbinsel nahm sie in seine kühlen Arme. Nur mit wenigen Männern tauschte Eugen in der Vergangenheit den richtigen Namen und eine Adresse aus, mit Papanek in Wien etwa oder mit Ballin aus München, mit Knappworst oder auch mit dem Biologen Blum. Ach, die Wellengänge und Kräuselungen. Die Lichtspiele. Nicht daran denken, denkt er ein übers andere Mal, weder an lautlose Wasser noch an das Freibaden am großen Wannsee, nicht an jenes aufregende Männerbad in Zürich. Vielleicht aber sollte er jetzt im Dreck, verlaust und verwanzt, ausgesetzt auf dem Feld und nahe den Sümpfen mit ihren Mücken- und Fliegenschwärmen, erst recht daran denken.

1917
Kurz vor dem Verhungern kriegt Eugen manchmal ein Paket mit Braten, Pottkuchen, Butter, Marmelade, Trockenobst, Zigaretten, Rum oder Cynar. Mila bettet die Dinge in saubere Wäsche und beste Wollwaren. Ihr lieber Eugen soll keinesfalls leiden, darf weder nass noch schmutzig bleiben und statt der weitverbreiteten Fußlappen soll er solide und schöne Strümpfe tragen. Eugen andererseits fragt sich gelegentlich, unter welchen Umständen Mila all dies wohl aufzutreiben imstande ist.

Dann erwischt es ihn doch. Und dabei befinden sie sich schon auf dem Rückzug, und ausgerechnet beim Austreten trifft ihn ein Granatsplitter an der Schulter. Eugen fühlt sich erst einmal toter, als es nötig wäre. Er macht die Augen gar nicht mehr auf, glaubt, mit seinem eigenen Engel kämpfen zu müssen. Scharfe Töne wie aus einem Dudelsack ziehen durch ihn hindurch, schneidig auf- und abwärts. Schwerter krümmen sich zu Sicheln. Der Engel scheint zunächst klar im Vorteil zu sein. Doch allmählich rinnt aus den hauchdünnen geäderten Flügeln mehr und mehr dickes Blut, es pulsiert und vermischt sich mit dem von Eugen. In der Nacht wird er zum Verbandsplatz gebracht. Eine unbestimmte Zeit später wird er durch eine angenehme Stimme in die Realität zurückgeholt. Ein schöner Mezzosopran. Die Stimme gehört einer Krankenschwester. Sie hat breite Brauen und bergbachkalte Augen. Beugt die Schwester sich vor, so liegt auf ihrem Scheitel, dem Stück zwischen Stirn und Haube, ein irritierender Glanz.

In einem Reservelazarett nahe Kattowitz befindet er sich also. Noch nach Tagen klappt Eugen zusammen, sobald er aufzustehen versucht. Insgesamt hält er sich aber durchaus tapfer, unter den anderen Beschädigten auf einem Strohsack ruhend, umgeben von vielerlei Gerüchen und Geräuschen und trotz Wundfieber und Schmerzen. Bloß die Schwester mit den Bergbachaugen, was soll er von der nur halten? Bisweilen macht es den Anschein, sie sei die Eigentümerin des als Lazarett getarnten Gruselkabinetts. Und manchmal fürchtet Eugen sich vor allen Infektionen, die eine Verletzung höchstwahrscheinlich mit sich bringt, zumal seine Wunde nicht recht heilen will. Doch er ist auch erleichtert, keine Glieder verloren zu haben, nicht lahm, blind oder taub zu sein und hoffentlich nie wieder eine Waffe auf andere Menschen richten zu müssen.

Und plötzlich taucht Mila auf. Unerschrocken wie eh und je.

Mitten im Krieg ist sie die tausend Kilometer von Heppenheim nach Kattowitz gereist und bei Grünpeters untergeschlüpft. Trude Grünpeter handelt schnell, schreibt an Eugen, lädt ihn ein. Als seinem Ansuchen auf Ausgang stattgegeben wird, klopft er bei Salo und Trude an. Mila öffnet die Tür. Sie trägt Knickerbocker und Gamaschen, eine Jacke mit Fellkragen und Mütze, sie steht startbereit da. Ein Ganymed in Wanderstimmung. Wegen der gelungenen Überraschung legt Trude Grünpeter die Hand vor ihr Lachen. Als Mila sich gefasst hat, wendet sie ihren Kopf leicht nach links, damit ihr vorteilhaftes Profil zur Geltung kommt. Na?, sagt sie endlich. Busselst mich nicht?, fragt Eugen zurück. Weil das zwischen ihnen beiden üblich ist.

Als nächstes wird Eugen Lazarettkrankenbuchführer. Vielleicht bekommt er den Posten wegen seiner akkuraten Schrift. Oder weil er unter Kameraden und Schwestern gleichermaßen beliebt ist. Jedenfalls muss er in Oberschlesien bleiben. Und Mila bleibt auch. Aber nur so lange, bis das Lazarett abgebaut wird. Dann kehren sie endlich nach Heppenheim zurück.

Doch das Überleben ist immer nur das Eine. Vieles frisst sich in einem fort wie eine Käferlarve in einem Baum, der Baum kann noch so standhaft sein. Eugen bleibt von Bildern besessen. Manche Tiere sind die längste Zeit ihres Lebens Larven. Und Larven sind unansehnlich, geradezu abstoßend. Auch diejenigen der Libellen. Im flachen Sumpfwasser Weißrusslands lebten Millionen wimmelnder Larven. Die Mägen der geschossenen Wasservögel waren bis zum Platzen mit ihnen vollgepfropft. Billionen glitzernder Libellenflügelschläge machten die heiße Luft zittern, ihm schmerzten die Augen. Seinen linken Arm wird Eugen nie mehr erhoben halten können, ohne dabei zu zittern.

1919
Mit fast sechsundachtzig stirbt die Mutter. Etwas wie Erleichterung kommt auf. In ihren letzten Jahren ist Therese Esslinger nach und nach verblödet, sie sprach weniger, verstummte irgendwann. Doch das Böse hatte sich längst in jede Falte, auf jeden kleinsten Muskel ihres Gesichtes gesetzt. Eugen brauchte die Mutter, wenn er sie denn mal besuchte, nur flüchtig anzublicken, um ihren Hohn wahrzunehmen: Dass er es zu nichts gebracht habe und ein lächerlicher Nichtsnutz sei, einer, der sein Erbe verprasst habe und dessen einzige Leistung darin bestehe, einer dahergelaufenen Proletarierin aufgesessen zu sein.

Anlässlich der Beisetzung gedenken Eugen und seine älteren Geschwister Max, Emma und Berta auch noch einmal des Bruders Julius, der Recht studiert und als Anwalt gearbeitet hatte. Der Hoffnungsträger der Familie hätte

Richter werden wollen. Als Jude aber blieb ihm das Richteramt verwehrt. Wie zum Trotz heiratete er daraufhin seine langjährige protestantische Braut. Ins Elend will ich ihn bringen mit seiner Hurensippe, verkündete die Mutter, als sie davon hörte. Alles, was ich dazu tun kann, werde ich tun! Aber Julius' Heirat war wohlüberlegt gewesen. Endlich wurde auch das gemeinsame Kind legitimiert, ein Mädchen von vier Jahren. Und zwei Monate nach der Hochzeit kam ein Sohn zur Welt.

In diesem Frühjahr hat Julius sich erschossen. Eugen glaubt nicht, was seine Geschwister glauben. Julius habe die Niederlage Deutschlands nicht verkraftet, sagen sie.

Im Anschluss an die Beerdigung von Therese Esslinger besorgt Mila eine Flasche besten Chianti, um mit Eugen auf das Schöne anzustoßen, auf die vergangenen Freuden und besonders auf alle künftigen.

1920
Es kommt vor, dass der eine oder andere Mann mit Mila anbändelt. Oder umgekehrt. Belanglosigkeiten sind das, kein Grund für niemanden, sich anderswo niederzulassen. Wichtiger als die Techtelmechtel sind die Freundschaften, der Austausch mit Pazifisten, Kommunisten, Denkern, Künstlern und Lebenskünstlern.

Eugens und Milas Haus in Heppenheim ist ein Treffpunkt. Hier sitzt man zusammen, bei Tag und Nacht, ob Sonntag, ob Werktag. Bei stets großzügiger Verköstigung empört Eugen sich mit den Freunden. Und Mila kommt auf den Geschmack, über Lebensformen, über Pfade im Dickicht des Schicksals und über alles verrückende Möglichkeiten zu diskutieren. Auch wenn es manchmal zu Meinungsverschiedenheiten kommt, so ist doch allen klar, dass immer noch Dilettanten an den politischen Zauberkasten drängen.

Einer Partei treten Mila und Eugen nicht bei.

Und dann ziehen sie doch wieder weiter. Erst mal nach Bensheim. Von da aus lassen sie den bedürftigen Freunden, in erster Linie Erich Mühsam, weiterhin jegliche Unterstützung zukommen. Aber die Hilfeleistungen werden zunehmend schwieriger. Von Bensheim geht es weiter nach Lützelbach, den Luftkurort im Odenwald. Wieder leidet Eugen unter Asthma – wo er doch während des Krieges völlig gesund gewesen ist.

1923
Es ist ein Herbsttag, wie ihn keiner sah, als sie sich in Heidelberg niederlassen. Mila ist des Landlebens überdrüssig geworden, trotz ihrer Sonderstellung unter den Bauern. Sie ziehen mit ein paar Kisten und Koffern, mit dem vormals intensiv purpurfarbenen und inzwischen fadenscheinigen Sessel, mit dem gelben Korbstuhl sowie Eugens Bücherbord um.

An der Ziegelhäuser Landstraße hat Eugen zwei Zimmer im Haus von Fräulein Walter mieten können, direkt am Neckar. Sowohl das Haus als auch seine Besitzerin haben ihre besten Jahre bereits hinter sich. Bis vor kurzem hat die ehemalige Klavier- und Deutschlehrerin das geräumige Haus als Töchterheim geführt, jetzt mag sie nur noch Menschen um sich haben, für deren Gedeihen sie in keiner Weise verantwortlich ist und die den großen Garten mit Rosenlaube zu schätzen wissen.

Zu Milas Zimmer gehören ein Wandkasten aus dunkel lackiertem Fichtenholz, ein Frisiertisch, ein schmales Bett und ein breiter Diwan, auf dem ihre nicht mehr ganz himmelblaue Tagesdecke liegt. In Eugens Zimmer stehen eine bequeme Liege, eine lädierte Kommode und ein großer ovaler Tisch mit fünf passenden Stühlen. Ganz offensichtlich hat Fräulein Walter eine Schwäche für gedrechselte Beine.

Wand an Wand mit Eugen haust eine schielende Witzfigur mit rotem Bart- und Kopfhaar, die Mila kurzweg *Fridolin der Feuerkopf* nennt. Ofensetzermeister sei der Herr Blumenschein, ein zumeist sehr ruhiger Mensch, erklärt Fräulein Walter, mit manchmal zwar etwas ungewöhnlichen Manieren.

Die beiden Räume am anderen Ende des Flurs aber stehen noch leer; einer grenzt an Milas Zimmer.

Abends, als Eugen in der Dämmerung erstmals die Umgebung auskundschaftet, trillern überall Rotkehlchen. Hin und wieder schiebt ein Salamander seinen Körper übers feuchte Laub. Giftig sehen diese kleinen Kerle aus, eklig. Eugen sind Igel oder Wiesel jedenfalls lieber als Amphibien und Reptilien. Und begreiflicherweise zieht auch er die Nachtigall allen anderen Vögeln vor, was womöglich mit seinem Sinn für Romantik zu tun hat. Aber vielleicht auch nicht, jedenfalls kann er nicht in orthodoxer Art und Weise romantisch sein. Doch wo nur ein Fuß drinsteckt, da kann der andere immer noch tanzen.

Übermütig kommt Eugen sich heute Abend vor. Wortpaare wie *virtuos* und *virulent*, *Inflation* und *Flatulenz* fallen ihm plötzlich ein, *toxisch* und *paradox*, obwohl er in jungen Jahren weder Griechisch noch Latein gelernt hat. Er ging lediglich auf die Realschule, und hinterher besuchte er eine Handelsschule. Wechsellehre und kaufmännische Korrespondenz haben ihn da herzlich wenig interessiert, an Französisch fand er eher Gefallen. Aber er war oft krank, und sowieso wollte er raus aus München, er hatte nicht vor, in die väterlichen Fußstapfen zu treten und Miederwarenfabrikant zu werden, er mit seiner Erregbarkeit.

Auf seine Mitteilung, nach Wien gehen zu wollen und sich an der Kaiserlich-Königlichen Graphischen Lehr- und Versuchsanstalt weiterzubilden, reagierte die Mutter mit einem Tobsuchtsanfall, in dessen Verlauf sie ihn tief in den Oberarm biss. Der Vater hingegen meinte (unter vier Augen), dass Eugen gut daran tue, im Ausland etwas über Fotografie und Reproduktionsverfahren zu lernen. Mit Kenntnissen neuester Techniken und deren Anwendungen habe man heutzutage bestimmt einen vielseitigen beruflichen Weg vor sich. Im Übrigen brauche Eugen sich als Volljähriger nicht um die Meinung der Eltern zu kümmern, und jedenfalls seien genügend finanzielle Mittel vorhanden. Deshalb dürfe er weiterhin auf jegliche Unterstützung zählen.

Wien. Ein ganzes Semester hielt er durch. Am Ende wurde sein Fleiß als *ausdauernd* und seine Leistungen im Freihandzeichnen als *genügend* eingestuft, *befriedigend* gab es in Perspektive, Physik und Chemie sowie in Sittlichem Betragen. Diese Bewertungen stellten sehr offensichtlich einen einzigen persönlichen Rachefeldzug des Gründers und Leiters der Lehranstalt dar. Ein Menschenfeind und Lackaffe. Überhaupt erwies Wien sich insgesamt gesehen eher als Reinfall. Anderseits wäre Eugen ohne Wien und die Graphische Lehranstalt kaum je auf Tensi gestoßen. Der liebenswerte Bajazzo Tensi. Die unbekümmerte Direktheit dieses Mailänders, dessen herzliche Zudringlichkeit und witzige Hartnäckigkeit taten einfach nur gut. Also ging es von Wien nach Italien. In dieses Zufluchtsland sondergleichen.

Und der Vater starb, Eugen reiste nach München, trat sein Erbe an und kehrte umgehend nach Mailand zurück. Jetzt hatte er Aussichtsreiches im Sinn, zusammen mit Tensi. Der hatte bestechende Pläne und wollte in die Hände spucken, um diese umzusetzen, ohne sich dabei zu verausgaben. Zunächst, erklärte Tensi, sollten gestrichene Papiere fabriziert und später ein kleiner Verlag aufgebaut werden. Wobei man wissen müsse, dass zu viel Arbeit krank mache (und genau das hatte Eugen sich doch auch immer gedacht!), was bedeute, dass einem nicht zu langen Arbeitstag ein lohnender Abend folgen müsse, an dem man sich entweder in bester Laune über Tomaten- oder Zwiebelsorten unterhalte oder aber von temperamentvollen Italienerinnen amüsieren lasse. Da war Eugen aus sich selber herausgewachsen und hatte sich bereit erklärt, für die Gründung einer gemeinsamen Firma eine Menge Geld beizusteuern.

Und obwohl er wegen eines Nervenleidens die aktive Mitarbeit bald schon aufgeben musste, ließ er das investierte Kapital im Unternehmen Tensi & Co. liegen. Nach dem Krieg allerdings war dieses Geld dahin. Trotzdem, er ließ sich nicht beirren und startete in München einen Versuch mit Grundstückshandel. Aber es fehlte ihm an Erfahrung. Und inzwischen hat die Weltwirtschaft aus Pfennig und Million eins gemacht.

Eine plötzliche Windböe veranlasst Eugen, seinen Hut festzuhalten. Nützt eigentlich nichts, dem verlorenen Vermögen nachzutrauern. Was soll er sich mit Geld abgeben, das gar nicht mehr vorhanden ist? Und so ganz auf dem Trockenen sitzt er noch nicht, Verpflegung und Unterkunft können sie sich ja noch leisten. Warum also soll er nicht auf die Zukunft bauen?

In dieser Klangkulisse von Blätter- und Flussrauschen und melodiösem Zirpen zieht Eugen entschlossen den Rotz hoch und lässt auch anderen Tönen freien Lauf. In dieser Gegend wird er sich bestimmt wohlfühlen, mit Heidelberg haben Mila und er eine gute Wahl getroffen.

1924
Bomm! (Schnell unter ihr Kissen mit diesem Zettel!)

1924
Die Tür des magischen Schranks springt nicht gleich auf, ächzend öffnet sie sich. Dieses Verhältnis zwischen Mila Esslinger und Heinrich Zimmer ist schon sehr in Bewegung geraten. Dinge gehen vor, auch ohne Mond. Über den Köpfen ihrer Untermieter saust Fräulein Walter auf und ab wie ein Schlossgeist in einem Schauerroman, und ein paar Räume weiter ist Fridolin der Feuerkopf außer sich, sobald hohe Stimmen zu seinem Fenster hinauf schallen. Und gerade als Eugen aus seinem Zimmer tritt, weil er an die frische Luft, über den Philosophenweg gehen will (alleine, da Mila wegen einer Migräneattacke ungestört in ihrem Zimmer liegen möchte), kommt eine Frau mit zwei fliedergefüllten Vasen aus der Küche. Sie stößt die Tür mit dem Hintern zu. Die Dame (eine Dame muss es sein!) hat ihre Haare um den Kopf herum frisiert und trägt ein Kleid von undefinierbarer Farbe (die Lichtverhältnisse lassen wirklich zu wünschen übrig). Und kaum ist diese Dame in Fridolins Zimmer verschwunden, stürzt derselbe in den Flur, *der Mai, der Mai!* stöhnend. Inzwischen ist Mila durch die Schranktüre hindurch in den angrenzenden Raum gestiegen, wo sie ungeduldig erwartet wird. Ein schneller Puls, Schoß, zwei Ohren, tausend Zehen und Finger gehören zu Eugens Frau

(und außerdem ein nettes Durchschnittsgesicht). Wildentschlossen hat Mila sich an den redegewandten und humorvollen Indologen Zimmer herangemacht. Dabei war es keine Eroberung, sondern ein unbedingtes Zusammenkommen. Sie hätten sich nämlich, so Mila, bereits lange vorher begegnen müssen, als sie in Schwabing Haus an Haus gewohnt hatten: er als frustrierter Kunstgeschichtestudent in der Türkenstraße 87, sie als geförderte Malschülerin in der Türkenstraße 85. Im selben Jahr. Und wir haben einander nicht kennengelernt. Da hat der liebe Gott uns beiden eine zweite Chance gegeben und dich und mich in dasselbe Haus gesteckt, Wand an Wand, Schranktür an Schranktür.

1906
Libellen sind übrigens sehr hungrige, nicht besonders wählerische Räuber. Sie packen ihre Beute im Flug. Dazu sind ihnen ihre mit Dornen bewehrten Schenkel äußerst dienlich. Zur Paarungszeit, erklärt der Biologe weiter und verzieht seine Mundwinkel kurz zu den Ohren hin, attackieren Männchen nicht selten andere Männchen und fressen sie auf – einer des anderen Leckerei.

1924
Mit letzten Resten von Ölfarbe bemalt Mila zwei nicht mehr ganz neue Lampenschirme, die sie günstig aufgetrieben hat. Einen will sie ihrem Mann, den anderen ihrem Geliebten schenken.

Senkt Mila am ovalen Tisch in Eugens Zimmer ihren Kopf über diese Arbeit, so fällt ihr das leichte Haar ums Gesicht, und die verblüffende Ähnlichkeit mit dem Täufling von Masaccio ist da. An solchen Anblicken kann Eugen sich ergötzen.

1925

Auch nur ein einziges Stündchen mit Reinhard Goering zu verbringen, dazu hat Eugen heute wenig Lust. Von ihm aus könne Mila alleine in die Stadt gehen, um sich mit dem Spintisierer zu treffen.

Tu ich doch gern, entgegnet Mila, auch als Hochschwangere bin ich ja nicht krank, höchstens ein bissl unbeweglicher. Bestimmt werde ich mich mit dem schönen und gescheiten Menschen bestens amüsieren!

Neulich hat Mila ihm wieder eine Fotografie von sich geschickt. Reinhard Goering antwortete umgehend, worauf Mila den Papierschnipsel erfreut herumzeigte. *Gute, süße, fette Mila!,* rief Goerings hingeworfene Schriftstellerschrift, *Millionen dir! Dir allein! Was geht vor? Turnen, turnen, du mein Vergnügen, müsstest eigentlich Hundertlinge kriegen! Jetzt wird das Leben schön! Süße Mila! Wer hat dir (mir! uns allen!) das getan? Hurrah! Zehn gegen eins, dass es Eins wird mit einem Schwänzelein. Dein G.*

Während Mila und Goering sich von Karina Rauch Muckefuck und Arme Ritter vorsetzen lassen und sich gegenseitig über die komplexen Lebensbeziehungen informieren, blättert Eugen in seinem Zimmer an der Ziegelhäuser Landstraße in Fachschriften über wissenschaftliche Insektenbiologie, Ameisenforschung und Baukunst. Auch einer sicherlich aufschlussreichen Studie *Über den Einfluss der Galle auf die Bewegungen des Dünndarms* ist er habhaft geworden. All die Hefte hat er beim Antiquar aufgetrieben, sie gegen einige für ihn längst entbehrliche Bücher eingehandelt. Auf diese Weise ist er endlich auch die rührend blöde Spießbürgergeschichte *Hermann und Dorothea* losgeworden, nur hat es ihn wegen des Bucheinbands mit der auserlesenen Prägung ein wenig gereut.

Ein Artikel über Libellen fällt ihm jetzt in die Augen. In Deutschland, steht da, habe man den letzten Schwarm im Jahr 1897 verzeichnet, und dies auf Föhr. An solchen Libellenmassenzügen seien der Vierfleck (Libellula quadrimaculata) und der Plattbauch (Libellula depressa) beteiligt. Aber wohin würden diese Schwärme ziehen, und aus welchem Grund? *Wir wissen es nicht.* Und warum wandern sie nicht Jahr für Jahr, sondern nur in großen zeitlichen Abständen? *Wir haben darauf keine Antwort.* Und weshalb wandern bei uns nur der Plattbauch und der Vierfleck, aber keine der vielen anderen, ebenso weitverbreiteten Arten? *Wir finden keine Erklärung dafür.* Das Auftauchen von Libellen wird weltweit unterschiedlich gedeutet. In Südamerika etwa sind die Schwärme ein sicheres Vorzeichen für das baldige Losbrechen gefürchteter Steppenstürme. Wer Hühner besitzt, der sperrt sie schleunigst ein, weil der Verzehr von Libellen die Legetätigkeit ungünstig beeinflusst oder gar schwere Verdauungsstörungen hervorruft. Gewisse Völker setzen Libellen, ebenso wie Heuschrecken, gern auf ihren Speiseplan. In Afrika etwa werden sie ohne Flügel kleingehackt zu einer Art Frikadellen verarbeitet und über dem offenen Feuer geröstet, in Asien gelten ganze, in scharfer Sauce zubereitete Tiere als Delikatesse, und in Mexiko überzieht man sie, wie andere gekochte Insekten auch, mit Schokolade, was eine nicht nur bei Kindern sehr beliebte Knabberspeise ergibt.

1925
Nach dem Fasching fallen große, ineinander verhakte Schneeflocken. Der Himmel hängt so richtig durch. Die Flocken legen sich über die verstreuten Konfetti.

Mila hat in einer privaten Entbindungsanstalt in Heidelberg geboren. *Der Kunstmaler Eugen Esslinger und Frau zeigen die glückliche Geburt eines prächtigen Mädels hocherfreut an.* Eugen ärgert sich, dass ihre bescheidene Zeitungsannonce unter einer übergroßen Werbung für einen Massage-Entfettungs-Seiden-Gummi-Gürtel steht.

Kaum sind Mutter und Kind zuhause, trägt der Vater die süße Mücke im Steckkissen durch den Garten (Achtung Stufen!), aber nur, wenn kein allzu kühles Lüftchen weht. Fräulein Walter wundert sich zu hören, dass Herr Esslinger seiner Tochter sogar eigenhändig die Windeln wechselt oder die Kleine in den Schlaf wiegt. Und nicht nur das. Eugen bewegt auch seine Finger oder sein glänzendes Taschenmesser vor Mückes wachem Gesicht hin und her und sagt dazu *ss-sss-Sausewind, du liebes Kind* oder *tick-tack, tick-tack*. Oder auch gar nichts. Man kann Mücke nämlich auch einfach wortlos anschauen. Nur im Schlaf lächelt sie. Das ist ebenso niedlich wie wundersam.

Dieser Frühling hat es in sich: Blausterne und Schlüsselblumen in Hülle und Fülle, die Knospen der Magnolie und des Birnenspaliers im Garten von Fräulein Walter brechen mit Knack- und Schnalzlauten auf, Mücke möchte noch und noch geküsst und herumgetragen werden (Mila hingegen ist dafür, sie schreiend in den Kinderwagen zu legen), die Trauerweiden am Neckar hängen ihre Fähnlein gelbgrüner als je zuvor in den Wind, aus dem Stoßtrupp Adolf Hitlers geht die neue Schutzstaffel hervor, und Hindenburg wird Reichspräsident. Ein paar wenige Stunden pro Woche verdient Eugen neuerdings auch Geld. Er erteilt einem amerikanischen Rechtsgelehrten Deutschstunden. Heinrich Zimmer hat vermittelt. Eugen lässt den Schüler Coffey laut lesen (mit *Röschen* und *Rüschen* verhält es sich dummerweise doppelt schwierig), er veranschaulicht den Unterschied von *kneifen* und *keifen* oder sucht (vergeblich) nach einer Erklärung, warum die Vorgegenwart mal mit *sein* und mal mit *haben* gebildet wird. Tatsächlich muss einer ein ganzer Kerl vor der deutschen Sprache sein, um sie herumzukriegen.

Unmöglich kann Eugen für alles, was sich in diesen Wochen zuträgt, dieselbe Anteilnahme aufbringen, zumal er sich auch immer wieder von Mila um Wein losschicken lässt, weil sie, wie sie sagt, eine böse Sache ersaufen will. Direktheit ist nun einmal eine ihrer Stärken.

Fräulein Walter hat auch schon auf Ruhe bestanden. Da musste Mila ihr klarmachen, dass es nur natürlich sei, dass ein Butzerl die Welt anschreit. Ein andermal hat Fräulein Walter Mücke ungefragt und viel zu unsanft an sich genommen. Meine Mücke mag nicht von Leuten angefasst werden, die nicht fähig sind, zwischen einem Wickelkind und einem Brotlaib zu unterscheiden, hat Mila die Vermieterin belehrt und ihr die Kleine (ebenso unsanft) aus dem Arm genommen. Und heute bemängelt Fräulein Walter die blasse Farbe von Mücke.

Halten Sie doch den Mund und sperren Sie die Augen richtig auf, herrscht Mila sie an, dann sehen Sie, dass meine Mücke eben das Gesicht gewaschen gekriegt hat!

Fräulein Walters Retourkutsche lässt nicht auf sich warten. Sie deutet auf Mückes Augen: Diese Augen sind so was von traurig, dass ich Ihr Kind ab sofort keines Blickes mehr würdigen werde. Und auch meinen Blumen werde ich verbieten, ihm zuzunicken, damit es zum Schluss nicht etwa noch heißt, ich und mein Haus und mein Garten hätten Schuld, wenn dieses Würmchen immer blasser und blasser und zuletzt sterbenskrank wird, damit Sie's gleich wissen, Frau Esslinger!

Eugen geht Streitigkeiten prinzipiell aus dem Weg. Und deshalb läuft er auch diesmal Richtung Stadt los, um für Mila die gewünschte Flasche Wein zu besorgen. Mücke kräht derweil in ihrem Korb, und Mila klaubt einen angefangenen Brief an ihren Geliebten hervor, der sich während der Semesterferien wie üblich in Berlin aufhält.

Da er bei seiner Mutter wohnt, die von den privaten Veränderungen nichts wissen darf, benutzt Mila von ihm bereitgelegte Umschläge. Ihr Fastschonprofessor ist wahrlich ein weitsichtiger und gescheiter Mensch: Er hat an ihn gesandte Briefumschläge gesammelt, seine Heidelberger Anschrift durchgestrichen und die Adresse seiner Mutter darüber geschrieben. Die Umschläge hat er auch schon vorfrankiert. Eine offensichtlich hilfsbereite Mitbewohnerin aus Heidelberg schickt dem vielversprechenden Indologen nun eben jeden anderen Tag die Post hinterher. Und lieber unterschlägt Zimmer seiner besten Mutter ein Enkelkind (und eineinhalb Jahre später noch ein zweites), als dass er nicht mehr ihr Lieblingssohn ist, der ihrer finanziellen Unterstützung doch so dringend bedarf.

Dass er selbst täglich an die Ziegelhäuser Landstraße schreibt, versteht sich von selbst, einerseits ausführliche und völlig harmlose Briefe, die vorgelesen werden dürfen (und sollen), und andererseits beredte *Nur-für-dich-Briefe*: kleingefaltete Botschaften, die Mila in Hände und Herz springen – und immer zuerst in ihre Schürzentasche.

1925
Der neueste Brief aus Berlin besteht bloß aus einem hochoffiziellen Zettel an die *liebe Frau Mila* und aus vielen Durchschlägen eifrig umgearbeiteter Manuskriptteile von *Kunstform und Yoga. Kunstbutter und Joghurt* betitle der

Verleger das Manuskript, rapportiert Zimmer, aber Mila ist es derzeit nicht nach Lachen zumute. Ach, was soll sie nur mit all diesen Durchschlägen? Sie hat noch nicht einmal die zuletzt gesandten Blätter gelesen, hat sie nicht mehr gefunden, richtig gesucht aber auch nicht, konnte sie gar nicht, denn mit Mücke ist sie ja ununterbrochen auf Trab. Und mit Eugen auch. Eigentlich geht ihr das andauernde Indianertum gerade ziemlich gegen den Strich. Nicht zuletzt, wenn sie daran denkt, wie fabelhaft ihr Heinzl sich in Berlin unterhält, und dies, nachdem er eben erst nach Lust und Laune in Paris herumschwadronieren konnte. Und sie sitzt in diesem Heidelberg fest, füttert Mücke, legt sie trocken, zieht sie an und aus und muss sich wieder und wieder von Fräulein Walter anpöbeln lassen, wenn die Kleine ein Zetermordio anstimmt.

Aber auch Zimmer ist eher in Herbststimmung. Denn Mila fehlt. Obwohl in Berlin einiges los ist. Bei Pegu zum Beispiel. Dieser Paul Guttfeld gibt ihm Rätsel auf, er ist wohl ein lieber Kerl, doch irgendwie steht ihm der Schlemihl ins Gesicht geschrieben. Zimmer besucht ihn vor allem, weil es Milas Wunsch ist. Pegu sei ein sehr anregender Mensch, hat sie schon öfters geschwärmt, der ein jedes Problem zwischen Mist und Gott zu lösen versuche. In der Münchner Revolution habe er ganz vorne mitgetan, habe die Texte für das Feuilleton der *Münchner Neuesten Nachrichten* geschrieben, im Alleingang, weil alle Schreiberlinge sich aus dem Staub gemacht hätten. Seine Artikel aber hätten nur aus Zitaten eines alten chinesischen Philosophen und Dichters bestanden, mit dem er sich damals gerade beschäftigte.

Kaum ist Zimmer bei Paul Guttfeld, sieht er sich erst einmal mit dessen aktueller Freundin konfrontiert. Bedauerlicherweise stellt diese Eva so ziemlich das Gegenteil ihrer Vorgängerin dar. Jene war eine gemütliche Griechin aus Charlottenburg, ein wenig überreif und mit stattlichem Schnurrbärtchen an der Oberlippe, die kleingewachsene Eva hingegen erscheint Zimmer eher primitiv. Er will von ihr doch nicht schon beim ersten Treffen hören, dass sie eine Cousine ersten Grades sei und deshalb seit jeher auf jede andere Frau in Pegus Umfeld eifersüchtig. Frauen und Eifersucht, da könnte er auspacken! Um dem Gespräch eine Wendung zu geben, zückt Zimmer ein Foto von Mücke und richtet beste Grüße von Mila und Eugen Esslinger aus. Worauf der aufrichtige Pegu kurzerhand alle Bilder von Mücke holt, die Mila ihm bisher geschickt hat, und freimütig bekennt, dass er über die wahre Vaterschaft dieses entzückenden Kindes längst unterrichtet sei. (Alles kann Mila ihrem Freund Pegu nämlich anvertrauen, weil sie niemals das Letzte miteinander geteilt haben; mit Mila geschlafen zu haben, kann sich schließlich mancher rühmen.)

Als auch noch Titus Tautz mit seinem kleinen Jungen aufkreuzt, wird Weißwein entkorkt. Und irgendwann erzählt Pegu von seinem letzten Besuch bei Reinhard Goering, diesem einzigartigen Stern, der langsam, aber sicher aus seiner Bahn falle. Dem grausamen Ekel vor aller Mühe mit sich selbst scheine Goering nicht mehr entkommen zu können, es gehe ihm richtig dreckig, trotz aller Bemühungen zu kleinbürgern, zum Heulen sei dies, wenn nicht –.

Vielleicht, fällt Zimmer Pegu ins Wort, sei Goerings Vorsatz *mit Besamen Schluß und Amen* doch etwas zu hoch gegriffen.

Man lacht (bloß Pegu zieht die Brauen hoch und die Mundwinkel hinunter), aber Milas Lachen fehlt.

Und Mutters einundsechzigster Geburtstag wird fröhlich gefeiert, aber Milas übereinandergeschlagene Beine fehlen. Und jeden Abend rufen Theater, Varieté oder Kino, aber Milas neugierige Hände fehlen. Sapperlot, das ständige Regenwetter drückt auf die Stimmung! Genauso der allgegenwärtige Wahlrummel: Zahllose schwarz-weiß-rote Flaggen, bedeutend mehr als schwarz-rot-gelbe, hängen klatschnass über den Fassaden und von den Balkons herunter.

So bleibt hauptsächlich die Vorfreude. Ganz unwahrscheinlich freut *immer Ihr Zimmer* sich darauf, nächstens von Berlin wegzukommen, um es daheim in Heidelberg wieder behaglich zu haben. Und vorneweg schickt er schon mal einen Bericht von Thomas Mann, der bei Eugen heitere Erinnerungen wecken soll.

Reiseerinnerungen kommen bei Eugen einen Tag später durchaus auf, aber bei weitem nicht nur heitere. Was weiß Heinrich Zimmer denn schon von der *goldenen Heimlichkeit des eigenen Tempels*? Oder gar von mandeläugigen Polizeioffizieren, die einen ins Rauchzimmer einladen? Trotzdem wird Eugen sich bei ihm angemessen bedanken.

1926
Den Faschingstrubel in Heidelberg empfindet Zimmer als bekömmlich, als richtiggehend gesund. Tanzen ist wahrhaftig der bequemste Wintersport für Stadtbewohner und macht außerdem schlank. Im Herbst will er dringend ein paar Tanzstunden nehmen. Ohnehin haben seine Beine fast alles verlernt, was man ihnen einst im Tanzunterricht beigebracht hat, als er noch ein siebzehnjähriger Schnösel war. Seine Eltern befanden sich damals gerade wieder einmal auf Kur, und das kultivierte Fräulein Wernicke führte den Berliner Haushalt und riet ihm zu Tanzstunden.

Und auch zu einer langen Hose. So verzichtete er wohl oder übel fortan auf die bequeme kurze Hose, und dies auch außerhalb der Tanzstunden. Fräulein Wernicke hatte ihm nämlich glaubhaft gemacht, dass junge Damen junge Herren mit kurzer Hose abblitzen lassen. Tatsächlich hat Rike Kaiser ihn dann bald einmal an die Hand genommen. Und auf der Stelle verliebte er sich, verliebte sich hoffnungslos, und demzufolge schrieb er sein ziemlich einziges, jedenfalls sein allererstes Liebesgedicht.

1926
Nachdem Coffey (Eugens einziger Deutschschüler) an den Michigansee zurückgekehrt ist, baut Mila sich eines Tages vor ihrem Mann auf und greift mit ihren warmen Händen nach seinen kalten: Ich hab's mir reiflich überlegt und alle Vor- und Nachteile erwogen. Ich will mit Mücke aufs Frankenfeld ziehen, auch wenn Irmas Häuschen noch nicht fertig ist. Deine und Herbert Goldsteins Bedenken teile ich nicht, denn das Schäfer-Haus ist ja riesig, und man heißt mich dort willkommen. Was will ich mehr? Und du – lass du nur nicht locker in München! Dein Bruder hilft dir bei der Arbeitssuche bestimmt. Als Bankbeamter, der sich immer noch Rinderhaxen und Marzipanpralinen leisten kann, kennt er doch sicher die richtigen Leute. Und dann, mein lieber Schwan, besuchst du uns so oft wie möglich, nicht wahr?

Beim Abschied von Fräulein Walter hat Mila die kleine Mücke unter den linken Arm geklemmt und die hellblaue Tagesdecke unter den rechten. In einer Hand hält sie einen Sabberlappen, in der anderen einen lindgrünen Beutel mit applizierten Blumen. Sie presst die Lippen aufeinander und lässt Eugen freundlich reden. Fridolin der Feuerkopf ist bereits außer Haus, und auch Zimmer hat den Weg zur Universität schon unter die Füße genommen.

Eugen begleitet Mila und Mücke ins Haus von Ernst und Schorsch Schäfer, wo deren Frauen und Kinderschar Spalier stehen. Wiederum gelangt er zu keiner rundum günstigen Prognose, obwohl er sich einredet, dass die von Erde praktisch vollständig bedeckten Stubendielen einen einladenden Spielplatz für Mücke abgeben werden. Und da steht auch ein froschgrüner Kachelofen, so dass sein kleines Mädchen und seine Frau theoretisch nicht zu frieren brauchen. Aber jetzt ist es mehr als kühl; an einem derartigen Apriltag müsste man eigentlich ein Feuer machen!

Das Frankenfeld besteht aus ein paar verstreuten Höfen auf ausgesprochen feuchtem Boden. Gemeinsam bewirtschaften die Siedler, allesamt jugendbewegte Idealisten, zweihundert Morgen Land. Man hilft sich gegenseitig, wenn ein neuer Hühnerstall gebaut, da ein Schwein geschlachtet und dort die Stahlfedern zurück in ein Eisenbett gedrückt werden müssen. Wohlstand sieht anders aus, aber Milas Kammer sieht doch ganz gemütlich aus. Zumindest das lila Webkaro der Vorhänge.

Am Abend vor dem Umzug hat Zimmer Mila noch einen Floh ins Ohr gesetzt: Seine offiziellen Besuche auf dem Frankenfeld müssten jeweils feierlich angekündigt sowie als geistige Anregung auf das Aktionskonto der ganzen Siedlung gesetzt werden. Auf diese Weise könne er seine Besuche nach und nach zur Dauereinrichtung erheben.

Doch während der folgenden Monate kommt es kaum zu Besuchen. Zimmer hat dafür ebenso elegische wie elastische Erklärungen: Bedauerlicherweise müssen Kollegs und Übungen vorbereitet und durchgeführt werden, dann wollen Zeitschriftenbeiträge verfasst sein, die man ihm aufgehalst hat, an denen er aber immerhin etwas verdienen kann, des Weiteren eilt die Elefantenübersetzung, und endlich sollte ein Verleger für das Mythos-Buch gefunden werden. Darüberhinaus darf er das gesellschaftliche Karussell nicht vernachlässigen, im Gegenteil, unablässig wird er dazu genötigt, aufzuspringen und sich mitzudrehen, bei Else Jaffé etwa oder bei Marianne Weber. Kommt hinzu, dass er sich noch öfter nach Berlin begeben muss als bisher, da es der Mutter gesundheitlich schlechter geht. Unter diesen Bedingungen und auch deshalb, weil Eugen sich häufig bei Mila aufhält, kann Zimmer nicht derart oft, wie ihm wahrlich lieb wäre, aufs Frankenfeld kommen. Das heißt hin und wieder lässt er sich ja auch blicken und soll sich dann jeweils als erstes die Zerwürfnisse und Liebschaftskompliziertheiten der Siedler anhören. Oder aber er fühlt sich so hinreißend wohl und muss Mila leider aus dargelegten Gründen viel zu früh wieder verlassen. Zu schade eigentlich, dass kein eheliches Dreieck möglich ist, es könnte doch glänzend funktionieren! Für ihn wäre es nämlich durchaus vorstellbar, zeitweise zu dritt in einem Holzhäuschen auf dem Frankenfeld zu leben. Das Häuschen dürfte natürlich nicht viel kosten, man müsste es auch abbauen und an anderer Stelle neu hinsetzen können. Platz für eine Mama und ein paar Kinder sollte es bieten, und ein Gästezimmer dürfte nicht fehlen, ein Gästezimmer ausschließlich für Besuch, der sich in die Häuslichkeit einschmiegt. Esswaren und Lesestoff brächte er jeweils im Rucksack mit, und vor Eifersucht könnte er sich schützen, indem er viel (sehr viel) arbeiten würde.

1931
Es war einmal ein indischer König, der längere Zeit auf der Jagd war. Eines Tages fiel ihm ein, dass seine Lieb-

lingsfrau gerade jetzt ihre Monatsblutung hinter sich haben und demzufolge besondere Lust und Sehnsucht nach ihm empfinden müsste. Für den König selbst war es eine kleine Sünde, diesen einen Augenblick zu versäumen, der für eine Zeugung so günstig war. Darum tat er etwas Samen, der ihm bei diesen Gedanken entschossen war, auf ein grünes Blatt (ein Sandelholzbaumblatt?) und bedeutete einem Waldvogel (einem Schwarzkopfbülbül?), damit zu seiner Lieblingsfrau zu fliegen. Kaum hatte diese das Blatt erhalten, führte sie die Botschaft zu den Lippen und schluckte sie. Noch im selben Jahr brachte die Königin dem König einen Sohn zur Welt.

1926
Schon in ihrer ersten Schwangerschaft hat Mila mit einem Jungen gerechnet, sogar mit zweien, nachdem der Frauenarzt Doktor Himmelheber doppelte Herzschläge gehört hatte. So freute Mila sich nach dem ersten Schrecken eben auf zwei Kinder – *das eine mehr du, das andere mehr ich* –, zumal Eugen sich nicht nur damit abfand, sondern sogar die Vorzüge von Zwillingen pries und fortan statt von einem Pepo nur noch von den Pepos sprach. Und dann war's doch nur ein Mädchen.

Aber jetzt ist er da, sie hat einen Sohn, seinen Sohn! Pepo soll er heißen. Es gab in letzter Zeit Stunden, in denen sie darunter litt, dass der Professor und sie mit diesen beiden Kindern nicht so richtig würden zusammen leben können. Selbst wenn alle Schwierigkeiten wegfallen würden, könnten sie es nicht, ganz abgesehen von Eugen. Heinz würde immer ein Mindestmaß an Ordnung fehlen, und sie würde viel zu sehr darunter leiden, dass er Unbequemlichkeiten und zu wenig Ruhe hätte. Aber sie kann sich nun mal nicht gleichzeitig um ihren Geliebten kümmern *und* umsichtig haushalten. Und weil sie das nicht schafft, will sie deswegen nicht mehr traurig sein. Ihr gemeinsames Leben bewegt sich nun mal jenseits der momentan herrschenden Gesellschaftsordnung – und was hat die denn schon mit dem eigentlichen Leben zu tun?

Die Frankenfelder beugen sich einer nach dem andern über den Jungen. Ein neugeborenes Menschlein ist schließlich etwas anderes als ein Wurf Kaninchen oder Ferkel.

Irma Thrändorf, Milas Freundin seit der Heppenheimer Zeit und Siedlerin der ersten Stunde, kommt Tag für Tag ans Bett der Wöchnerin, im Schlepptau ihre Sanne. Dieses Mädchen (ein kleiner Südseetraum) wächst vaterlos auf. Sie wüsste nicht, hat Irma Eugen gegenüber schon geäußert, wozu die Sanne einen Vater bräuchte, zumal sie selbst kein Bedürfnis nach einem allgegenwärtigen Mann habe, der ihr womöglich immer dann auf die Füße trete, wenn sie gerade zu Siebenmeilenschritten ansetze.

Irma hat Eugen auch schon an die besten Seiten von Fräulein W. erinnert, doch Irma Thrändorf ist aus einem anderen Stück Holz geschnitzt: Sie holt sich, was sie braucht, und gibt, was andere benötigen, und beides mit herzlicher Selbstverständlichkeit und großer Umsicht. Nachdem Eugen ziemlich spät von Milas zweiter Schwangerschaft erfahren hatte und ratsuchend zu Irma gefahren war, schlug sie ihm vor, von Mann zu Mann mit Zimmer zu reden.

Zimmer wiederum fand die Kontaktnahme begreiflich, aber brauchte es Eugen etwas anzugehen, dass Mila und er sich liebten? Keinesfalls! Hätte Zimmer das Wort *Liebe* in den Mund genommen, so hätte er nur die Urheberschaft der beiden Kinder in den Vordergrund gerückt. Dies aber war insofern überflüssig, als Eugen sich ununterbrochen bemühte, über diese Urheberschaft hinwegzugehen. Überhaupt brächte eine Aussprache wenig, denn irgendwelche Regeln nach Eugens Vorstellungen könnten niemals erfüllt werden, da ja alles bereits aufs Beste geregelt sei, es sich gewissermaßen andauernd von selbst regle.

Zimmer fiel vieles ein, als er und Eugen sich dann trafen. Unter anderem legte er dar, dass es bei Mila und ihm, in ihrer prinzipiell arglosen, jedoch tendenziell freundschaftlichen Beziehung hin und wieder, aber im Grunde doch eher selten, zu einer kurzen Implosion komme, einem sozusagen chemisch-biologischen Zwischenfall, den sich ein künftiger Erdenbürger anscheinend etwas übereilig zunutze mache. So sei das.

Daran denkt Eugen, als er zwischen Gernsheim und dem Frankenfeld an Blaukohl, Wirsing und Fleischkraut vorübergeht, um Mila nach ihrer zweiten Niederkunft zu besuchen. Die Zuckerrübenfelder stehen teilweise unter Wasser, grau zu grau schwelt der Rauch von verbranntem Kartoffelkraut, weiter weg bewegen sich Pferd und Pflug wie in einem Schattentheater. Auf einem schon rot eingefärbten Birnbaum sitzt ein Bussard, stolz und traurig. Ein weiterer Raubvogel kreist, und plötzlich, wie aus dem Nichts, ein Keil eifrig schnatternder Gänse. Fliegen gibt es auch, unten, oben, eine lästige Menge. Von weitem ist plötzlich die Schwarzpappel neben dem Schäfer-Haus zu sehen, der mit Früchten reich behangene Quittenbaum aber erst, wenn man das Kopfsteinpflaster der Dorfstraße erreicht. Und hier gackern auch Hühner, Katzen verschwinden oder streichen einem um die Beine, Zaunwicken und Ringelblumen blühen noch, Sonnenblumen und violette Herbstastern. Zu Eugens Ankunft kräht der Hahn. Als käme Goldmarie (oder Pechmarie) nach Hause.

Doch schon wackelt Mücke ihrem Vati strahlend entgegen und klammert sich an sein Hosenbein. Er hebt sie hoch, küsst sie auf beide Wangen und streicht ihr die dünnen Haare aus der Stirn.

Mila hat rote Wangen. Ein Bauerntuch verdeckt ihre Haare, sie sitzt mehr, als dass sie liegt, und guckt munter, Pepo an der Brust. Eugen drapiert einen Halbkreis aus bunten Blättern und vanillegelben Nelken aufs Federbett.

Auch Irma Thrändorf will später noch besucht sein. Ein Bekannter sitzt bereits auf der Bank an der Südseite ihres einfachen Hauses, um den Feierabend bei einem Bier zu verplaudern. Vom zu erwartenden Wetterumschwung ist die Rede und davon, dass man immer eine ungerade Anzahl Hühner haben soll. Und dann setzt Irmas Bekannter zu der Erklärung an, wie man eine Kuh dazu bringe, ein fremdes Kalb anzunehmen, wenn ihr eigenes tot zur Welt gekommen sei. Man müsse dem toten Tier das Fell abziehen und es um ein anderes, möglichst junges Kalb herumbinden. Wegen des vertrauten Geruchs akzeptiere die Kuh das fremde Kalb ohne weiteres.

1926

Mila liest den Satz gleich noch ein zweites Mal: *Du hast Eugen geheiratet und nicht ich.*

1926

So ein Professor ist ganz schön auf Achse, derzeit ist er gerade zu Besuch bei seinem Bruder in Lübeck. Eng und unpraktisch geht es in dessen Familie zu, so dass es Zimmer bald weiter nach Hamburg zieht. Unbestreitbar ist es von Vorteil, sich da und dort und nun gerade hier in Hamburg bei einflussreichen Leuten einzufinden, beispielsweise beim Oberbürgermeister, dem Vater seines Freundes Percy Schramm. Die Leute mögen es ja, wenn man sie in ihrer Unentbehrlichkeit bestärkt.

Während dieser Tage lauscht und späht Zimmer mit einem Ohr, mit einem Auge in Richtung Frankenfeld. Hauptsächlich begleitet ihn in Hamburg Milas schlanke Mädchenhaftigkeit. Gott sei Dank ist es seinen tausendundein Gliedern nunmehr seit fast drei Jahren ununterbrochen feierlich zumute. In Milas nächster Nähe findet er immer aufs Neue den Angelpunkt seines Lebens, findet ihn dort, wo sich der Haupteingang befindet. Andacht und Religion ist das. Indem sie als Mann und Frau zusammen ganz in Religion eintauchen, ist für sie beide selbst das Unbedeutendste, jedes Härchen, jedes Fleckchen, Gegenstand tiefer Andacht und Heiterkeit. Daran muss Zimmer mindestens beim Einschlafen und nach dem Aufwachen denken, besser als alle Gebete ist das. Ganz abgesehen davon, dass er nie mehr betete, seit er die Angst vor der Schule und dem Vater verloren hat.

Sein zweites Auge und sein anderes Ohr sind in diesen Oktobertagen aber auf Hamburg eingestellt. Wäre dem nicht so, so hätte er Wittmann, seinen ehemaligen Kriegskameraden (Ex-Gemahl seiner früheren Geliebten Helene und Oberregisseur) verpasst. Nun laufen die beiden einander an der Alster direkt in die Arme.

Du? Sie hier?

Einkehren oder nicht, das ist die Frage.

Keine Frage. Warum nicht gemeinsam eine Flasche Wein kippen?

Jeder mustert den andern wie beiläufig. Derweil geht ihr Gespräch von Vorträgen zu Vorführungen, von Zuschüssen zu Eisenbahnanschlüssen und Wagenklassenbequemlichkeiten, von gleichermaßen prunkvollen wie intimen Theaterräumen in Paris zu der synthetischen Bühnenraumgestaltung eines Alexander Tairow (Zimmer hat in Paris immerhin ein kleines erleuchtetes Dekorationsmodell beguckt). Nur über Helene reden die Männer nicht, die heitere Helene mit dem breiten Gesicht und der schwimmenden Wärme in den Augen.

Als Wittmann Zimmer das Du anbietet, während sie vorher zwischen dem Du des Kriegskameraden und dem Sie des Dreiecks gependelt haben, schiebt er noch eine Erklärung nach: weil ihr Schicksal vermutlich enger miteinander verflochten sei, als jeder von ihnen es sich bisher eingestanden habe. Zimmer will auf diese Vermutung gar nicht eingehen. Überhaupt mag er seinem Gegenüber jetzt nicht in den Redefluss patschen, lieber ordert er per Handzeichen eine weitere Flasche Trollinger. Aber einfallen täte ihm schon etwas: Verwandtschaften würden erst interessant, wenn sie Scheidungen erwirkten. Und das hat er sich im Norden Frankreichs gemerkt, zu Herzen genommen, appris par cœur. Man lag ja nicht pausenlos in den Gräben vor Lens, Roye und Harnes. Dort und damals lernte er Helene kennen. Als sie mit ihrer Tanzerei die Truppen bei Laune hielt. Bald schon sah sie es auf ihn ab, den charmanten Leutnant der Reserve, und dies ließ er sich mehr als gefallen.

Ex-Gemahl Wittmann hat wirklich einen außergewöhnlichen Rededrang. Als ihm die Silben durcheinanderkommen, ist es Zimmer nach Aufbruch zumute. Erfreulich, dass Wittmann beim Abschiednehmen wenigstens noch schnell eine günstige äußere Veränderung an ihm festzustellen meint.

Dann endlich geht's auf die Reeperbahn. Es ist der einzige Fleck Deutschlands, der in seiner Atmosphäre an Paris erinnert. Paris. Vor einem Jahr hat er sich zum ersten Mal in seinem Leben dorthin begeben können, und dies auch nur dank eines Stipendiums. Es ist ein ausgedehnter Ausflug gewesen, in Gesellschaft von Olschkis und den langweiligen Vogels, hauptsächlich hatte man die groß angelegte Kunst- und Industrieausstellung im Visier. Die Ausstellung war wahrhaftig groß, aber viel mehr auch nicht, das Große fand sich eher auf Abwegen, etwa im Musée Guimet und im Musée Rodin oder abends im Le Jockey. In dieser Bar setzte die berühmte Kiki sich mit viel Bemalung und wenig Stoff prompt an Zimmers Nebentisch, während ein Neger die Pauke zum recht gewöhnungsbedürftigen Jazz schlug und eine kleine Japanerin mit vollendetem Buddhakopf tanzte. Überhaupt konnte man in den Pariser Bars sehen, dass die planetare Mischkultur an diesen Orten ihren Anfang nimmt. Und jedermann trank in dieser Stadt Absinth und Champagner, während man sich hier in Hamburg mit Grog und Bier begnügt, was aber durchaus in Ordnung ist. Hauptsache, die winzige innere Unordnung lässt sich angenehm verwässern.

Zu vorgerückter Stunde ist Zimmer überzeugt, dass auch der neugeborene Junge ein glückliches Schicksal haben muss. Schließlich ist auch dieses Kind in reiner Seligkeit gezeugt worden. Und das Frankenfelder Landleben wird sich mit seinen Aromen von körperwarmer Kuhmilch bis Räucherwurst sicher günstig auf die Entwicklung der zwei Kleinen auswirken. Für Erwachsene jedoch, insbesondere für waschechte Städter, wie er einer ist, hängt der Frankenfelder Alltag zu sehr an der Scholle. Immerhin kann er dort, bei seinen Besuchen, Schönstes ernten. Jetzt, auf der Stelle, würde er dieses Schönste nicht verschmähen. Es mit Helene oder einer anderen Tänzerin zu teilen, käme ihm auch nicht ungelegen, könnte aber Schwierigkeiten nach sich ziehen. Wie auch immer, er fühlt sich gerade ziemlich einsam, trotz Varieté, und dies umso mehr, als er sich vorstellt, dass Mücke jeden Morgen quietschend vor Freude zu Mila ins Bett kriecht und der neugeborene Junge alle paar Stunden mit Hurragebrüll zwei à la Rubens-Brüste leer trinkt. Und er selbst hat nicht mal Milas kleinen molligen Zeh zum Lutschen, wo doch alles an ihm so äußerst wach nach ihr klopft. Bleibt ihm aber nichts anderes übrig, als sich zu gedulden. Denn erst einmal geht es weiter nach Berlin, wo die leidende Mutter auf ihn wartet. Und einige Studien zum indischen Denken muss er noch hinter sich bringen. Aber dann, dann will er endlich diesen Jungen sehen! Bestimmt hat er ein sehr besonderes Gesicht. Andererseits haben dieses Zweite und er zum Kennenlernen ja noch ungefähr ein halbes Leben Zeit. Hoffentlich sind die beiden Puttelchen schon fotografiert worden, doch hoffentlich nicht von Eugen. Denn der wird ja immer viel zu schnell nervös und verwackelt alle Bilder.

1918
Als Zimmer aus dem Krieg zurückkommt, fehlen ihm vier wissenschaftliche Jahre. Ziemlich naiv hat er sein Leben für die Ideale der Gemeinschaft aufs Spiel gesetzt, hat dabei auch etwas über Nachrichtenvermittlung und das Dolmetschen im Stab eines Nachrichten-Generals gelernt, aber hauptsächlich Scheußliches über die Kämpfe auf dem Feld erfahren, über die heimtückische Monotonie, den Hunger und das allmähliche Abstumpfen des Geistes gegenüber den Befehlen.

Noch als Gefreiter hatte er eine ganze Nacht lang Granaten geworfen. Wie ein Berserker fischte und fischte und fischte er. Hinterher verbot er sich jeden Gedanken. Hinterher wurde ihm das Eiserne Kreuz Zweiter Klasse verliehen, nein, er freute sich nicht. In den vielen Kampfpausen lenkte er sich ab, las jede freie Minute. So wie er als Gymnasiast den vergötterten Hugo von Hofmannsthal auswendig gelernt hatte, eignete er sich nun ganze Passagen der *Wahlverwandtschaften* an. Eigenartig ansprechend war dieses Buch. Ein Dünndruckband, den Mutter mit einem Fresspaket geschickt hatte. Sie vermied zu schicken, was ihr Sohn gerade nicht benötigte, und schickte, worum er bat. Einmal brauchte er einen Gummimantel, ein andermal einen an der Front praktisch handzuhabenden Rasierapparat. Und Goethe wollte er lesen.

Unversehrt und auch mit dem Eisernen Kreuz Erster Klasse kommt Dr. phil. Heinrich Zimmer aus dem Krieg zurück. Von indischen Dingen weiß er so gut wie nichts. Er nimmt seine Studien in Berlin wieder auf, fängt überhaupt erst an, sich gründlich mit buddhistischen Texten, tantrischer Weisheit, Mythologie und Symbolik auseinanderzusetzen.

Trifft er sich mit Helene, so lässt er sich von ihr aus den Trümmern heben. Monatelang, nächtelang. Dass Helene bereits zwei fast erwachsene Töchter hat, empfindet Zimmer keineswegs als nachteilig, aber dass sie ihrem Mann erlaubt, unter dem ehelichen Dach ein ums andere Mal neue Eifersuchtsstücke zu inszenieren, missfällt ihm je länger je mehr. Helene jedoch kommt allmählich zum Schluss, keinen Spaß mehr daran zu haben, sich auch noch mit dem Unmut ihres Geliebten beschäftigen zu müssen. Da Zimmer mittlerweile zum Privatdozenten aufgestiegen sei, legt

Helene eines Abends dar, so möge er sich fürderhin bitte in seinen Kreisen aufregen oder auch vergnügen. Und was die ehelichen Dramen betreffe, so werde sie den Schlussvorhang dann ziehen, wenn es *ihr* beliebe.

Zimmer nimmt die Sache gelassen. Zumal eine andere zum Greifen nahe ist, ledig und studiert, obendrein eine Indologin. Man versteht sich sehr bald *formidable* (ausgezeichnet), und nebenher, so zwischen Französisch und Sanskrit, verlobt man sich. In der Folgezeit überwältigt die Verlobte den Verlobten öfter als wünschenswert mit Forderungen. Dabei ist *confort* (Wohlstandsbequemlichkeit) eines ihrer Lieblingswörter, *propriété* (Eigentum) ein anderes. Mit einem Mal fängt sie auch noch an, aus Mücken Elefanten zu machen (und keine heiligen), wird dabei unausstehlich überheblich und will sogar Zimmers Arm, sein Auge und Ohr, selbst seine Nase mitten im Gesicht besitzen. Was insofern unausgewogen ist, als sie ihm Wesentliches vorenthält.

Da meldet Helene sich, unvermutet. Zimmer legt ihren Brief zwischen den Aschenbecher und den kleinen Amenophis-Kopf, den sein Vater nach dem Brand von Mommsen geschenkt bekommen hat, schiebt die Gardine beiseite und blickt empor. Das Grau des Himmels hat einen Stich ins Violette. Helenes Brief enthält kein Wort zu viel. Jetzt ist der Zeitpunkt gekommen, endlich in anständiger Weise von ihr Abschied zu nehmen, nun, wo sie sich von ihrem Gatten losgesagt hat.

Zimmer spielt mit offenen Karten. Doch die Verlobte ist empört, sie droht. Dennoch trifft er Helene. Als er danach die Indologin besucht, wirft diese sich lamentierend auf den gebohnerten Holzboden. Unter breiten schwarzen Brauen spritzen Tränen. In der einen Hand hält sie eine zweizinkige Fleischgabel. Wieder droht sie. Der spinatgrüne Rock und die pastellgrüne Bluse geben ihr etwas Lindwurmartiges. Zimmer ist sich nicht sicher, ob er die beiden Kleidungsstücke je zuvor gesehen hat; was derartige Dinge betrifft, so ist sein Gedächtnis lausig (*misérable*). Aber an der höchsten Stelle der Bluse bemerkt er einen Fleck. Darunter hätte er sich noch bis vor kurzem mit einer Brustwarze beschäftigen wollen. Sein Blick streift den rötlichen Hals und das kräftige Kinn, um an den dünnen, zuckenden Lippen hängenzubleiben. Wenn er die törichte Frau, wenn er diese *Unselige* jetzt aufhöbe, sagt Zimmer sich, so käme dies einer Umarmung gleich. Also entwendet er ihr nur die Fleischgabel und macht sich auf und davon. Der ovale Knauf der Wohnungstür fühlt sich wohltuend kühl an.

1926
Wegen der vielen Reisenden ist die Bahnfahrt anstrengend. Etliche der roten Ledersitze in der zweiten Klasse sind zerschlissen, und die Zugluft zwingt einen dazu, sich in die eigene Haut zu verkriechen. Aber unter Eugens Rippen klammert sich bereits der Schmerz (wie ein Kängurufötus) und nuckelt an der Herzzitze.

Wieder einmal zieht es Eugen nach Berlin, nachdem Max in München zwar alle Hebel in Gang setzte, aber für ihn nichts hat erwirken können. So hofft er nun auf Freund Frieder, der als Handelsvertreter einer Berliner Firma für Fahnenstangen nach wie vor eine einflussreiche Position haben dürfte.

Der Fensterplatz gewährt Eugen eine uneingeschränkte Sicht auf die Kulissenschieberei, doch die fein linierten, gefleckten, gestrichelten oder mit breitem Pinsel großflächig gestalteten Elemente, die launige Stadtteile wiedergeben sollen, Bahnsteige, Flussläufe, Tümpel und Telefondrähte, vermögen ihn keineswegs zu unterhalten. Nur als das Leunawerk vorüberschwimmt, schaut Eugen etwas aufmerksamer und muss dem Professor innerlich heftig widersprechen: Prachtvoll ist diese Fabrik mit ihren zahlreichen Schloten nun wirklich nicht, höchstens imponierend. Und ob es dem Unternehmen gelingen wird, synthetisches Benzin herzustellen, damit das Deutsche Reich nicht mehr von Erdölimporten abhängig wäre, ist ihm so lang wie breit, denn Mila, die Kinder und er hätten davon keinen Nutzen. Weil es auf dem Frankenfeld einen Kachelofen gibt. Und bei Max in München sorgt eine mit Gas betriebene Zentralheizung für Wärme in allen Räumen.

Am Bahnsteig in Berlin sind die Holzwände mit Schaukästen behangen und mit bunten Plakaten beklebt. Vor einem bleibt Eugen stehen. Ohne den abgenutzten, früher taubenblauen Handkoffer abzustellen, rückt er seinen Hut zurecht (eine Melone, die er mal in London erwarb), überfliegt den Werbetext und wundert sich über das Wort *Zahnschmelz*. Bei Freund Frieder angekommen, ziehen sie gleich zusammen los.

So richtig Geld verdienen willst du nun also?

Wollen nicht unbedingt. Aber auch für ein bescheidenes Leben muss ich erwerbstätig werden, weil ich für meine Familie aufkommen will.

Recht so. Wie geht es deiner Mila?

Sie hat kürzlich noch einen Buben zur Welt gebracht –

Gratuliere –

Na –

Ein weiterer Scherzartikel?

Wenn du es sagst.

Wenn du es auch denkst?

Nicht unbedingt. Der Kleine ist nicht so sehr meine Sorge, vielmehr will ich Mila nicht enttäuschen. Auf meinen finanziellen Rückhalt soll sie immer zählen können.

Und der Vater des neuen Erdenbürgers?

Ist auch Mückes Vater, du weißt schon.

Vögelt also Weibchen und ist nicht fähig, seine Jungen selber zu füttern. Was soll man davon halten?

Na ja, sein Lehrauftrag an der Uni hält sich in Grenzen, sechs Stunden pro Woche scheinen mir nicht gerade überrissen. Seit Beginn des Jahres kann er sich Außerordentlicher Professor nennen, was jedoch eine reine Amtsbezeichnung ist, ein Titel, mit dem er keine Reichsmark mehr verdient. Und eine richtige Entlohnung erhält er gar nicht, nur eine Unterhaltsbeihilfe. Daher ist anzunehmen, dass er wohl auch in absehbarer Zeit kaum auf einen grünen Zweig kommen wird, es sei denn, seine Publikationen werden so richtige Renner. Andererseits ist Zimmer nicht geizig, das muss ich schon sagen.

Ein rotes Licht spiegelt sich im dunklen Wasser der Spree.

Frieder schlägt Eugen die Gründung einer Sprachschule vor. Dass er Englisch, Französisch, Italienisch und Deutsch könne, stelle doch ein Potential dar. Ein Übersetzungsbüro wäre auch eine Möglichkeit. Oder am Ende beides zusammen.

Das glucksende Wasser, die menschenleere Straße und die wie aus Pappe geschnittene, niedrige Häuserreihe lassen einen die Großstadt glattweg vergessen. Nicht einmal ihr Lärm dringt bis dahin, wo Frieder und Eugen mit hochgestellten Kragen gehen.

Auch das kleinste Unternehmen bräuchte begreiflicherweise ein gewisses Startkapital, erklärt Frieder, zudem sei ein griffiger Name von Vorteil. Eine buchhalterisch versierte Hilfskraft dürfe auch nicht fehlen. Und idealerweise sei so eine Sprachschule in einer größeren, aber nicht allzu großen Stadt zu etablieren, Köln etwa oder Frankfurt am Main dürften sich dafür eignen. Wenn Eugen es wünsche, dann könne er ihm ein zinsfreies Darlehen in Aussicht stellen. Weitere Geldgeber brauche es aber auch noch.

Ratten nehmen Fährten auf. Ein Laden schlägt trocken zu, etwas giert, ein Hund bellt heiser. In nervösem, lautlosem Zickzack fliegen Fledermäuse. Oder sind es Krähen, die ihre Schlafplätze aufsuchen? Wer zieht schon wieder schwirren Flugs zur Stadt?

Das rote Licht fällt aus dem Fenster des Bürger-Casinos. Name und Schriftzug auf dem Schild sind kleinstädtisch. Im Lokal trägt man vor allem Wolljacken und Pullover. Die Konturen flimmern, die Luft ist körnig vom Rauch. Man unterhält sich flüsternd, in Lauben aus grünem Holzgitter, trinkt Bier und Likör. Jemand sitzt am Klavier. Zwischen den Tischen tanzen Männer mit Männern, sie schieben sich hin und her, zum Tanzen ist eigentlich zu wenig Platz. Einer wirft sein Blondhaar immer zurück, sobald es ihm auf die Augen fällt, er geht in Kniehosen und zeigt seine nackten Knie. Zwei Burschen in blauen Matrosenanzügen haben sich an einer Tischecke niedergelassen. Ihre Anzüge sind zu blau und die Gesichter zu wenig wetterfest. Außer einem Wannseeboot haben diese beiden wohl niemals ein Schiff betreten. Aber es gibt Gäste, die eine Vorliebe für Matrosen haben.

1926
Da setzt Eugen sich hin. In lateinischen Lettern (von der deutschen Schrift, die ihm eigentlich immer nur Klein-

lichkeit und Enge abverlangte, hat er sich verabschiedet), schwungvoll dankt er dem *lieben Professor Zimmer* für die Zuwendung der zweiten hundertfünfzig Mark Betriebskapital für seine Sache. Man könnte nun alles auf direktestem Weg angehen, türmten sich nicht bereits neue Schwierigkeiten auf. Reichlich spät hat Eugen nämlich erfahren, dass gemäß Reichsgesetz die Begriffe *Akademie* und *Institut* für Privatunternehmen verboten sind. Darüberhinaus müsste ihm für den Titel *Schule* oder *Privatschule* eine Konzession gewährt werden, die man im Allgemeinen nur sehr schwer erhält, für ihn und seinesgleichen aber ausgeschlossen ist. Darum bleibt nur *Sprachkurs* übrig. Und zuletzt sollte noch ein Name für das kleine, hoffentlich bald florierende Unternehmen gefunden werden. Darf Eugen diesbezüglich ebenfalls auf die Mithilfe des Professors rechnen?

1937
Niemand ist ohne Fehl, bemerkt Eugen nach einem Besuch von Zimmer, aber Rücksicht erwarte ich von ihm, Fingerspitzengefühl.

Ist ja gut, sagt Mila und fährt mit der Hand über Hänschens verschmierten Mund.

Was ist ein Mensch ohne Fell?, fragt Mücke.

1927
Jetzt sitzt Zimmer wieder in München. Sitzt in seinem kümmerlichen Junggesellendasein bei offenem Fenster im Hotelzimmer und schuftet wie ein Affe. Oder aber er maikäfert in der Stadt herum. Sich jetzt ohne Mila in ihrem München aufzuhalten, ist völlig unpassend. Überall belebt sie ihm Straßen und Lokale. Mal kommt sie ihm als

schlichtes Mädchen mit modisch kinnlangem Haar entgegen, mal als selbstsichere Frau, die an ihm vorbeiwischt, mal kokett, mal munter wippend, mal schwermütig (der Vollständigkeit halber; sein lieber Papageno hat es ja nicht immer leicht). Bei jeder Gelegenheit blickt Zimmer auf fremde Kinderwagen und führt sich Milas vollkommene Pädagogik vor Augen. Er besorgt Ovomaltine und Olivenöl und schickt beides aufs Frankenfeld. Wenn er bei seinen Besuchen auf der Siedlung manchmal kritisch dazwischenfährt, dann ist dies seiner eigenen Ungeduld zuzuschreiben und vielleicht noch seinem Egoismus. So ein Stückl Egoismus darf sich doch jeder mal herausnehmen. Im Ganzen aber lernt er von Milas Mutterprinzipien, und ihr Mutterberuf hindert sie in gar nichts, was er an ihr ganz entschieden liebt.

Heute geht er durch den Englischen Garten. Wieder zieht es ihn zum Monopteros, jenem Rundtempel, wo er schon im Sommer 1909 saß, verzweifelt über die Zumutung seines Vaters. Wie sollte er nach drei Monaten langweiligem Kunstkolleg wissen, was er sein Leben lang würde treiben wollen? Erst einmal plante er, die Semesterferien in Florenz zu verbringen. Der Vater fand seine Reisepläne absurd, Florenz sei doch kein Tiroler Alpendorf! Höchstens werde er eine Reise über Würzburg nach Weimar erlauben, wo Heinz sich gehörig umsehen könne – *Riemenschneiders Adam und Eva in der Marienkapelle! Barock! Rokoko! Klassik! Goethe!* –, um sich gleich anschließend in der elterlichen Wohnung in Berlin einzufinden und über seine Reisestudien Zeugnis abzulegen.

Gegen Abend klopft Zimmer bei Oskar Maria Graf an. Bedauerlicherweise ist dessen Frau gerade verreist. Zu gern hätte er sich ein eigenes Bild von dieser, wie es heißt, einnehmenden Jüdin gemacht. Es ist gemütlich bei Graf, wie er so ohne jede Anstrengung des Teilenwollens seinen Leberkäs mit Bier verzehrt. Geht Zimmer mit seinem Appetit eben weiter zur Osteria Bavaria, wohin sich schon so manche Berühmtheit verlaufen hat; dort isst man gut und billig.

Während er ziemlich einsam Minestrone futtert, fällt ihm in einer kleinbürgerlichen Tafelrunde ein fader Kopf mit Schnurscheitel auf. Erst als der Mann sich zum Gehen anschickt, vernimmt Zimmer, dass das Hitler ist. Lieber Gott, fährt es ihm durch den Kopf, welches Aussehen schenkst du den großen Männern unserer Zeit! Du machst es so harmlosen Zeitkindern, wie ich eines bin, wirklich nicht leicht, sie zu erkennen.

Zum Schutz gegen Attentate trägt Hitler eine Hundepeitsche.

1905

Im Hirn ist der Mohn rot, duftet der Apfel, singt die Feldlerche, liest Eugen und hält inne. Als er nach seinem Notizbuch nestelt, fällt sein Blick aufs Ufer. Dort, wo Maxi eben noch zu sehen war, schießt die Isar grünschäumend vorüber. Die Welt ist tief. Tiefer als der Tag ist die Welt gedacht. Orgeltöne schwellen an, lauter, höher und schriller werdend, wie aus einer Melodie herausgeschnitten und ins Ungefähre geschmettert. Aber auf der Praterinsel sind Karussell und Gasthaus mit Tanzsaal seit Langem Vergangenheit. Aus voller Kehle ruft Eugen jetzt nach Maxi.

1927

Abgesehen von Freund Frieder und dem Professor haben auch Herbert Goldstein, Agnes Pudor und Karina Rauch

Startkapital für die Gründung der Efis in Frankfurt am Main beigesteuert. E steht für Englisch, f für Französisch, i für Italienisch und s für Sprachkurse. Auch Deutsch für Ausländer ist in Eugens Kursangebot. Wer Sprachen kann, der vermag dem Existenzkampf und dem Tempo der Zeit etwas entgegenzuhalten. Und Übersetzungsdienste und Auslandskorrespondenzen kann man ebenfalls in Anspruch nehmen. Ein vierfarbiges, kunsthandwerklich präzises, dennoch bescheidenes Werbeblatt hat Eugen drucken lassen, es eigenhändig in Hunderte von Briefkästen verteilt.

Fast ununterbrochen sitzt er nun in einem der beiden angemieteten Räume, am liebsten am Arbeitstisch mit der genialen Einbuchtung. Dieser mächtige Tisch ist eine Leihgabe des Professors. Er habe vormals seinem Vater gehört und sei kein Möbel, hatte Zimmer erklärt, sondern Requisit. Eugen rudert dermaßen tüchtig und strebsam in seinem Unternehmen herum, dass er nahezu Muskelkater kriegt, zumindest aber an seine einstigen Bergtouren denken muss.

Viele Interessenten und Schüler hat er nicht, aber einige schon, eine Sache wie diese braucht eben auch Anlauf. Und falls die Efis sich trotzdem als unrentabel herausstellen sollte, dann könnte der Professor, wie er bei einem seiner raren Besuche auf dem Frankenfeld in nicht zu kleiner Gesellschaft verspricht (denn die Siedler sollen dies nur mitkriegen), könnte er also Eugen und Mila immer noch beim Aufbau einer Hühnerzucht unterstützen. Jedenfalls würde er das nötige Kleingeld hierfür im Nu auftreiben können.

Eugen aber setzt auf die Efis. Doch was nützen Glaube und Hoffnung, diese zwei, wenn einem nach und nach die Stuhlbeine abgesägt werden und man die eigenen Füße vor den Paragraphen in Sicherheit bringen muss? Nichts nützen Glaube und Hoffnung. Es bringt auch nichts, wenn man wie ein Abu Markub durch die zwei vereinsamten Schulungsräume schreitet oder zur Abwechslung die Beine wie ein schneidiger Soldat hochzuwerfen versucht. Zu spät. Aus dem Nirgendwo hat sich ein Strick um den eigenen Hals gelegt, er kratzt ärger als jedes Ekzem.

1927
Als Zimmer mittags über die alte Brücke geht, kommt ihm Eugen entgegen, ein abgehärmter Eugen. Doch merkwürdig munter zückt er jetzt einen Brief aus der Westentasche und wedelt ihn mit ausgestrecktem Arm durch die Luft. Zimmer hat nicht viel Zeit, er muss gleich sein Kolleg halten.

Ein Brief von Coffey. Aus Ann Arbor.

Bis zum Ludwigsplatz hat Zimmer die Zeilen überflogen. Ann Arbor am Michigansee liegt irgendwo in Amerika, jedenfalls unerreichbar weit weg, geradezu verflucht weit weg. Andererseits hat sich in letzter Zeit etwas zugetragen (psst!), was Zimmer gefühlsmäßig gerade ziemlich stark an Heidelberg bindet.

Eugen selbst ist über das Angebot von Coffey auch nicht wenig erstaunt, Mila hingegen, versichert er, sei von der Idee hingerissen. Für die Kinder sei es nämlich eine einmalige Chance, aus diesem engen Leben in eine Welt hinauszukommen, in der noch Bewegungsfreiheit herrsche.

Kann und will Zimmer das Projekt Amerika, das Eugen Tür und Tor öffnet, also behindern? Wer hat überhaupt das Recht, mit anderen Schicksal zu spielen? Und vor allem: Wer kennt das Schicksal, das er dann spielt? In seinem Leben hat Zimmer eigentlich nie nach einem Plan gelebt und etwas Bestimmtes erreichen wollen. Und so möchte er gegenüber der rätselvollen Vorsehung nicht wirklich als Intrigant auftreten. Soll Eugen mit Mücke und Pepo eben über das große Wasser ziehen, im Grunde beweisen diese Kinder ihrem Ziehvater schon jetzt, wie rentabel es war, sie mit einem heiteren und einem nassen Auge zu akzeptieren.

1927
Vornübergebeugt, die Schenkel weit gespreizt und die Hände gefaltet, sitzt Zimmer auf der Ofenbank im Schäfer-Haus und sieht Mücke zu, wie sie die von Eugen geschnitzten Pferdchen und Schweinchen Luftsprünge machen lässt.

Falls du deinen Mann nach Amerika begleitest, sagt er zu Mila, dann müssen wir ihn endlich vor diese Wahrheit stellen, die wir ihm bisher verschleiert haben.

Doch bevor Mila nach Amerika aufbricht, fährt sie erst einmal nach Köln. Köln ist die einzige Lösung. Bis auf die letzten paar Schritte begleitet die nicht aus der Ruhe zu bringende Irma Thrändorf die aufgewühlte Mila. Mücke, Pepo und Sanne werden unterdessen von Schäfers gehütet, die getreulich annehmen, es handle sich wirklich um eine Pilgerfahrt zum Kölner Dom, wo Mila sich an die heilige Ursula wenden wolle: Beschütze die Kinder, beschütze das Schiff, beschütze uns!

Eugen schreibt derweil in Frankfurt Listen. Einiges ist vor der Auswanderung noch zu erledigen. Zum Beispiel muss der Arbeitstisch zum Professor nach Heidelberg zurück.

Indes liegt Zimmer auf der Chaiselongue in einem seiner zwei angemieteten Dachzimmer im Gasthaus Hirschgasse. Auch der urgroßelterliche bemalte Schrank, Vaters

Klapptisch, Mutters geschnitzte Truhe und ihr Nähtischstuhl sowie Eugens Bücherbord gehören nun zu seinem persönlichen Mobiliar. Milas Bild hängt noch nicht, liegt immerhin griffbereit in der Nachttischschublade. Zwar sind die Zimmer etwas niedrig (und die Durchgangstür ist offenbar für Zwerge entworfen worden), doch gewähren sie mehr Privatatmosphäre als die zuletzt bewohnten Räume im Haus von Fräulein Walter. Nur jener Schrank dort ist eine praktisch vollkommene Pforte zur Intimität gewesen, wenigstens bis zu dem Zeitpunkt, als Fräulein Walter ein neues Schloss einsetzen ließ, vorgebend, den Schrank künftig für ihren eigenen Kram benutzen zu wollen.

Das Gasthaus ist auch Pauklokal. Vom gelegentlichen Johlen will Zimmer sich nicht stören lassen. Neben dem Dienstpersonal schätzt er in diesem Haus den Komfort einer Toilette auf dem Flur sowie die Bequemlichkeit eines Badezimmers im unteren Geschoss. Und im Schatten der Rosskastanien kann man in der warmen Jahreszeit aufs Schönste nachtmahlen, allein oder zusammen mit dem treuen Erich Frank oder dem sehr lieben und gescheiten Karl Hansen, zum Beispiel.

Fast zu ruhig ist der heutige Abend. Zimmer öffnet schnell ein Fenster, um die Autos unten an der Uferstraße zu hören. Von fern klingen Autos manchmal tatsächlich wie kleine Glücksschreie. Dann lässt er sich wieder auf die Chaiselongue fallen und starrt in Milas Lampenschirm. Es ist ihr letztes, im Überschwang der allerersten Zeit geschaffenes Pinselwerk: In einer goldgelben Landschaft mit Bäumen und Hügeln, Vögeln und Büschen liegt versteckt ein Liebespaar.

Wenn Mila übermorgen aufs Frankenfeld zurückkehrt, wird *sie* ja noch da sein. Trotzdem sollte ihnen solches künftig erspart werden, obgleich er ihren Entschluss und ihr Handeln angesichts der bald fälligen Abreise nach Amerika durchaus begreifen kann. Doch sicher ist noch nichts. Sicher ist heute nur, dass er bereits ... wieder ... vorfreudig ist ... So ist das eben. Eigentlich kann er die Fahrt nach Amerika, falls sie denn überhaupt zustande kommen sollte, als eine Flucht nach Ägypten auffassen. Ist Eugen nicht einfach der kleine Nährvater Joseph? Mila aber ist die Madonna, und er selber wirkt ganz im Stillen wie der Heilige Geist.

1927
Die Columbus fährt mit der vierköpfigen Familie Esslinger an Bord übers große Wasser, und Eugen wird nicht seekrank, trotz dieses Schwankens und Schwebens und Schaukelns. Aber nach festem Land sehnt er sich schon. Und wenn das nur erst erreicht ist, dann wird er an der Universität arbeiten, als Bibliothekar der juristischen Fachbibliothek. Endlich wird er für seine Lieben ausreichend sorgen können, nachdem er die Efis in Sand hat setzen müssen. Umgeben von anderen Auswanderern jeglichen Alters, fühlt Eugen sich so optimistisch wie selten zuvor. Und keine Atemnot, und nichts brennt oder juckt. Mit dem händepatschenden Pepo auf dem Schoß sitzt er im verqualmten Aufenthaltsraum der zweiten Klasse und hat Mücke im Auge, die plappernd von hier nach dort schweift.

Mila dagegen weiß nicht, wohin mit sich selbst auf hoher See. Ihr ist speiübel vor lauter Schwermut und Wellengang. Alles, was der Professor ihr je gesagt und geschrieben hat, wirft sich durcheinander, und sie muss es bröckchenweise aus sich herauswürgen: *Das Einzige. Wirkliche. Unseres Daseins. Wir wollen. Wir wollen es. Es bewahren. Die Treue zueinander.* Mila schwört sich, nur gerade so lange in Amerika zu bleiben, bis er sie inständig bitten wird, umgehend zu ihm zurückzukehren, damit er wiederum mit Fahrrad und vollem Rucksack zu ihr losradeln kann. Hemdsärmelig oder mit Pelerine, ihr Professor, ihr geliebter.

1927
Während Eugen in Ann Arbor die neue Welt wiederzuentdecken versucht und Mila sich weigert, auch nur ein Wort Englisch zu lernen, überkommt Zimmer ein Gefühl des Alleinseins, wie er es nie zuvor empfunden hat.

Viele unabhängige und interessante Frauen halten sich in Heidelberg auf. Etwa die Philologin und Kunsthistorikerin Teta Fahr aus Bremen. Da sie eine Liebesenttäuschung hinter sich hat, tritt sie wie eine geknickte Hagerose auf, die wieder emporstreben möchte. In Teta Fahrs Knospenaugen mag Zimmer gern etwas verweilen, und (und dieses *Und* springt wie der Kuckuck aus einer Schwarzwälderuhr): Fräulein Fahr hegt ein brennendes Interesse und hat ein kluges Verständnis für seine Manuskripte und Gedankenläufe, denen sie nicht einfach hinterherstolpert. Das schmeichelt, das verspricht, das legitimiert. Nachdem Zimmer sie in der Blutleuchte gesehen und mit Köpfchen reden gehört hat, gabelt er sie zwischen Stadtpost und Schlossgarten bald schon einmal für Intermezzi auf, Intermezzi, denen man sich in Teta Fahrs Räumen an der verschwiegenen Bussemergasse ungestört hingeben kann.

Doch (und dieses *Doch* gleicht einem indischen Seidenbild, das man nicht nur flüchtig berühren, sondern auch besitzen möchte): Da ist auch noch eine andere, die Zimmer jetzt, wo Mila fern ist, fast alle Tage über den Weg läuft. Bereits im Herbst hat er sich mit ihr einen Abend lang unterhalten, bei den Olschkis. Zimmer hatte seinem Kollegen, dem Romanisten Leonardo Olschki, bloß einen Wink mit dem Zaunpfahl geben müssen, damit die Einladung zustande kam. Anregend, vielversprechend wurde es – und die brave Käte Olschki hatte nicht zu kleinlich aufgetischt! In den folgenden Tagen zeigte Zimmer sich rücksichtsvoll genug, jene Abendgesellschaft Mila gegenüber nicht zu erwähnen, war sie in diesen Tagen doch vollauf mit letzten Reisevorbereitungen für Amerika beschäftigt, dazu zwei kleine Kinder und Eugen am Hals. Vielmehr versicherte (und versicherte und versicherte) Zimmer seinem lieben Herz bis zu dem wahrlich für beide Seiten schmerzlichen Abschied, wie sehr sie ineinander verwurzelt, ja, ganz dem katholischen Ehesakrament entsprechend, zu einem Fleisch gemacht worden seien. Nichts würde sie trennen können, darin läge ihrer beider Zukunft.

Zimmer kann jene andere auf Anhieb, kurz nach besagtem Abend bei Leonardo und Käte Olschki, dafür gewinnen, auf die Romanistikvorlesungen weitgehend zu verzichten und stattdessen zwei Sanskritkurse bei ihm zu belegen. Noch so gern befolgt die Studentin den guten Rat dieses sympathischen Professors, zumal sie ja noch unschlüssig ist hinsichtlich ihres Studiums. Das eine Semester in Wien (ein wenig Romanistik, noch weniger Psychologie) und das andere hier in Heidelberg haben sie bisher nicht überzeugen können, auch wenn der Papa ihr diese Studienrichtung anempfohlen hat. Eh bien, Monsieur le Professeur, je suis d'accord, ab sofort will ich mich in die Geheimnisse des Sanskrit einweihen lassen.

Anfänglich ist noch ein einziger anderer Student zugegen, ein fades Exempel eines blonden *Knabi*, dessen Eifer zu wünschen übrig lässt und der dem Unterricht Gott sei

Dank bald schon fern bleibt. Worauf der Professor den reizenden Einfall hat, den Kursraum kurzerhand nach draußen zu verlegen, in dieses gerade noch einigermaßen bunte und bald weiß ausgeschlagene Luftzimmer.

1928
Mittags in der Blutleuchte, die genau genommen Kümmelspalte heißt, ist Zimmer tonangebend. Und er fällt durch seine bizarre Kleidung auf: Seinen Bauch versteckt er unter einem Pullover mit Schillerkragen, darüber trägt er eine zeltartige Pelerine, der Zylinder fehlt nie. Tritt Zimmer ohne Umhang auf, so beginnt unweigerlich der Frühling. Jetzt fallen bereits die Zapfen von den Föhren, die ersten heißen Tage geben sich die Hand und tanzen, bis man selber schwitzt, ohne sich zu bewegen, schwitzt Blut und Lagerbier (um mit Reinhard Goering zu sprechen), und dabei ist das Semester noch in vollem Gang.

Zimmer unterhält die ganze Blutleuchte mit seinen tollen Bemerkungen, alles geistreich, alles gekonnt. Wirft man ihm diesen Reichtum vor, so verweist er laut lachend auf Alfred Flechtheim, der ihn maßlos übertreffe. An einer von Flechtheims legendären Feiern in Berlin hat Zimmer schon ganz andere Maßlosigkeiten genossen.

1928
Was man vor dem Erwachen träumt, geht zeitlich eher in Erfüllung, als was man in frühen Stunden der Nacht träumt, sagen die indischen Traumdeuter, schreibt Zimmer. Er ist sehr in Sorge. Nicht etwa darum, weil Mila sich mit Mücke, Pepo und Eugen in Ann Arbor, auf der anderen Seite des Atlantik, befindet, denn über das Vorübergehende dieses Aufenthalts haben sich die beiden ja längst

verständigt, sofern Milas Absicht (baldige Rückkehr) mit Zimmers Abwehrhaltung (Geld für eine baldige Rückkehr sei gerade nicht vorhanden) Verständigung bedeutet. Weil Mila keinen seiner wortreichen, seitenlangen Briefe mehr beantwortet, deshalb ist Zimmer so sehr in Sorge. Er war nämlich gezwungen, seine unaufhaltbare Verbindung mit der Studentin aus bestem Wiener Haus endlich darzulegen. Sieben Vornamen hat diese Dichtertochter. Christiane Maria Anna Katharina Pompilia Patronilla Augusta Hofmannsthal kam im vergangenen Jahr nach Heidelberg, und in Windeseile bekam die ganze Stadt davon Kenntnis. Und wenn nicht die ganze Stadt, so doch die halbe Universität. Oder zumindest ein Großteil der Philologischen Fakultät. Und damit auch Heinrich Zimmer.

Dieser Mann ist ein Hitzkopf, ein Auftreter, ein Einnehmer. Christiane ist zwar keine leuchtende Schönheit, aber sie ist unglaublich vernünftig und herzlich und somit als dauernde Lebensgefährtin einfach ideal. Eine rasche Verlobung ist deshalb nicht nur angebracht, sondern geradezu unerlässlich. Und wer verlobt ist, dem ist das Auskundschaften erst recht erlaubt, ringsum und allerorten, natürlich auch im Bettchen, das eine tiefe Kuhle in der Mitte der Matratze hat. Zwar gehört dieses Bett an der Karlstraße nicht Christiane selber, sondern dem Flötisten des Stadtorchesters, bei dem sie zur Untermiete ist. Der Flötist hat aber volles Verständnis. Für alles. Nicht so seine Gattin, die auf Sitte und Anstand hält. Sie muss das Zauberwort *verlobt* schon noch aus Christianes Mund hören, damit sie sich nicht mehr allzu sehr echauffiert, wenn abends ein Schlüssel aus dem ersten Stock hinunter auf die Straße geworfen wird, dort aber nie aufschlägt, weil der Professor nun mal ein geübter Fänger ist.

Anderntags dann, einen kleinen Umweg beschreitend, hinterlegt Zimmer den Schlüssel im Fremdenheim von Karina Rauch. Hier gibt es noch ein herzhaftes Frühstück. Karina Rauch hat einen Blick für hungrige Männer, und sie hat ein Lachen und Eier, Speck und Brot.

Bevor der Sommer richtig da ist, wird geheiratet. Christianes ausdrücklichen Wunsch kann Zimmer erfüllen: Er ist bereit, seine Pullover auszuziehen und die Hemdkrägen zuzumachen. Und Christiane baut darauf, dass ihr Indo ihr ein Leben lang die Treue halten wird, weil er ja auch der Mutter seiner beiden Kinder treu verbunden bleiben will. Wobei davon auszugehen ist, dass jene verheiratete Frau nie wieder aus Amerika hierher zurückkehren wird. Was ungemein beruhigend ist.

1943
Schneeflocken sind keine Federn, sind bloß Schneeflocken. Landen sie auf unserer Haut, so verschwimmen sie gleich. Mit Federn hingegen kann man sich ein Leben lang schmücken.

1928
Mein liebes Herz, ich bin sehr traurig, dass ich gar kein Wort mehr von dir erhalte. Ich verstehe, wie schwer es dir fällt zu schreiben, aber wenn wir einander gegenüberstehen und uns sehen werden, wirst du wie ich wissen und fühlen, dass nichts zwischen uns treten und sein kann. Ich habe das alles so unendlich verwickelt und so viel Leid über dich gebracht, das dir das Licht jeden Tages und jeder Stunde verstellt und ändert, mir ist es geradeso verändert, wenn mir auch kaum jemand etwas davon anmerken wird. Es konnte kein Mensch in mein Leben treten und darin einen

Platz finden, der hoffen durfte, mir das zu sein, was du mir bist, aber ich glaubte in meinem Überfluss reich genug zu sein, von dem abzugeben, was dir nichts raubte. Das war immer die Voraussetzung, und dass ich für sie Verständnis fand, machte erst möglich, was dich so sehr betrübt und auch mir viel Schatten bringt, aber dann sehe ich doch wieder Licht.

Zimmer steht auf, legt wie zum Gebet die Handflächen aneinander, führt die Fingerspitzen zum Mund und geht ein paar Schritte, bevor er den Brief an Mila zu Ende schreibt.

Du hast meine ganze Ernte, willst du es nicht ertragen, dass jemand sich eine Handvoll Blumen pflückt und daran glücklich wird? Ich weiß nicht, warum das geschehen musste, aber es muss so weitergehen. Ich weiß nur eins, dass mir im ganzen Leben niemand entfernt so nahe kommen kann, wie du mir immer kannst, bist und sein wirst. Du bist der einzige Mensch, den ich geliebt habe und lieben werde, an dich habe ich mich nie verschenkt, dir habe ich mich anheim gegeben, wie Gleiches in Gleiches fließt. Aber halte mir in diesem unveränderlichen Zustand deine liebe vertraute Hand hin, damit ich sie immer küssen kann. Ich sehe das Leben nicht so sehr lang, aber ich möchte es mit dir verbringen. Das klingt so absurd, wenn ich hier so in Wien sitze und dir schreibe, aber es ist die allereinfachste ganz klare Wahrheit. Vielleicht musste ich so handeln, um zu erfahren, wie anders wahr sie ist. Ich bin dein und bleibe dein, da kannst du schon machen, was du willst. Niemand anders hat die Kraft, mich aufzuheben und wegzutragen, während ich in deinen Armen leicht bin und fliege. Wenn du mich liegen lässt, bleibe ich stumm in mir selbst liegen. Gib mir ein kleines Zeichen, dass du in allem Schmerz dich etwas auf mich freust, wenn ich dir dabei wehtue, kann ich dir doch auch wohltun. Behalt mich lieb, wie du immer für mich die Eine bist, die in mein Leben trat, um nie daraus zu schwinden. Immer dein Heinz

1928
Eugen sieht, wie Milas Gesicht über dem eng beschriebenen Papierbogen schwebt, hinter ihr die pastellgrüne, stillos amerikanische Anrichte. Er soll zu der Briefstelle, die sie ihm eben vorliest, Stellung nehmen. Was erwartet Mila von ihm? Ist nicht schon alles gesagt? Dem Professor ist durchaus beizupflichten, ja, warum soll erstens Pepos Verhältnis *zum behördlich anerkannten Lieben Gott* bereinigt werden, und wozu soll zweitens *dieser stämmige Blondkopf Pepo denn überhaupt getauft werden, wenn der Erzvater Abraham und der Schieber Jakob ihm nicht anzusehen sind*? Aber dass er sich so ganz auf Zimmers Seite schlägt, das möchte Mila wohl nicht hören. Sonst hätte sie ihn nicht gefragt.

Der neunmalkluge Vater des Professors hat viele Sprachen intus gehabt, meint Eugen schließlich (jedes Wort mit Bedacht wählend), als Mila ihn unverwandt anblickt. Da spricht also einer zwölf Sprachen und bringt seinem Sohn die Frageformen des Deutschen so gut wie nicht bei. Ein Manko, finde ich. Umso erfreulicher dünkt es mich, wenn der Professor dir endlich einmal zwei Fragen stellt, zwei ziemlich konkrete Fragen, statt dass er nur seinem Sermon freien Lauf lässt. Wobei er diese beiden Fragen bloß pro forma stellt, das hast du schon begriffen, meine Liebste, nicht wahr? Er ist ja offensichtlich dagegen, Pepo taufen zu lassen.

Warum, erwidert Mila leicht genervt, verwendest du Wörter, die ich nicht kapier? Willst mich ärgern? Kannst du aber nicht, ist mir eigentlich auch furzegal, was *Minko* und *Sarmon* bedeuten, nützt mir in diesem saudummen Amerika ohnehin nichts! Weißt du, Eugen, der Zimmer hat mal gesagt, dass praktisch alle Fragen etwas Albernes hätten, und haargenau dieser Meinung bin ich auch. Aber taufen lassen will ich den Pepo schon, hier oder drüben!

1928
Auf der Rückreise von New York nach Bremen fehlt Eugen.

Natürlich wollte und konnte er das Fahrgeld für Mila und die Kinder auftreiben. Obgleich er seine über alles geliebte Familie nur ungern hat ziehen lassen. Aber der Arzt mochte mit seiner Diagnose richtig liegen: Erst daheim in Deutschland dürfte Mila wieder beschwerdefrei sein, würden ihre Schlaflosigkeit und die Nervosität verschwinden.

Jetzt, auf dem Dampfer, ist ihr erneut bange, sehr sogar.

Mücke trägt einen Bubikopf mit Scheitel und Spange, und Pepo kann sich endlich wacker auf seinen krummen Beinen halten. Auch er hat ein Gesicht zum Anbeißen, nicht nur, wenn es um Abschiede und Wiedersehen geht.

1928
Die einen sehen einander im Garten von Agnes Pudor tief in die Augen, die andern tauschen zur Begrüßung unbeholfene Küsse. Für das Wiedersehen von Heinrich Zimmer und Mila Esslinger ist der Himmel über Hellerau wie aus einem Bilderbuch, einschließlich der bunten Illustrationen von Schmetterlingen im Spätsommerflor. Man möchte gar nicht umblättern. Man bleibt also, plantscht endlos in einer Zinkwanne (Mücke und Pepo), trinkt unter der Linde erst Zitronenwasser, dann Kaffee und später Soda mit einem Schuss Campari, kühlt die Zunge mit Eis, schnabu-

liert Mandelblitzkuchen und in Rum eingelegte Rosinen, Pfirsichschnitze und Blaubeeren – und schwitzt (vor allem Zimmer).

Agnes Pudor hat ihre uneingeschränkte Hilfe angeboten, und Eugen ist durchaus froh, dass Mila und die Kinder erst einmal bei ihr wohnen bleiben können. Alles, was wir in uns haben, kann uns niemand rauben, und nichts ist größer als das, hat Agnes Pudor Eugen gegenüber einmal gesagt. Das hat er sich zu Herzen genommen. Dennoch ist der Weg zwischen Herz und Kopf gegenwärtig verschüttet, seine Familie fehlt ihm einfach. Daran können auch die vereinzelten Treffen am Huron River nichts ändern.

Zimmer hingegen ist guten Mutes. Er ist von einer gediegenen Sommerfrischekultur im Salzkammergut nach Hellerau aufgebrochen. Christiane und er haben in Aussee, in unmittelbarer Nachbarschaft zu den Schwiegereltern Hugo und Gerty, ein Haus angemietet. Nett und behaglich ist es, wenn auch nicht gut genug für Christiane, sie will das Häusl im nächsten Sommer gegen etwas Geräumigeres eintauschen, ein Haus mit neun Zimmern, das sie in Aussee bereits ausfindig gemacht hat. Und ihr Heinz hat keinerlei Einwände gegen diese phantastische Idee vorbringen mögen.

Bevor Zimmer sich in den Zug setzte, hat er seine Christiane ausführlich beschwichtigt. Sie solle sich nicht ängstigen, sie habe dazu keinerlei Grund. Und dem Schwiegerpapa hat er seine unaufschiebbare Reise leicht plausibel machen können: Zum einen wolle ein möglicher Verleger für das *Elefantenbuch* ihn persönlich kennenlernen, und dies lieber morgen als übermorgen, und zum anderen erhalte Christiane bekanntlich Besuch, ausgerechnet von Thankmar von Münchhausen, mit welchem sie sich ja auch einmal eine Zukunft habe vorstellen können. (Dass Thankmar von Münchhausen sich einfindet, um Christiane während der Abwesenheit ihres Mannes etwas aufzuheitern, darf der sensible Dichter keinesfalls erfahren.) Hofmannsthal kann seinen Schwiegersohn gut verstehen, Hauptsache, so sagt er, die junge Ehe sei eine der ganz selten vernünftigen, und dies scheine sie wahrhaftig aufs Schönste zu sein.

Wie froh war Christiane im Frühjahr, von ihrem Papa das sofortige Einverständnis für den heiligen Ehestand zu erhalten. Während er für gewöhnlich über jede Kleinigkeit rasend schnell außer sich gerät, war er diesmal ein Mann der Ruhe. Zum Glück hatte er sich für Zimmer bereits im Februar erwärmen können, anlässlich einer Einladung bei Else Jaffé in Heidelberg. Ein gewandter, aussichtsreicher Indologe schien Hofmannsthal eine mehr als passable Partie für seine Christiane, nicht zuletzt auch deswegen, weil Zimmer sehr offensichtlich ein gleichermaßen redliches wie inniges Verhältnis zu seinem ureigenen Œuvre hatte. Hofmannsthal bewies Noblesse, indem er umgehend mit der Planung von Christianes Unterhalt begann. Zehntausend Mark würde er selbst auf der Stelle beisteuern können, danach jährlich fünftausend. Und bei der Prinzessin di Bassiano in Paris sollte man anfragen, ob sie für Christianes Heidelberger Domizil nicht eine Kleinigkeit beizusteuern bereit sei. Den Betrag könnte man allenfalls in Raten zurückzahlen. Die Prinzessin aber winkte ab.

Eine Weile noch wurden die Heiratspläne geheim gehalten, weil Hofmannsthal Eheschließungen grundsätzlich für eine Privatangelegenheit hält. Diese Diskretion ist ganz in Zimmers Sinn gewesen, und Dankbarkeit empfand er auch für den Umstand, dass Christiane in den ersten Wochen ihrer Liaison nicht in andere Umstände gekommen war.

Jetzt in Hellerau sind solche Dankbarkeiten so viel wert wie eine ausgestopfte Singdrossel, wie ein Zinnsoldat im Krieg oder wie das vierte goldene Haar des Teufels (sofern er denn ein viertes hat). Denn es war einmal eine einzigartige Frau, eine Frau namens Mila. Und die hat sich nicht beirren lassen, sondern ist zurück übers große Wasser gedampft und direkt in seine offenen Arme gesegelt.

Christiane wartet indes in Bad Aussee zitternd auf ein erstes Briefzeichen ihres Rosenpuhtz. Der aber hat es in diesem reizenden Hellerau nicht gerade leicht. Zum Vergnügen sei er ja nicht gekommen, wenn er einer quasi verratenen Frau Rede und Antwort stehen müsse. Trotzdem bleibe er noch ein paar Tage länger. In der Waldschänke, wo er Quartier genommen habe, ließe sich in diesen heißen Tagen gut arbeiten, während die schulpflichtigen Hellerauer Kinder als Nackedeis über die Straße laufen würden. Das Mädel (Mücke) sei übrigens mehr gesund und pampig als hübsch und süß. Vor allem aber denke er in aller Liebe an Christiane und an alles Schöne, das sie heimlich und öffentlich vereine.

1929
Eugen sieht Ann Arbor als eine Ansammlung provisorischer Holzhäuser im Villenstil, deren Bewohner sich vom ersten Frühlingstag an, von früh bis spät, werktags und sonntags, auf ihren Veranden schaukeln. Erstaunlich, wie jedermann auf diesen Bänken schaukelt. Manche Bänke sind richtige Sofas, die ohne Füße und freischwebend aufgehängt sind. Für Abgeschlossenheit scheint es hier kein Gefühl, kein Bedürfnis zu geben, befremdlicherweise ha-

ben die Leute keine Scheu vor der Öffentlichkeit, und die Öffentlichkeit kennt keine Diskretion gegenüber der Intimität des Familienlebens.

Die Arbeit über den Karteikarten in der juristischen Universitätsbibliothek ist nicht gerade hochinteressant, aber gleichzeitig muss Eugen sich kolossal anstrengen. Er hat nämlich merken müssen, dass sein Englisch nicht nur lückenhaft, sondern geradezu unzureichend ist. Schon mit der von Coffey zur Einarbeitung empfohlenen Lektüre kam er ins Schleudern. *Common Law* und *Legal Sources* lesen sich nun mal nicht wie Keats oder Byron, wo man zwischen den Zeilen vieles erahnen darf.

Mila, die Verweigerungsartistin, hat kein Wort Englisch gelernt. Bis zu ihrer Rückfahrt hielt sie sich an den gemütlichen, durch und durch gutartigen Coffey. Der ist bereits in seiner Heidelberger Zeit für sie entflammt. Auch er. In Ann Arbor ließ Hobart Coffey sich von Mila gerne überreden, die eine oder andere (getarnte) Flasche für sie zu beschaffen. Leider schmeckten ihr weder der aus einem Traubenkonzentrat hergestellte Wein noch die selbstgebrannten Schnäpse – *der Ziegenwhiskey schmeckt tatsächlich wie Ziegenwhiskey, lieber Hobart!* Darum war sie nicht allzu enttäuscht, als Coffey die Botengänge einstellte (weil seine Frau sie nicht mehr duldete), sie aß fortan einfach jede Menge gebackene Kartoffeln und Pumpkin Pie. Die Melancholie und die nervösen Leiden wurden aber nicht weniger.

Während Mila in Deutschland jetzt wieder ganz legal anständigen Wein trinken kann, gibt Eugen in Amerika sein Bestes. Er lernt weiter Vokabeln, ackert und entspannt sich, indem er durch Ann Arbor zieht. Achtzehnhundert Dollars im Jahr verdient er. Das ist hierzulande zwar eher wenig, aber er kann an seine Familie jetzt monatliche Checks schicken, die sich in Deutschland sehen lassen können. Bleibt die Frage, ob Mila seiner Gegenwart jetzt nicht besonders bedürfte? Was meint sie wohl, wenn sie von der *Lebensverneinung des Professors* schreibt, die sie so sehr bedrücke? Wie soll und kann er ihr aus der Ferne helfen? Wie von diesem schaukelnden Ann Arbor aus den festen deutschen Boden loben? Hier scheinen die meisten Menschen nur der Muße und dem Vergnügen zugetan. Das hat er früher auch nicht viel anders gehalten, und doch ist's hier wieder ganz anders: Neben dem Alkoholverbot gilt in den Speisehäusern ein Rauchverbot, und wo das Rauchen erlaubt ist, da bleibt nach dem Essen keiner sitzen, um zu einem Verdauungskaffee eine Zigarre zu genießen. Immerhin geben die Studierenden dem Stadtbild von Ann Arbor einen bunten, einen beruhigend internationalen Anstrich, die vielen Polen, Russen und Italiener, die Mexikaner, Chinesen und Inder. Hier treffen Kontraste aufeinander, etwa die langen Kleider der Inderinnen (nicht mal die Fußspitzen sind zu sehen) und die kniefreien Röcke der modernen Mädchen. Zumeist sind die Studentinnen nicht ganz so geschmacklos geschminkt wie die kleinen Ladenmädchen, zumeist, denn Ausnahmen bestätigen die Regel, es gibt durchaus auch aufgetakelte Studentinnen. Oder aparte Ladenmädchen. Jener Postgehilfin ähnlich, die er in jungen Jahren mal etwas näher kennenlernte. Wie hieß die denn schon wieder? Anna. Anna aus Ingolstadt. Die kleine Anna mit den makellosen Zähnen und den schweren Brüsten. Sie schielte ein wenig, das gefiel ihm. Sonderbar, wer einem nach Jahrzehnten mit einem Mal einfällt.

1900
Und ein Fluss mäandert durch eine sehr flache Landschaft, er ist braun. Watet, schwimmt man darin, so erscheint die Haut golden. Von der Flussmitte aus erstaunt einen die gestreifte Spiegelung. Am anderen Ufer stehen Birken und Silberweiden in Wolken von dichtem Unterholz. Auf dem Weg hierher, zu später Nachmittagsstunde, sind ein paar Fasane zu sehen gewesen, einer davon mit einem betroddelten Deckelchen auf dem Kopf, den langen Schwanz nachschleifend. Leise sind die Vögel mit langen Schritten durchs Sumpfgras gezogen und drehten dabei ihre Köpfe unaufhörlich von links nach rechts, von rechts nach links. Jetzt ertönt das hierzulande vertraute Storchengeklapper, aber weder Störche noch Nester sind gerade auszumachen. Eugens Begleiter, an dessen Gesicht oder Hände er sich in ferner Zukunft nicht wird erinnern können, weist ihn auf das einzige Gebäude hin, das vom Wasser aus zu sehen ist: eine Fischräucherei. Geräuchert werde mit Erlen- und Buchenholzspänen, und zur Hauptsache verarbeite man Aale, jene drehrunden, äußerst glitschigen Fische, die mittels Aalglippen, Aalharken oder im untiefen Wasser auch ganz einfach von Hand in Eider, Treene und Sorge gefangen würden, in diesen drei Flüssen *im stille, wiede Dreestromland*, wie die Gegend hier besungen werde.

1900
Dank Brom sind die letzten Pfeifgeräusche des Keuchhustens verschwunden, und Heinz ist wieder bei Kräften. Der Vater fährt Ende August mit seinen beiden Söhnen an die Ostsee, die Mutter hat sich von der Gallenoperation noch nicht ganz erholt, ihren Mann zu dieser Badefahrt aber angespornt, regelrecht gedrängt, nicht zuletzt

deshalb, weil eine solche auch ihm selber zuträglich sein würde.

Für gewöhnlich verschanzt sich der zumeist schwarzsehende, von schlaflosen Nächten geplagte Keltologe und Gelehrte hinter einem Wall aus Papier. Wegen seiner Neurasthenie befindet er sich auch öfters und jeweils wochenlang auf Kur und muss dann seine Lehrveranstaltungen an der Universität in Berlin ausfallen lassen.

Dass sie nun zu dritt aus Greifswald hinausfahren, grenzt an ein Wunder, das wie ein störrisches Böcklein eingefangen und sogleich an einen kurzen Strick gebunden wird. Denn für diesen Aufenthalt an der Ostsee hat der Vater jedes Detail im Voraus exakt festgesetzt. Allein, ein Böcklein ist ein sehr lebendig Ding, begeistert entdeckt Heinz, dass die See und ihre unmittelbare Umgebung ihm vollkommen entsprechen, das Barfußlaufen, der Sand, die an den Rocksäumen der Damen leckenden Schäume, die salzige Luft und die unaufhörlichen Wellen. Hier schwimmt er sich erstmals frei. Das Wasser trägt ihn weg von Vaters Stimme, fort von hitziger Ungeduld und beunruhigenden Drohungen.

Unmäßiges Baden sei Zerstreuung, und Zerstreuung schmälere die Leistung, doziert der Vater, als sie wieder zuhause sind und der Sommer bis in den frühen Herbst hinein einfach weitermacht und Heinz im Rechnen von sechs Aufgaben ein weiteres Mal nur eine einzige richtig gelöst hat.

Martha Zimmer sieht durchaus, dass es Heinz an Ehrgeiz fehlt. Aber sie weiß auch um die Eitelkeit der Väter. Zwar könnte der Junge sehr viel mehr leisten, meint sie, indem sie hinter den am Schreibtisch sitzenden Gatten tritt und leicht seine Schultern knetet, trotzdem sollte Heinz zum

Schwimmen gehen, wann immer es ihm beliebe, selbsterkannte Freuden würden sich immer positiv auswirken.

1910

Auch den Vater zieht es jetzt, Ende Juli, ins Wasser, mit Steinen in Jacken- und Manteltaschen. Hinterher lässt sich leichter sagen, dass er die Folgen des sieben Jahre zurückliegenden Brandes seiner Bibliothek nie verkraftet habe, als dass er an sich selbst zugrunde gegangen sei.

Damals befand Heinrich Friedrich Zimmer sich schon seit Wochen auf Kur. Wegen der sich heillos vermehrenden Motten schwefelte die Mutter mit dem Dienstmädchen die Teppiche der Bibliothek. Plötzlich fing der ganze Raum Feuer. Wie durch ein Wunder versengte Martha Zimmer sich lediglich das Haar. Das Dienstmädchen, das geistesgegenwärtig genug gewesen war, die Tür zu schließen und die Feuerwehr zu alarmieren, blieb ebenfalls unverletzt. Sämtliche Bücher fielen dem Brand zum Opfer, ebenso des Vaters Kartei aus Tausenden von Zetteln für ein umfassendes Werk über keltische Sprachen. Nach dem Brand nahm Heinrich Friedrich Zimmer diese Arbeit nicht wieder auf.

Als er sich von der Welt verabschiedet, studiert der junge Heinrich Zimmer bereits seit einem Semester Abendländische Kultur in Berlin. Die wüsten Wörter hat er aus seinem Wortschatz getilgt, die Finessen der Sprache aber interessieren ihn je länger je mehr, doch stößt er sich an der rein technischen, knochentrockenen Vermittlung der Germanischen Philologie. Allerdings kann er dadurch unbehindert weiter wachsen, ohne sich über dieses Wachstum und die Richtung schon im Klaren sein zu müssen. Nebenher lernt er Sanskrit, Persisch und Arabisch, und eingedenk des väterlichen Schicksals fasst der Student Zimmer einen Entschluss: Sollte er sich je wissenschaftlich betätigen, so würde er Durchschläge des sich in Arbeit befindlichen Werks bei dem ihm am nächsten stehenden Menschen hinterlegen.

Nach dem fünften Semester erträgt Zimmer die pseudoromantische Schwärmerei für das Mittelalter und die Verwässerung von klassischem Griechentum und germanischer Heldensage nicht mehr, und er wendet sich Indien zu. Dabei baut er auf Traum und Glaube: auf den Traum, die indischen Klassiker eines Tages im Eisenbahnabteil sitzend oder auf dem Diwan liegend wie französische Romane zu lesen, und auf den Glauben, dass die indischen Schriften von einer anderen Wahrheit und Wirklichkeit sprechen, denen er sich eines Tages wird annähern können.

1916
Tausend Kilometer weg von Zuhause, in Stellung bei Roye, ist Heinrich Zimmer vor wenigen Tagen zum Leutnant der Reserve befördert worden. Aus feierlichem Anlass lud der Hauptmann die neuen Offiziere zu Sekt und Rotwein ein, in sein Quartier in einem beschlagnahmten Einfamilienhaus.

Die Scham hat sich längst in die Büsche verkrochen, in die Erde gebuddelt, zu den Wühlmäusen gesellt. Nackt ist sie, und ihre Haut ist durchsichtig grün wie die Raupe eines Dickkopffalters. Schlägt eine Handgranate genau dort ein, wo die Scham sich unbehelligt wähnt, so spritzt diese hoch auf, fällt unversehrt zu Boden und gräbt sich gleich wieder ein. Sie hat weder Pfoten noch Fühler.

Während jener wenigen Monate im Osten, bis das Regiment über Belgien an die Westfront verlegt wurde, waren dem Einjährig-Freiwilligen Sonderaufgaben übertragen worden. Unter anderem war er Bagageführer gewesen; russische Gefangene halfen ihm beim Verladen. Doch auch bei Parczew hatte Zimmer schon in den Gräben gelegen. Und hier wie dort kann es vorkommen, dass jemand plötzlich mit dem eigenen abgerissenen Arm statt des Gewehrs in der Hand dasteht, Optimist hin oder her.

Bei Roye ist man nun stationiert, nach Lens wird man abkommandiert. Einmal fällt Zimmer in Lens ein Junge auf, der seine Nase gegen die Scheibe drückt. Und für einen Augenblick kommt er sich selbst in den Sinn. Um Sankt Martin war das wohl. Es gab in Greifswald rote Häuser mit strohgedeckten Dächern. In einer intakten Landschaft mit Windmühlen, Kirchturmspitzen und Buchenwäldern lag Greifswald, und der vier- oder fünfjährige Heinz drückte die Nase ans Fenster und schaute den fetten Gänsen zu, die in Scharen vorübergetrieben wurden, und versuchte sie zu zählen.

Lens ist schon zu einem großen Teil zerstört, als Leutnant Zimmer sich mit acht Mann in ein Haus mitten im Ort begibt und sich von der Hausfrau einen schönen dicken französischen Kaffee machen lässt. Er und zwei Soldaten setzen sich mit der Frau, ihren beiden Kindern und einer Nachbarin an den Tisch, man parliert ein wenig Französisch. Das einzige Fenster geht auf einen langgestreckten Hof. Plötzlich ein Knall, die Scheibe birst, und die Nachbarin, die mit dem Rücken gegen das Fenster sitzt, kippt vornüber; eine verirrte Infanteriekugel hat sich in ihren Rücken gebohrt. Mit vereinten Kräften verbindet man die Frau, bevor sie von den Soldaten auf der aus den Angeln gehobenen Stubentür in das mit Zivilisten überfüllte Lazarett gebracht wird.

Auch mit einer Kaffeetasse oder einem Glas Wein in der Hand kann man kaputtgehen.

1924

Wie wir sind und wie wir uns das Leben eingerichtet haben, sagt Zimmer so leise, dass Mila den Kopf etwas aus dem Kissen heben muss, um ihn zu verstehen, das ist theoretisch unerlaubt, und es wäre ganz natürlich, wenn die Leute versuchen würden, mich totzuschlagen. Denn man darf nie vergessen, dass Menschen die Rache der anderen herausfordern, wenn sie auf Erden wie Götter leben. Auch damit muss man leben, mein lieber Paradiesgarten.

Mila gräbt ihre Nase in seine Achselhöhle: Weißt du, meine Großmutter hat mir verschwiegen, wer mein Vater war, an meine Mutter kann ich mich nicht erinnern, weil sie starb, als ich noch sehr klein war, richtige Geschwister habe ich keine, bloß zwei viel ältere Halbschwestern, die in Österreich leben und zu denen ich kaum Kontakt habe. Aber Eugen ist seit sehr langer Zeit mein Lebensgefährte. Wie soll ich sagen? Er hat an Bettgeschichten keinen rechten Spaß. Warum also sollte ich mit dir nicht ein bissl himmlisch leben?

1929

Als Zimmer Kurs auf den ehelichen Hafen nahm, hat er die Anlegestelle zu Teta Fahr aus seiner Karte gestrichen. Aber ein wenig bleibt Zimmer diesem Fräulein stud. jur. weiterhin verpflichtet, ist es nämlich eine Frage des Charakters, wie man sich einer ehemaligen Geliebten gegenüber verhält. Außerdem kann er Teta Fahr in den Fluren der Universität ja nicht einfach an sich vorüberziehen lassen, so, als sei sie ein unsichtbares Lüftchen (mit höchstpersönlichem Aroma).

Er riecht sie, sieht sie. Sie sieht wirklich schlecht aus, leidend. Plaudereien scheinen ihr aber gut zu bekommen.

Inzwischen ist Mila von Hellerau erneut aufs Frankenfeld gezogen. Diesmal wohnt sie in Irma Thrändorfs kleinem Haus. Sanne wird von der gleichaltrigen Mücke *Sonne* gerufen, kauzig beäugt, oft heimlich gepiekt, geknufft, gestoßen, bis es Irma zu bunt wird. Sie nimmt Mücke an der Hand und führt sie zum Hühnerstall: Guck mal, dieses Küken nennen wir ab sofort *Mücke*. Du alleine wirst es füttern, und wenn du also ein derart großes Mädchen bist, dass du für ein Tier sorgen kannst, und ich bin sicher, dass du das kannst, dann ärgerst du die Sanne ab sofort nicht mehr, verstehst du mich?

Mila versteht zunächst nicht, warum sie eines Tages einen Brief von einer ihr unbekannten Frau erhält. Sie wisse, wie eine im Stich Gelassene sich fühle, wie sie leide und hilflos sei, schreibt diese Teta Fahr, die offenbar in Heidelberg wohnt. Milas Anschrift habe sie von Professor Zimmer erhalten, dem sie in der Kunsthalle Mannheim zufällig begegnet sei. Sie seien ins Gespräch gekommen, das sich unverhofft zu einem sehr persönlichen entwickelt habe und in dessen Verlauf der Professor ihr die Idee unterbreitet habe, sich gelegentlich eines fremden Schmerzes anzunehmen, um den eigenen zu verringern. Sofern es Frau Esslinger auch wünsche, so möge sie mit den Kindern zu ihr nach Heidelberg kommen und eine Zeitlang bei ihr wohnen bleiben. Denn hier sei jemand, der sie wie kein anderer Mensch auf der Welt verstehe und dem sie restlos alles anvertrauen könne, weil sie selbst auch eine Gequälte sei, wenn auch anders: Sie sei wirklich verlassen worden.

Zurück nach Heidelberg! In seine unmittelbare Nähe! Das lässt Mila sich nicht zweimal sagen.

Teta Fahr schließt sie und die beiden Kinder gleich ins Herz, ganz nach ihrem neuen Prinzip, immer dort zu lieben, wo der seine innigsten Bindungen hat, der ihr nach wie vor teuer ist. Und wer liebt, der teilt, und wer teilt, der liebt, teilt darum Lilienmilch-Seife, Salz und Kandis, Konserven oder polnische Fettwürste. Und Mila darf nicht nur stundenlang in Teta Fahrs Kunstbüchern blättern (von einem druckfrischen Band mit urzeitlichen Felsbildern Kleinafrikas ist sie hingerissen), sondern sie schläft auch in reinweißen Bettlaken mit Häkelborten. Obendrein hütet Teta Fahr Pepo und Mücke während der Schäferstündchen von Mila und Zimmer. Um die Treffen im Fremdenheim von Karina Rauch anzukünden, schickt der Professor jeweils ein Telegramm in die Bussemergasse, und Teta Fahr darf mitlesen: *Komme nachmittags alles Liebe.*

Ach, öfters und länger würde Zimmer sich mit ihr abgeben wollen, er sei aber nicht so sehr Herr seiner Entschlüsse, wie er es natürlich gern möchte, teilt Mila ihrer neuen Freundin mit, nachdem sie von einem Tête-à-tête (und Tête-à-pied) zurückgekehrt ist, während Pepo von ihr hochgehoben zu werden verlangt, Mücke aber all ihre Aufmerksamkeit weiterhin Tante Tetas alter Schlafaugenpuppe schenkt: Mit Rosen bedeckt, morgen früh, wenn ich will, wirst du wieder geweckt! Wach auf, Leokadia, du Faulpelz! Los, Schuhe anziehen! Doch wie auch immer, fährt Mila fort, nach so viel Tränen, Bangen und Schwere, umspült uns beide wieder wie früher die ganze Unvergänglichkeit des Lebens. Sag mal, Teta, hast du in jenem Mann, der dich verlassen hat, eigentlich auch jemanden gefunden, der eine Frau wirklich ausschöpft?

Ja, das habe ich. Er hat in mir sogar ganz außerordentliche Empfindungen geweckt, die ich, um ehrlich zu sein, zuvor nicht gekannt habe. Seit es aber zu Ende ist, quälen mich Magenschmerzen. So was war mir vorher auch fremd. Gerade heute sind sie wieder sehr heftig. Fühlt sich an, als hätte ich ein Pfund Sauerkirschen samt Steinen oder Hähnchenflügel samt Knöchelchen verschluckt. Kannst du dir das vorstellen, Mila?

Nein, kann ich nicht. Wenn mir der Bauch weh tut, dann kotz ich mich erst aus und nachher nehm ich einen rechten Schluck Obstler. Warme Leibumschläge helfen auch. Die macht mir Eugen, wenn er bei mir ist.

Eugen aber hält sich noch in Ann Arbor auf. Und es vergehen nur ein paar Tage, bis Mila ihn wieder mal so richtig bräuchte. Weil ihr entsetzlich zumute ist.

Sie hatte im Speisezimmer von Karina Rauch gesessen und auf ihren Professor gewartet und an der Blumenkrippe mit den silbergepunkteten Begonien vorüber nach draußen geschaut, rauchte eine Zigarette nach der anderen. Endlich setzte Karina sich mit zwei Tassen Bohnenkaffee zu ihr, strich die Tischdecke glatt, rückte die Zuckerdose auf ein Brandloch und meinte, dass Christiane das Wochenbett nun ja nächstens hinter sich habe. Bis dahin sei Zimmer halt noch etwas unabkömmlicher, das Hin und Her zwischen Universität, Privatfrauenklinik und Quinckestraße sei eben zeitraubend, zumal auch die Dichtergattin angereist gekommen sei, die bestimmt unterhalten sein wolle. Was schaust du so, Mila? Du weißt von nichts? Ein Bub, geboren anfangs Februar, ein zartes Dingelchen soll es sein, gar nicht nach der Mutter, nach dem Vater auch nicht, sondern einzig nach dem Großpapa.

1929
Schimmeldewog nennen die Einwohner ihr malerisch im

Odenwald gelegenes Dorf Schönmattenwag. Hier, in einem alten Schindelhaus, hängt die Karte von Franz Marc. Mit vier Reißzwecken hat Mila sie an einer Holzleiste oberhalb ihrer Liege befestigt. Wann immer möglich teilt sie diese Schlafstätte mit dem Professor.

Pepos Korb hängt an einem Balken von der Decke, während Mücke nebenan im eigenen, schmalen Erwachsenenbett schläft, dessen Federn ziemlich ramponiert sind. Ein Haufen Wäsche verdeckt das Schaukelpferd mit schütterer Hanfmähne, und auf den rohen Holzdielen liegt so manches, wonach Mila sich nicht bücken mag. Mit dem nächsten Reinemachen, das sie stets fleißig einplant, kommt ja dann alles wieder weg. Warum sich aber selbst die schönsten Pläne (solche, die unendlich wichtiger sind als Reinemachen) manchmal nicht verwirklichen lassen, ist ungefähr so geheimnisvoll wie das Tunnelsystem eines Maulwurfs.

Sobald Pepo frühmorgens die ihm schon etwas bekannte Besucherstimme neben jener der Mutter vernimmt, so jauchzt der Kleine in seiner Gondel wie ein Jean Päulchen Luftschiffer und verlangt sofort auszusteigen, um sich zu den Großen zu legen. Bereitwillig hält der Professor ihm jeweils die Decke auf.

Rund ums Haus werden in wenigen Tagen Tausende Märzenbecher ihre Kelche öffnen. Ein letzter Streifen Schnee säumt den Waldrand. Wie dieses Helle sich ans Dunkel legt, das wäre etwas für Eugen. Noch ist er nicht aus Amerika zurückgekehrt.

1929
Die Stunden ihres letzten gemeinsamen Lagers im Wald bei Schönbrunn wirken in Zimmer höchst lebendig fort,

die Zeckenbisse jucken noch. Früh am andern Morgen kam er nur deshalb rechtzeitig nach Hause, weil er (*ich alter Eber*) auf einen Ferkelwagen steigen und ein gutes Stück mitfahren konnte. Auf der Alten Brücke in Heidelberg hätte er die Arme ausbreiten und jubeln mögen, so erfüllt fühlte sich alles an. Natürlich war und ist ihm bewusst, wie Mila unter der Unvollkommenheit ihres äußeren Lebens leidet und jeder Abschied für sie eine Qual bedeutet, aber es drängt ihn doch nur deshalb fort zu seinen Arbeiten, weil diese auch ein Teil von ihm sind. Berge von Arbeiten wollen abgetragen werden, so wie auch Mila immerzu aufräumen muss, ehe er bei ihr einfällt.

Doch nun ist leider Schluss damit, zumindest vorläufig. Fraglos wird Mila verstehen, warum er den ganzen Sommer über nicht zu ihr ins Schönmattenwaghäuschen kommen kann und stattdessen in Österreich weilt, sie muss, wird es verstehen. Der wunderbare Dichter ist gestorben. Vom eigenen Sohn in den Tod mitgerissen. Christianes Bruder Franz hat sich erschossen, und Hofmannsthal erlitt einen Schlaganfall, als er sich zum Begräbnis aufmachen wollte. Durch einen unüberlegten Streich zerrte dieses restlos unbegabte Individuum, an dem niemand je hat hängen können, den zartfühlenden Hugo, den mit einer fragilen Physis ausgestatteten und alles in allem den menschlichsten Geist verkörpernden Schwiegerpapa in ein absolut sinnloses Ende.

Aber da ist auch noch ein anonymer Brief, und der wühlt Zimmer mehr auf, als ihm lieb ist. Der Zufall spielt ihm dieses Schreiben zu, als er nach der großen Abdankungsfeier des großen Dichters Gerty und Christiane beim Öffnen der Kondolenzpost behilflich ist, an einem Tag, an dem die Wolken wie Leichentücher hängen. Der Selbstmord des Sohnes sei nicht auf eine plötzliche Depression zurückzuführen, wie die *Montagspost* geschrieben habe, steht in dem Brief, sondern der garstige Grund, dass Franz sich selbst tötete, sei einzig und allein der, dass man ihn als lästigen Mitesser in Betracht gezogen habe. Franz war in dem fürstlichen Haus nicht mehr willkommen. Als Mutter und vermögende Frau *tragen Sie die ganze Tragödie Ihres Sohnes auf sich*, liest Zimmer. Er (der Verfasser) habe Franz persönlich sehr gut gekannt, als eine optimistische Natur, als einen verträglichen, herzensguten und geistig interessierten Menschen. Selbstmord sei Feigheit, aber sein Freund sei keineswegs feige gewesen, man habe ihn ganz einfach in die Erde gestoßen, da für ihn kein Platz mehr in der Welt gewesen sei. Franz habe ihm oft gesagt, welche Vorwürfe er zuhause erleiden müsse, weil er keinen richtigen Verdienst habe. Als sein Freund habe er ihn immer wieder getröstet und besänftigt, auch als Franz einmal verlauten ließ, zum Revolver greifen zu wollen. Nun aber ruhe der Tote in seinem kühlen Grabe, wo er zum Glück kein Essen und kein Obdach mehr bräuchte. Doch das Haus Hofmannsthal möge nicht zur Ruhe kommen, Fluch und Schande sollten in aller Zukunft darauf lasten.

Die Unterschrift auf diesem schändlichen Bleistiftbrief ist nicht zu entziffern, ein Absender fehlt. Heimlich steckt Zimmer den Brief ein, um ihn noch am selben Abend nach Schönmattenwag zu senden. Mila soll ihn umgehend vernichten, aber ärgern dürfe sie sich nicht, niemand dürfe sich deswegen aufregen, trotz alles Schrecklichen müsse man sich wieder dem Leben zuwenden. Zerstreuung sei angebracht, Zerstreuung in jeder Form. Mila könnte sich jetzt beispielsweise einen Kater besorgen; ein Kater (keine Katze!) mit rein grauem oder schwarzem Fell wäre bestimmt das richtige Tier.

Zimmer indes muss ständig daran denken, dass selbst die indischen Götter nur mit Mühe gegen die Flüche von Heiligen ankämpfen können. Und dass es wohl keinen Grund gibt, warum der Fluch eines Idioten seine Wirkung verfehlen sollte.

1929
Mila wirft Zimmers Brief aus Wien in die *Glutenkiste*. Samt jenem seltsamen Beibrief. Gerade hat sie Besseres zu tun, als sich erstens zu grämen, sich zweitens um eine Katze (einen Kater) zu kümmern und sich drittens für die Dichterfamilie ins Zeug zu legen. Denn Eugen ist heute angekommen. Auf ihre Bitte hin ist er aus Ann Arbor zurückgekehrt. Er hat seine Stelle in der Universitätsbibliothek gekündigt, nachdem sie ihm von ihrer Fehlgeburt berichtet hatte, ohne aber allzu deutlich zu werden. Ein einfaches Wort wie *Blutsturz* war wirkungsvoll genug.

Willig, nein, mit Vergnügen will Eugen sich auf der Stelle für dies und jenes einspannen lassen. Vorneweg würde er sich nur erstmal gern mit Erdäpfelgulasch oder mit Böhmischen Knödeln und Kaiserschmarrn stärken, da er die Schiffsreise diesmal eher tot als lebendig überstanden habe. Doch bedauerlicherweise ist das Rezept für die Knödel gerade unauffindbar, und hartgesottene Eier, ein Glas kuhwarme Milch und ein Zuckerbutterbrot geben schlussendlich genau gleich viel her wie ein Teller Kaiserschmarrn. Ebenso muss Eugen auf das Erdäpfelgulasch verzichten, das er sich zwar wünscht, aber Milas Wünsche gehen ja auch nicht alle in Erfüllung. Immerhin versichert sie ihrem Mann, dass er recht lange unter dem Schönmattenwaghäuschendach wohnen bleiben könne, wenigstens bis in den Herbst hinein. (Weil nämlich auch sie beide miteinander durch dick und dünn gehen, und dies sage und schreibe seit bereits über zwanzig Jahren. Da muss der Professor gar nicht meinen! Und wäre ein Mündchen mehr zu stopfen gewesen, so hätten Eugen und sie das auch hingekriegt!)

Erst als Mila am Abend vom Tod des Dichters spricht und Zimmer zitiert, zeigt Eugen seine altvertraute Nervosität: Sinnloser Tod, was heißt denn sinnlos? Der Tod von besagtem Franz ist doch genauso sinnlos. Sinnlos wie jener von Julius. Oder der von Franz Marc, verdammt nochmal, all diese Millionen Kriegstoten! Oder auch Hede, die wegen eines Ungeschicks verbrennt, oder deine Mutter, die an Tuberkulose stirbt, obwohl du noch so klein warst. Kann der gescheite Professor dir gelegentlich vielleicht all diese Tode erklären?

Eugen will keine Antwort. Schnellen Schrittes, mit gekrempelten Hemdsärmeln und ausnahmsweise ohne Weste und Schlips geht er hinaus. Im verwilderten Gemüsegarten zückt er sein Messer und sticht auf die Nacktschnecken ein. Selbst an den aufgeschossenen Salatköpfen turnen sie. Sie lassen es sich überall schmecken.

1904
Etwas tun und etwas nicht lassen. An diesem Abend hat jemand eine feurige Plane vor den Himmel gezogen. Etwas tun lassen. Nicht darüber sprechen. Und dennoch Wörter finden. Scham ist zu verschmerzen (auch die Scham über den Pickel an der Lippe). Wie heißt es nochmal? *Die schlechteste Gesellschaft lässt dich fühlen, dass du ein Mensch mit Menschen bist.* Darum nimmst du mich aus. Ich bin der Regen. Wen mein Strahl trifft, erwacht. So verborgen, wie's nur immer geht. Salz als leicht brennender Witz,

während die Fjordnatur und die zinnoberroten Hütten vorübergleiten und Fredrikshald noch fern ist. Wird ein runder nackter Fels plötzlich von dichtem Wald umschlossen (einem Wald aus Tannen und Föhren), so ist das sehr schön, und alles treibt mächtig aus.

1929
Lauter Dunkles muss Mila zusammendenken, wenn der Professor ihr nicht schreibt. Schon vier Tage hat sie nichts von ihm gehört. Sie versteht, dass er Christiane (und Gerty) beistehen will, aber warum derart lange? Bis in den Herbst hinein?! Reicht es nicht, wenn Hummelchens unschuldige Augen und seine Lebenszugewandtheit alle trösten? Christianes Anteil ist doch auch sonst schon viel größer, sie hat ihn praktisch immer, tagaus, tagein, tagaus, an Letzteres mag sie gar nie denken! Der Professor sollte ruhig auch mal Christiane Dinge versprechen, die er dann nicht hält. Wie viele Venedigreisen, wie viele Verdis und Waldausflüge hat *sie* sich schon aus dem Kopf schlagen müssen! Zwar hat sie immer einen Brief von ihm in der Tasche, den sie jederzeit hervorziehen kann, aber auch Brot hält sich nicht lange frisch, es wird von Tag zu Tag härter und schmeckt zuletzt gar nicht mehr. Sie will sich jetzt nicht einreden, dass sich vieles anders entwickelt, als sie gerade fürchtet. Sie werden sich weiterhin lieb haben, hat er in seinem letzten Brief geschrieben. Das kennt sie doch schon! Vielleicht würde er sie für diesen Gedanken schelten, er hätte vielleicht auch recht, schon möglich. Aber immerfort von ihrem Geheimnis zehren, nein und wieder nein, ihr ist gerade nicht danach! Handfeste Liebesbezeugungen geben allemal viel mehr her. Natürlich freut sie sich (meist) auch über ihre klugen und schönen Kinder, zusammen mit ihm (und zu-

sammen mit Eugen, jawohl). Und damit er's nur weiß: Sie will Mückes abstehende Ohren weiterhin mit Leukoplast überkleben, auch wenn Christiane dagegen ist. Wenn Mücke als Erwachsene ihre abstehenden Ohren nicht unter den Haaren verstecken könne, so sei eine harmlose Operation nötig. Pah, soll Christiane erst mal Hummelchens Ekzem in den Griff kriegen, *ihre* Kinder haben eine prächtige Haut. Herrgott! Erst im Herbst will er wieder kommen. Aber kommt er dann auch? Und werden sie wieder nach Schönbrunn wallfahren und namenlos von ... an ... in ... ach, meist glaubt sie ja auch selbst an dieses ewige Einssein, aber ganz ohne Zorn und Tränen geht's einfach nicht. Immerhin kann sie sich über Christianes zeitweilige Befürchtungen freuen. Dass Heinzl eines Tages nicht mehr zu ihr zurückkehre, wenn er hier bei seiner anderen Familie ist. Oder gar, dass sie ihren Professor umbringen könnte, ha!

1930
Abgesehen von Manuskript und Proviant wird Zimmer morgen ein ganzes Säckel voll Sehnsucht mitbringen. Und die strahlende Mila darf in ihren niederen Räumen des klapprigen Schönmattenwaghäuschens auf Empfang schalten und ihm den Schweiß aller fernen Wege von allen Gliedern wischen. Still ist Luft und Lüftchen stille, es grünt und blühet schön der Mai, derweil Pepo und Mücke ihr langes Mittagsschläfchen zu halten hätten. Sollten Zimmers Pläne aber von Eugen durchkreuzt werden, weil der sich übers Wochenende auch gerade würde einfinden wollen, so müsste Mila sich von den Kindern freimachen und beispielsweise unter einem Vorwand nach Hirschhorn fahren. Dort könnten sie sich notfalls auch treffen, um wie zwei Hochzeitsreisende schnurstracks einen hübschen

Ort im Tal aufzusuchen. Für die Grenzenlosigkeit zweier Nächte und Tage dürfte es ausnahmsweise auch einmal ein behagliches Hotel sein, die Reisekasse für solche Hochzeitsreisen würden sie immer haben, wozu sollte ein Professor denn sonst Schulden machen, wenn nicht hierfür?

Was die Sommerpläne betrifft, so muss Mila Eugen unbedingt bis August hinhalten. Sie soll ihm erklären, dass er (der Professor) die Kinder im Juli sehen wolle, bevor er für ein ganzes Vierteljahr (ein wenig übertreiben schadet nicht) nach Österreich fährt. Eigentlich müsste der ewige Saboteur darauf eingehen.

1930

Hummelchen ist ein Energiebündel, und der kleine Eli hat eine phantastisch laute Stimme und viel Ausdauer, ist in dieser Hinsicht ganz der Vater. Christiane genügen diese zwei Kinder vollauf. Gottlob hat sich das dritte in ihrem Bauch letzthin von selbst empfohlen! Wie nur stellen die Flitschis und Nichtflitschis in den Großstädten es an, dass sie nicht ständig schwanger werden? Es muss doch etwas geben, das erstens die Männer nicht stört und zweitens für die Frauen nicht zu unsicher ist, beziehungsweise etwas, das erstens den Frauen kein ungewolltes Kind bringt und zweitens den Männern gleichen Genuss beschert. Bloß was? Kann der liebe und liebste Thankmar von Münchhausen sich bittschön umhören, allenfalls ein erfahrenes Mädchen fragen und ihr baldmöglichst eine ebenso schamlose wie sachliche Auskunft geben? Denn Heidelberg ist diesbezüglich unmöglich. Aus den Damen der Gesellschaft ist nichts herauszuholen, und die Ärzte sind keine Hilfe, sie denken nicht daran, eine Frau nötigenfalls von einer Schwangerschaft zu erlösen, höchstens schicken sie einen nach Berlin.

Auch Zimmer reichen vier Kinder, er ist schlichtweg glücklich mit ihnen und ihren zwei Müttern. Sie alle führen doch ein unerhört schönes Leben! Darauf könnte so mancher neidisch werden. Überaus erfreulich ist auch, dass Mila seinen Vorschlag positiv aufgenommen hat und sich künftig als Hebamme betätigen will. Jetzt muss man (das heißt Christiane) nur noch in eine fruchtbare Beziehung zu Doktor Himmelheber und zur Frauenklinik Sankt Elisabeth treten. Und sobald eine passende Wohnung in Heidelberg gefunden ist, können Mücke und Pepo, wenn Mila zu einer Gebärenden gerufen wird, wechselweise von Karina Rauch und Teta Fahr betreut werden. Und nachts wird man die Bamsen einfach schlafen lassen. Und dann (kleine Zugabe!) wird er keine Zeit mehr mit Fahrradfahrten und sonstigen Fahrten nach Schönmattenwag und zurück verplempern, vielmehr wird er öfters mal schnell bei Mila auftauchen können, zwischen Altindischer Grammatik und Lektüre von Sanskrittexten.

1931
Und wie schaut der liebe Gott dich an, wenn du dich immer noch gegen Pepos Taufe sperrst?, fragt Mila ihren Professor.

Zimmer bespricht sich auf der Stelle mit Christiane, greift nach der Füllfeder und weiß: Mein liebes Herz, einer baldigen Kindstaufe steht nichts mehr im Weg, auch deshalb, weil diese Taufe schmerzlos und praktisch kostenlos zu haben ist. Außerdem würde Christiane gern Pepos Patin werden, sie freut sich bereits auf diese Patenschaft, sie ist eben, wie du ja längst weißt, weitsichtig veranlagt und allem zugetan, was auch mir kostbar und lieb ist.

Weniger eindeutig verhält es sich mit Teta Fahr. Diese Unruhestifterin ist doch wahrhaftig wieder aufgetaucht, sie verlief sich zu einem Vortrag, den er in Frankfurt hielt.

An jenem lauen Abend mit Amsel, Flieder, Fink und Maiglöckchen war das Riesenauditorium gut besetzt. Teta Fahr gab sich nicht sonderlich Mühe, durchsichtig zu wirken, und platzierte sich in der vordersten Reihe, präzise vor dem Lesepult. Der schräg aufgesetzte Hut stand ihr ausgezeichnet. Und sie war ganz Ohr. Denn sie ließ sich noch so gern von dem überfluten, was der große Indologe Zimmer hier in das Auditorium sprudeln ließ. *Diese Welt,* vernahm sie etwa, *wie wir sie haben, ist nicht unbedingt das Wirkliche.* Oder: *Die Finger des Geistes können den Knoten des Herzens nicht lösen.* Teta Fahr schloss bei solchen Wahrheiten kurz die Augen, nur um Zimmer danach erneut zu fixieren und hoffentlich den Blick dieses bedeutenden Menschen aufzufangen, der von Zeit zu Zeit allein *ihrer* Anteilnahme und Nähe bedarf.

Zimmer war nachträglich nicht wenig stolz, dass der Vortrag ihm frei von den Lippen gegangen war. Natürlich hatte er die Partitur wie üblich bis ins kleinste Detail ausgearbeitet und beim Probelesen diese und jene zu intonierende Stelle mit einem roten Stift angestrichen. Erstmals hatte er einen geradezu glänzenden Stil gefunden, und erstmals war es ihm gelungen, in einer Weise über Dinge zu sprechen, über die eigentlich geschwiegen werden müsste. Höchstwahrscheinlich ist es gerade diesem Stil zuzuschreiben, dass all die unglaublich mittelmäßigen Kollegen ihn an ihrer Seite nicht aufkommen lassen. Aber der Widerstand aus den eigenen Reihen stellt genau genommen nur eine Bestätigung seines Könnens dar, Erfolg kann schließlich jedes Trampeltier haben. Oder ganz simpel: Er, der Indologe Zimmer, passt einfach nicht so ganz in diesen

Kreis der sogenannten Arrivierten, und er will da auch gar nicht hineinpassen.

Nach dem Vortrag vermochte Teta Fahr ein Feuerchen zu entfachen. Zimmer legte Scheit um Scheit nach. Doch gegen Mitternacht bekam er den (vagen) Eindruck, dass diese Frau sich von ihm abzulösen versucht. Einen derart heroischen Entschluss hätte er wohl mit allen Mitteln fördern sollen, fiel ihm aber etwas schwer. Wofür eigentlich ist dieses ihm zuweilen hochwillkommene dritte weibliche Wesen symbolisch? Steht Teta wirklich bloß für die Unersättlichkeit der Sinne und den besonderen Appetit auf etwas Eigentümliches? Dabei ist es eine Tatsache, dass Männer, diese Biester, auch das Mangelhafte unter dem Gesichtspunkt der Verschiedenheit zu genießen imstande sind. Würde Mila sich im Übrigen nicht ständig brieflich oder persönlich um Teta bemühen, Einladungen aussprechen sowie Treffen vereinbaren, dann könnte der Ablösungsprozess bestimmt gelingen. Seit März, als Teta von Heidelberg nach Frankfurt gezogen ist, hat er nämlich kein direktes Zeichen mehr von ihr erhalten, und die letzte Phase davor konnte sich nur deswegen ausgestalten, weil Mila mit Teta wieder in Kontakt getreten war! Was soll Mila dieser Kontakt denn überhaupt bringen? Dennoch, trotz kalendarischem Frühling wäre es angebracht, wenn er und Teta Winterschlaf spielen würden. Im Grunde ist er besten Willens, er möchte an seinem zweifachen Familienleben Genüge finden, denn ein kompliziertes Leben ist eigentlich überhaupt nicht seine Sache. Ja, es wäre nur klug, sich auf den Ernst des Restes dieses kurzen Lebens zu konzentrieren.

Aber was Zimmer momentan wirklich positiv überrascht, das ist Eugen Esslingers Erfolg mit den Sprachklubs in und um Hagen oder wo auch immer.

1931

Schluss! Jetzt wird durchgeschlafen! Das Kinderwesen, so verlangt Zimmer, muss weg, viel zu sehr hat es Hummelchen und Eli verwöhnt. Nacht für Nacht und oft mehrmals meldet sich Eli. Und er stellt sich mit einem Jahr noch nicht einmal auf die Beine! Sogar wenn man ihn hält, knickt dieses Dickerchen wie ein unterernährtes Proli-Kind ein! Statt Eli Beine zu machen, investiert das völlig einfallslose und überhaupt fade Kinderwesen in Hummelchens Ekzem, zelebriert Tag für Tag dasselbe überspannte Ritual, was für den Buben folgerichtig heißt, seinen Ausschlag an Hals, Armbeugen und Beinen gar nicht mehr loswerden zu wollen. Christiane hingegen glaubt an Vererbung, da sie von dem Ekzem sporadisch auch befallen ist. Aber selbst wenn dem so wäre, gehören Kinder nicht derart verzärtelt.

Zum Ende des Kinderwesenangestelltenverhältnisses hat Mitzi auf Geheiß Heinrich Zimmers ein anständiges Stück Rindfleisch besorgt. Mitzis Kochkünste sind famos, ihr Gulasch ist unübertroffen, die ganze Hauswirtschaft geht durch ihre ebenso geschickten wie fleißigen Hände. Und im Köpfchen hat sie auch was. Zimmer ist gern bereit, nächstens eine billige Zugehfrau zu nehmen, um Mitzi ein wenig zu entlasten. Und Christiane will sich etwas mehr um die beiden Kinder kümmern.

Als Ausgleich zur bisherigen Methode des Kinderwesens soll bei Eli, verlangt Zimmer, von nun an die Neglektionstherapie angewendet werden, die da heißt: immer abbrüllen lassen. Das Rezept stammt aus Milas Trickkiste. Bei Pepo war damit ein schöner Erfolg zu verzeichnen, der sehr wahrscheinlich auch dadurch zustande kam, dass Eugen in Frankfurt wohnte und mit seiner Efis beschäftigt war.

In der ersten Nacht ohne Kinderwesen legt Zimmer sich mit Ohropax zur Ruh und deckt sich warm und fröhlich zu.

1931
Da war eben noch einer.

Und wo ist er jetzt? Zweifellos ist Hummelchen jetzt im Himmel. Seine kleine Nase, die nach der Geburt zunächst zart und spitz an den Dichtergroßvater erinnerte, konnte nicht mehr atmen. Zu erschöpfend war ihm das, den plötzlich entzündeten Lungenflügeln war das zu beschwerlich. Das Kind rang zwei Wochen lang, kämpfte erst tapfer, und kämpfte dann nicht mehr. Man gab ihm Sauerstoff, aber es wollte nicht. Süßen Wein sollte es trinken, weil Herz und Puls mit einem Mal sehr matt wurden, aber es spuckte ihn aus. Man ließ es zur Ader, um den Andrang des Blutes zur Lunge, wo die Atemfläche immer kleiner wurde, zu erleichtern, aber es schlug um sich und rang nach Luft. Zuletzt bekam Hummelchen ein Beruhigungsmittel, aber er kriegte trotzdem keine Luft mehr – und ist einfach erstickt wie ein Fisch, den irgend so ein Idiot in die Luft hält. Zwischen den leicht geöffneten Lippen konnte man seine perlweißen Zähnchen sehen.

Erst vor wenigen Wochen war Zimmer dahintergekommen, dass Kinder einen dazu erziehen, sämtliche Geschehnisse untragisch zu sehen. Sie lassen uns großzügig werden, sie wiegen viel Leid auf, während die meisten Erwachsenen mit ihrer Ernsthaftigkeit uns kleinlich werden lassen, hatte der Professor dargelegt und stand dabei an Milas Spülbecken und wusch vier Teller für Pellkartoffeln, Schmalz und Schnittlauch ab. Ernsthaftigkeit aber, fuhr er fort, ist zumeist unfruchtbar, darum, du Kuhhimmlisches, lass uns feiern, lass uns saubere Teller und Becher haben, oder noch besser die zwei Weingläser, stell die doch schon mal bereit, jene, weißt du, aus denen ich mit meiner Mutter bis ganz zuletzt getrunken habe. Den Wein, den ich dir geschickt habe, wirst du inzwischen bestimmt bekommen haben, und wasch Mücke und Pepo zur Abwechslung noch schnell ihre reizenden Visagen, und wenn sie schlafen, schleichen wir uns nach Schönbrunn, an diesen Pilgerort der Fruchtbarkeit, und dann wollen Professor Zimmer und sein liebes Herz dafür sorgen, dass diese Fülle, die ganze Welt in Armen zu halten, kein Ende nimmt.

Andertags radelte Zimmer in aufgeräumter Stimmung heimwärts. In seiner bayrischen Seppltracht fuhr er bis zum Bahnhof von Neckarsteinach. Hier zog er sich trockene Kleider an – *mein Jott*, das war vielleicht eine schwitzige Fahrt, den größten Teil des Wegs musste er ohne Luft im Hinterreifen fahren, na, so alte morsche Schläuche platzen eben gern neben Flickstellen – und genehmigte sich zum Frühstück einen Grog mit Brot und Käse.

Zu Hause herrschte übermäßige Freude über seine frühe Heimkehr. Juchzend kam Hummelchen ihm entgegen, so dass er mit ihm zu tanzen begann, mal mit würdevollen, mal mit zögerlich trippelnden Tanzschritten. Das kluge Kind war aber auch allerliebst anzuschauen mit seinem verstrubbelten Haarschopf und in diesem Kittel, den die Schneiderin aus einem abgetragenen Vaterhemd genäht hatte (der Stoff gab gleich noch einen etwas größeren Kittel für Pepo her). Und angesichts der beiden fröhlich miteinander tanzenden Männer, dem zarten kleinen und dem kräftigen hochgewachsenen, musste Christiane einmal mehr denken und konnte es auch gleich laut sagen, wie sehr sie ihren Mann bewundert. Zwar braucht er für sein Wohlbefinden zwei Frauen, zweimal zwei Kinder, zwei

Häuser und zwei Gärten mit Sonnenblumen, aber dafür macht er auch doppelt so viele Menschen glücklich.

Jetzt summt Hummelchen im Paradies.

Eugen hat sich kurzerhand auf die Reise nach Schönmattenwag gemacht, sobald er vom Tod des noch nicht einmal zweieinhalbjährigen Kindes erfuhr. Ohnehin hatte er vor, ein ausgiebiges Stück Sommer bei seiner Familie zu verbringen.

Mir kommen zu diesem traurigen Ereignis nur die fliegenden Fische in den Sinn, meint er nach seiner Ankunft zu Mila. Weißt du noch, wie wir auf der Überfahrt nach Amerika immer wieder ganze Schwärme davon sahen?

Ja, weiß ich noch, aber was haben sie mit Zimmers totem Bub zu tun? Sprich du bitte mal ein ernstes Wort mit Mücke und Pepo. Sie wollen nämlich gar nicht begreifen, dass das Kind tot ist, tun so, als gäbe es auf der ganzen Welt nur sie beide, und treiben gerade besonders viel Unsinn. Gestern haben sie sich mit allem Möglichen beworfen und sich Maiskolben vom Feld geholt. Als ich ihnen den Drohfinger zeigte, rief Pepo lachend: Wir sind eben zwei Wildschweine vom Odenwald!

Na, die Kinder verstehen das einfach nicht, sagt Eugen und streichelt Mila die Wange, lass sie einfach Kinder sein.

Mückes und Pepos Verhalten sei nicht weiter schlimm, schreibt auch der Professor aus Aussee. Dieses Zerbröckeln und Zergehen sei zu allen Zeiten gegenwärtig, bloß könnten Kinder, und zwar bis in ihre späte Jugend hinein, damit noch nichts anfangen, weil sie das Übergangshafte gar nicht wahrzunehmen imstande seien. Eli, der ja erst lalle und schnattere, aber durchaus schon viel verstehe, würde diesen Tod ebenso wenig begreifen. Wichtiger aber sei es, dass Eli in seiner lieben ahnungslosen Weise einfach da sei, ein Geschenk eben. Ein Geschenk seien Eli, Pepo und Mücke. So müsse Mila das sehen.

Eugen hat damals, als Maxi starb, auch nichts begreifen können. Und war schon längst erwachsen. Erst im Krieg befiel ihn eine schaurige Empfindung von dem, was Zugrundegehen ist. Über das Auferstehen vermag er aber bis heute nichts zu sagen, außer eben, dass es fliegende Fische gibt. Oder dass einige Libellen den Winter überleben.

Im gelben Giebelzimmer, wo ein großer Buddha an der Wand alles beobachtet, findet Eugen heute lange keinen Schlaf. Mit einem Mal ist ein schwingendes, feines Rauschen zu hören. Er greift nach der Taschenlampe (rehbraunes Bakelit-Gehäuse) und leuchtet das Dunkel aus – eine Fledermaus hat sich durchs offene Fenster verirrt, so eine kleine. Sicher findet sie wieder nach draußen, wenn er das Licht eine Weile brennen lässt. Ohne irgendwo anzustoßen, fliegt die Fledermaus verblüffend schnelle Kreise, ihm wird ganz schwindlig, wenn er ihr zuschaut. Und da fällt es ihm ein: Wie die Brieftauben müssen wir die Kinder auffliegen lassen. Aber da fehlt doch etwas? Hat immer ein Stück gefehlt. Eugen liegt, überlegt, kommt zu keinem Ergebnis. Plötzlich ist die Fledermaus verschwunden, demnach wieder draußen. Erleichtert knipst er die Taschenlampe aus. Und die Dunkelheit schiebt ihm Wörter zu: *Wie die Brieftauben müssen wir die Kinder auffliegen lassen*, sofern niemand eine schützende Hand über sie hält. So müsste es richtigerweise lauten. Als hätte Maxi dies längst geahnt. Ahnen ist besser als wissen. Ahnen ist schrecklicher als wissen. Ja, was denn nun? Zurück in Hagen wird Eugen wieder mal jenes Bild zur Hand nehmen, das der liebe Kleine wenige Tage vor dem Unfall malte. Die Mutter bezeichnete das Blatt als dumm und wertlos, als die Isar Maxis Körper endlich hergegeben hatte. Und ungeachtet Emmas Schluchzen wollte sie das Bild vernichten. Eugen aber konnte es ihr entwenden, Gehässigkeiten nahm er gern in Kauf. Seither (ein verblüffend kurzes Vierteljahrhundert ist darüber hinweggegangen) hält er das rätselhafte Werk ebenso in Ehren wie die Karte des Malers mit den blauen Pferden. Oder wie den von Mila bemalten Lampenschirm.

Und so wie am Ende des Sommers im winzigen Garten hinter Zimmers Haus immer etwas von Hummelchen zwischen den Blumen sich fortweben wird, als wäre das einzigartige Kind von seinem Sandspiel nur eben rasch nach drinnen verschwunden, so führen alle ungetrübten Wasser (und nicht etwa die tiefen und reißenden Flüsse) etwas von dem einzigartigen Maxi mit sich, in einem hellen Gurgeln, einem singenden Geplätscher oder aber in ihrem Stillesein.

1905
Maxi winkt und winkt und winkt. Seine Kinderhand bewegt sich mit aneinandergelegten, gestreckten Fingern hin und her. Er drückt dabei die Stirn gegen die Fensterscheibe, damit er den guten Onkel unten auf der Straße sehen kann, und sieht, wie dieser rasch zu ihm heraufschaut und aus lockerem Handgelenk zurückwinkt – und dann, viel zu schnell, unter den Hüten all der anderen Menschen verschwindet.

1931
Im gelben Giebelzimmer des Schönmattenwaghäuschens liegt die kleine Fledermaus tot mitten auf dem Kissen, mit abgespreizten Flügeln und irgendwie viel zu großen Ohren.

1905
Onkel Eugen, wenn ich ein Vogel wär, müsst ich mich dann weniger fürchten?

Vielleicht.

Aber Katzen fressen Vögel.

So ist es.

Aber dieser Vogel, der jetzt immer tiü-tiü, tiü-tiü pfeift, sagt der nicht *geh-weg, geh-weg*?

Ja, schon möglich. Ich glaube, da ruft eine Meise.

Wenn ich ein Vogel wär, würd ich nur zuoberst auf die Bäume oder auf hohe Kamine fliegen, einfach überall, wo keine Katze hinkommt.

Wenn ich ein Vöglein wär, singt Eugen leise (so leise, dass sich Maxis Stirn kräuselt), und auch zwei Flüglein hätt, flög ich zu dir, trallallallaaa-lala, trallallallaaa-lala, la-la-la, la-laaa …

1931
Dieses Zimmer an der Kaiserstraße in Hagen macht Eugen wirklich Sorgen. Dabei könnte er sich für seine Zwecke kein besseres ausdenken, aber für seine Gesundheit gibt es kaum ein schlechteres, da es windschlüpfrig ist und zudem feucht nach Norden über einer Einfahrt liegt, die Tag und Nacht nie geschlossen wird. Eigentlich ist dieses Zimmer nur dafür gemacht, ihn von unten (Gelenkschmerzen in den Zehen) bis oben (ein öfters auftretendes Klingeln im Ohr) zu quälen. Aber Eugen traut sich nicht zu inserieren. Er muss zufrieden sein, ein Dach über dem Kopf zu haben. In seiner Lage könnte er sowieso nie damit rechnen, etwas nach allen Seiten hin Passendes zu finden.

Wenigstens hat er diese fürchterliche Erkältung überwunden, indem er zu den langjährigen Freunden Hans und Helle Koch hinaus nach Emst gefahren ist und erst ein Kastenschwitzbad genommen und danach heiße Schafmilch getrunken hat. Und wie weggeflogen war alles. Aber er will sich noch ruhig halten, Gemüt und Kopf weiterhin schonen. Deshalb will er sich auch Milas bevorstehenden Aufbruch lieber nicht vorstellen, diesen weiteren Umzug zu Irma Thrändorf aufs Frankenfeld. Nur schon beim Gedanken an das Chaos des Packens, der Abfahrt und Ankunft könnte er einen Asthmaanfall bekommen. Jammerschade ist es um das Schindelhäuschen in Schönmattenwag, um seine Idylle und die reine Luft. Um die Sauerkirschen und die Aprikosen, die Pilze und die Waldbeeren. Aber was will man? Die Hausbesitzer kehren in ihr eigenes Haus zurück, und Mila will sich keinesfalls mit Mücke und Pepo in die zwei Giebelzimmer zurückziehen, um sich tagtäglich mit den Leuten herumzuschlagen, die ins gleiche Horn blasen wie der Parteivorsitzende Hitler. Verständlich also, dass Mila wieder zu den Siedlern aufs Frankenfeld zieht. Und Eugen erwartet mit Freuden ihren ausführlichen Bericht, dies aber erst, wenn sie ihre siebenundsiebzig Sachen eingeräumt und er all seine Taschentücher ausgekocht und geplättet wieder in der Kommode liegen hat. Nichts zu machen – der ewige Jude und seine Frau und die Kinder! Doch da die ganze Welt aus den Fugen ist, so ist ihr Leben gewissermaßen zeitgemäß.

1931
Pepo und Mücke haben es kaum erwarten können, zusammen mit den anderen jüngeren Kindern der Siedlung so ganz richtig zur Schule zu gehen, oder fast richtig, weil bei ihnen ja der Schulweg wegfällt. Sie poltern mit Sanne zusammen einfach die Treppe hinunter, schlüpfen einigerma-

ßen manierlich in Irma Thrändorfs improvisierte Schulstube und setzen sich an die Tische. Arme verschränken, Ohren spitzen. Nicht scharren. Naseputzen statt schniefen. Kichern und glucksen ist erlaubt, auslachen niemals. Irma Thrändorf lässt ihre paar Schützlinge mit halben und ganzen Falläpfelchen rechnen (vor dem Verfaulen werden sie geschnipselt und zu Mus eingekocht), je nach Jahreszeit auch mit Kirschkernen und Eicheln. Die Kinder kratzen mit dem Setzholz Buchstaben in die Trampelpfade im Gemüsegarten oder treten welche in den Schnee. Und Wörter werden mit der Schiefertafel geübt, vorne und hinten *Erde* und *Rübe*, später *Vieh, Vogelscheuche* und *Freundschaft*. Und es werden Verse gelernt, ernste und lustige, und Reime darf man sich ausdenken, das Erfinden und Phantasieren wird überhaupt gefördert, auch weil das Lachen zum Unterrichtsstoff gehört.

Wenn Irma Thrändorf dann ihr Buch mit den etwas unheimlichen Bildern hervornimmt (was sie nicht allzu oft tut), werden die Kinder ganz still. Leute sind darin zu sehen, die in Eisbärfelle gewickelt an dünnen Scheiben von gefrorenem Fisch nagen. Oder dunkle, halbnackte Frauen mit so viel Silberkrimskrams an den Ohren, dass ihre Ohrläppchen die Schultern berühren. Hört, Kinder, belehrt Irma Thrändorf ein ums andere Mal, nachdem sie das Buch wieder zugeklappt hat, niemand darf meinen, er sei etwas Besonderes, kein Mensch darf sich über einen anderen stellen, sind wir auch noch so verschieden. Einer schielt, und der andere hinkt, aber beide haben irgendetwas, wofür man sie lieben kann. Reicht darum dem Kind, das neben euch sitzt, wieder einmal die Hand und versprecht ihm, dass ihr das niemals vergessen wollt.

1931
Hummelchen ist längst zu Grabe getragen worden, ruht nun an der Seite seines Dichtergroßvaters, und nur langsam weben sich neue Freuden durch die unendlichen Leiden.

Morgen geht es von Wien endlich weiter nach Aussee. Die österreichische Küche der Schwiegermama ist hervorragend, würde sich aber schlecht mit einer Yoga-Diät vereinbaren lassen. Nur noch eine einzige Nacht in Gertys beengendem Gästezimmer campieren zu müssen, ist eine Freude. Auch Christiane ist froh, der Dienstbotenkammer den Rücken zu kehren, während der in die Nachbarschaft ausquartierte Dienstbote sich nach seinem eigenen Bett sehnen dürfte. Wie die zur Hälfte abgebrannten, südindischen Räucherstäben abends in schönstem Dämmer neben einem derzeit unerreichbaren Körper glühen, diese Vorstellung ist für Zimmer ebenfalls erfreulich. Und sein langweiliges Yoga-Referat liegt hinter ihm. Und Benn – und das ist nun eine veritable Freude! – hat seinen *Buddha* gelesen und ihn dazu beglückwünscht. Aber dass Eugen, wenn es darauf ankommt, der größte Philosoph von ihnen allen ist, stellt die größte aller Freuden dar. Eugen hat Milas Mitteilung tatsächlich komplett gelassen aufgenommen. Wirklich, das freut Zimmer sehr. Für Mila und für Eugen. Für ihn persönlich ist's gerade ein wenig viel, zwei Nachwüchser aufs Mal und beide Frauen quasi zusammen im Wochenbett. Na, die Sache wird sich schon schaukeln lassen. Und zu guter Letzt hat Teta Fahr ihren Referendar prächtig bestanden. Nur weil sie ihre Ambitionen auf erotischem Gebiet jäh abbauen, Ehrgeiz und Eitelkeit mehr oder weniger gründlich umlagern musste, konnte sie es zu diesem intellektuellen Erfolg bringen. Ihre Voraussetzungen zur Rechtswissenschaft sind aber auch wirklich ausgezeichnet gewesen. Das hat er früh erkannt. Wenn du in Heidelberg bleiben magst, dann tu das doch nicht als arbeitslose Kunsthistorikerin, so riet er ihr zu jener Zeit, als Christiane ihm des Abends bereits den Schlüssel warf, sondern bleib als Jurastudentin hier, du hast das Zeug dazu, kannst Dinge richtig einschätzen, sachlich denken, logisch argumentieren, und wenn du studierst, dann kriegst du von mir eine Bürgschaftserklärung, ist ja klar!

1931
Wirkungsvoller als Wadenpackungen, als Baldriantropfen auf Zucker (sofern Zucker vorhanden) oder als heiße Auflagen über dem Brustbein, langfristig hilfreicher als Atemgymnastik und Ganzabwaschungen ist das Angebot der Müllerin: Zu Anfang des neuen Jahres könnte Eugen, sofern er möchte, sein Nordzimmer mit dem frei werdenden Südzimmer vertauschen, das nicht nur der Lage wegen wärmer ist, sondern auch deshalb, weil das Ofenrohr hindurchführt. Die derzeitige Bewohnerin des Südzimmers bemängle zwar die Gerüche sowie das Scheppern der Töpfe aus der angrenzenden Küche, aber sie denke, sagte die Müllerin, dass Eugen nicht so empfindlich sei, dass Kohlsuppe, Kaffeemühle, Fleischwolf oder der unübertreffliche Brotschneider, übrigens ein Geschenk aus Dänemark, ihn stören würden.

Eugen möchte der Müllerin um den Hals fallen. Gerade jetzt, wo er gezwungen war, seine Sprachklubs in den Industriegebieten von Hagen, Dortmund und Wuppertal einzustellen, hat er etwas Aufmunterndes wahrhaftig nötig. Keinen Pfennig konnte er mit den über Monaten erfolgreichen Sprachklubs plötzlich mehr verdienen, da durch die Weltwirtschaftskrise gerade jene Betriebe stillgelegt wurden, aus denen seine Schüler kamen. Nun bezieht er für sich und seine Familie Fürsorgegeld. Nur ungern tut er das, weil er bei den Angaben schummeln muss, was der Professor hingegen für gescheit und tüchtig hält.

Jedenfalls wird Eugen am Fenster dieses Südzimmers Kopfsonnenbäder nehmen können. Keinesfalls wird er sich von der Küche der Müllerin irritieren lassen. Wie günstig wird sich die Veränderung auf seine Gesundheit auswirken! Beruhigt kann er sich nun auf die Reise zu Mila und den Kindern machen. Wenn nicht etwas Unerwartetes geschieht, und er wüsste wirklich nicht, was das sein sollte, fährt er ganz bestimmt. Allerdings kann er erst am Donnerstag aufbrechen, er wird also ziemlich spät an Heiligabend auf dem Frankenfeld ankommen.

Aber jetzt kriegt Mila erst einmal eine Antwort auf ihre Frage wegen des überreichlichen Kaffees, den der Professor ihr aufs Land gebracht hat, angeblich eine Naturalvergütung gegen einen Vortrag in wo auch immer. Eugen kann ihr schon jemanden nennen, dem sie damit eine Freude machen könnte, ihn selber nämlich. Denn er braucht Tag für Tag zwanzig bis fünfundzwanzig Pfennig für seinen Kaffee bei der Müllerin. Trotz der schlechten Zeit möchte er zu Weihnachten übrigens nicht mit leeren Händen kommen. Aber was soll er ihr nur mitbringen? Bestimmt hat sie einen Wunsch, den er erfüllen könnte, idealerweise einen eher bescheidenen Wunsch. Für Mücke und Pepo wird er hübsche Marmorpapiere besorgen, damit er ihnen zeigen kann, wie sie daraus Schiffe, Frösche und Vögel falten, ein ganzes Mobile werkeln können. Und für Irma Thrändorf wird er ein Fläschchen Schönheitsöl kaufen. Jetzt will er aber Schluss machen und schickt schon mal viele, viele tausend Küsse.

1932

Hier in London ist Zimmer bereits einmal gewesen. Zu seinem Studienabschluss hatte seine Mutter ihm einen Aufenthalt in Großbritannien spendiert. Reisen waren auch der Karriere des Vaters förderlich gewesen, mehrmals war er nach Irland gefahren und hatte im Umgang mit einfachen Leuten deren Sprache vor Ort erforscht. So reiste der Sohnemann selbst zunächst querfeldein durchs schottische Hochland, belegte einen Ferienkurs in Edinburgh (*Edinbara* oder auch *Edinbro* nennen die witzigen und doch immer leicht unterkühlten Schotten ihre Stadt), dann folgten fünf Wochen London. Hier tat er kaum anderes, als sich wie trunken durch Museen, Parks und Pubs zu bewegen. Zurück in Berlin trat er als Einjährig-Freiwilliger ins Kaiser-Franz-Garde-Grenadierregiment ein. Hätte er seinerzeit geahnt, was diesem Dienst bald schon folgen sollte – na, er war halt schon noch ziemlich unreif, und abgesehen davon kann ein Einzelner an der Weltgeschichte nicht herumschrauben, vermag ja nicht mal seine eigene Geschichte groß zu beeinflussen. Jetzt freut er sich gründlich. Darauf nämlich, das erforderliche Bildmaterial für sein Mythenbuch zusammenzustellen, also auf die herrliche indische Sammlung, die da in London seiner harrt, unter anderem auf die Göttinnen, deren verführerische Fülle mit Milas Pracht verschmilzt. Zuerst bringt er aber noch seinen Koffer zu Alice Astors Anwesen.

Zwischen der liebenswürdigen Alice, die von den echten Astors abstammt, und Christianes Bruder Raimund hat sich vor noch nicht allzu langer Zeit eine Romanze entsponnen. Alice Astors schwerreicher Vater, schwirrt es Zimmer durch den Kopf, gehörte zu den Opfern der Titanic, was ihn heutzutage nur noch strahlender erscheinen lässt. Raimund erzählte, dass John Jacob Astor seiner zweiten, ebenso skandalös jungen wie schönen und bescheidenen Gemahlin nach der Havarie uneigennützig in eines der Rettungsboote geholfen und sich danach eine Zigarette angezündet habe. Zwischen Galanterie und Feuerzeugklick habe er seiner Frau noch etwas zugeworfen. Was ist das nur schon wieder gewesen? Egal. Er aber, Heinrich Robert Zimmer, hätte sich, sofern er sich in der Lage John Jacob Astors befunden hätte, vorgedrängelt, hätte alles daran gesetzt, der Allerliebsten nahe zu bleiben. Zumindest stellt er sich dies zur heutigen Stunde vor.

Alice Astors Empfang ist herzlich und ihre Hanover Lodge am Rande des Regent's Park schlichtweg fabulös. Nach Bad und Breakfast sucht Zimmer das Britische Museum auf und begegnet da dem Verderben, der Angst, Gewalt, Innigkeit und den Träumen in ungemein bestechenden Stücken. Und Göttinnen noch und noch. Gegen Abend geht er zu Fuß wieder zurück nach Hanover Lodge, nicht ohne sich unterwegs noch zu den Einheimischen in einen Pub zu stellen und ein Ale zu trinken. Ihm zur Seite lobt ein hochbetagter englischer Seemann die vielen Vorzüge einer Sherry-Marke, beste Unterhaltung ist das, obwohl Zimmer nicht gerade alles versteht, hat der Alte doch kaum mehr Zähne im Mund.

Zweiunddreißig Bedienstete wirken in und um Alice' Wohnsitz. Kein Wunder also, dass schon ein Smoking mit Zubehör für ihn bereit liegt. Und es hilft nichts, er muss nochmals baden, recht heiß sogar. Die negative Einwirkung des Badens auf die Erotik hat schon Stendhal eingeleuchtet. Zweimal am Tag sein Leben lang baden entspricht einer lebenslänglichen Babyhygiene und nimmt dem Menschen alles Aroma. Während Zimmer in der Wanne liegt, stellt er sich den heiteren und distinguierten, ewig platschenden Engländer vor sowie die fröhliche Engländerin, ewig ihre blasse sommersprossige Haut frottierend. Danach zieht er die weiße Panzerbrust an, auch sie ein wirksames Mittel gegen die Erotik. Bis man da wieder rauskommt, thank you very much indeed! Zimmer ist entschieden für den Trainingsanzug, da kommt der Übergang zur Liebe ganz von selbst.

1932
Eine Schwangerschaft nach der andern, pausenlos Geburt und Stillphase, setzen einer Frau unvergleichlich zu. Besonders, wenn daneben noch gesellschaftliche Verpflichtungen wahrzunehmen sind und Reisen, Ortswechsel und Klimaveränderungen anfallen.

Ja, das kann Heinrich Zimmer seiner einzigen Christiane – na, nachfühlen nicht gerade, aber zugänglich dafür ist er durchaus. Seine Mutter hat sich das Mutterleben leichter gemacht, indem sie eine Amme in Dienste nahm. Wenn Christiane also der Meinung ist, nach dieser anstehenden dritten Geburt ihrem Bauch zwei bis drei Jahre Ruhe gönnen zu müssen, um leistungsfähiger zu werden, wobei, das muss er schon sagen, ihre Gesamtleistungsunfähigkeit ihm bis dato gar nicht aufgefallen ist, so kann er sie darin sehr wohl unterstützen und ihr raten, sich in der Apotheke das passende Hilfsmittelchen zu besorgen. Oder aber von der guten Mitzi besorgen zu lassen. Hauptsache ist, und auch hierin will er Christiane keinesfalls widersprechen, dass er sie lieb hat und dass er ihr größtes Glück ist.

1939
Bei vielem Männervolk reduziert die Welt sich auf dieses eine, vergleichsweise Kleine, diese Wurzel, die unermüd-

lich aufschießen will. Man ist ihr ausgeliefert, von früher Jugend bis ins hohe Alter.

Eugen bringt es nicht über sich, davon zu reden, als er mit Pepo in Fribourg eine Endlosigkeit lang auf dem kleinen Balkon unter den Sternen steht, den Dachgiebel des hohen, schmalen und solid gebauten Hauses im Nacken.

Befreiungsschläge sollten nicht wehtun dürfen. Überall ist Beginn, und Ende ist nirgends. Meere erheben sich und weichen zurück. Da und dort wird man Zeuge persönlicher Dramen und mikroskopischer Springfluten, man ist entsetzt oder begeistert. Oder gelähmt vor lauter Gleichgültigkeit. Geysire blubbern und schießen plötzlich hoch auf. Häute reißen ein. Blasensprünge, begleitet von Gerüchen (Muskat, frisches Blut, Kindspech, Schwefel) und von Geräuschen – selbst das Aufblitzen der Phosphorsternchen im Filigran der Seele ist zu hören. Hänschen in Hagen. Und aus seinem Neugeborenenmund der Duft von Kläräpfeln.

1932
Mila bringt Hänschen in Eugens Bett im Haus der Müllerin zur Welt. Eugen eilt zwischen seinem Zimmer und der Küche hin und her, mal mit verschmutzten, dann mit sauberen Lappen oder aber mit ausgekochten und ausgewrungenen, zuweilen auch mit kaltem Wasser und Kaffee. So geht er der herbeigerufenen Hebamme zur Hand: Sie gibt kurze Anweisungen, und er packt zu. Derweil unterhält die Müllerin das Herdfeuer. Die Geburtswäsche und eine dicke Erbsensuppe köcheln nebeneinander in beachtlichen Töpfen.

Hin und wieder schaut die Müllerin auch nach Mücke und Pepo, die in der Mansarde (ihrem sowie Milas schmalem Reich) mit Bauklötzen, einem malträtierten Wilhelm-

Busch-Band sowie mit Papier und Stiften verweilen sollen. Heute hat Pepo keine Lust auf Mückes Lieblingsspiel (die kluge Lehrerin und der dumme Schüler), *nicht schon wieder!*, stöhnt er. Aber mit einem Max-und-Moritz-Theaterstück erklärt er sich einverstanden. Nach einem Probedurchlauf unter Mückes Leitung werden sie Mutti, Vati und dem neuen Geschwister die Geschichte ausführlich vorspielen; Baumnussschalen sind Maikäfer, ein Schlafanzug wird zu einem Huhn geknotet, das Brotmesser dient als Säge, ritsch ratsch in die Brücke eine Lücke. Und die Tabakpfeife? – Da nehmen wir eine von Muttis Zigaretten!

Hänschens Eintritt in die Welt erweist sich insgesamt als starke und unverlierbare Wirklichkeit. Eugen hat sich vor der Geburt etwas gefürchtet, doch die Hebamme gibt ihm keine Gelegenheit, sich zu drücken, der Vater, sagt sie, müsse von Anfang an mit dabei sein. Und irgendwann schlüpft dieses Dritte kopfvoran aus Milas Becken. An beiden Beinen hält die Hebamme den Frischling hoch, nabelt ihn ab, packt ihn in das am Ofenrohr vorgewärmte Waffeltuch, legt das Kind in Eugens Arme. Er heißt das Neugeborene zwar nicht ausdrücklich willkommen, aber an seinem Körper ist es zuallererst ganz richtig da, das bläulich verschmierte, schiefgesichtige Wesen, das mit dünnen Lippen schreit und röter und röter wird und dessen überlange Nägel und knittrige Finger Eugen auch nicht unbedingt gefallen. An Mückes und Pepos Neugeborenenhände kann er sich nicht erinnern. Er hatte die beiden ja auch nicht so unmittelbar nach Erscheinen beäugen können. Immerhin kann er sich Pepos Storchenbiss an der Stirn ins Gedächtnis rufen und Mückes Mondgesicht ebenso: Wie ein Buddha, hatte der Professor erfreut festgestellt.

Ihr Sohn, sagt die Hebamme nun und nimmt Eugen das überdurchschnittlich große und kräftige Kind aus den Armen, um es zu baden und ordentlich zu wickeln, Ihr Sohn ist Ihnen gerade am Geburtstag unseres Parteiführers geschenkt worden. Da dürfen Sie vielleicht stolz sein!

1932
In Hagen ebenso wie in Heidelberg gibt es wieder politische Umzüge. Entweder sind die Typen zu Fuß unterwegs, oder sie rollen auf beflaggten Lautsprecherlastwagen durch die breiteren Straßen. In langen, mit Musik untermalten Paraden wird auf Versprechen und Forderungen aufmerksam gemacht. Nur in der Mittagshitze ziehen alle ab.

Eugen hat sich in die Feiertagsstube der Müllerin bitten lassen, wo die Dinge säuberlich und ordentlich neben-, über- und hintereinander ihren Platz haben. Das Mobiliar ist reichlich. Auf einem Blumenschemel in einer Ecke steht ein Vogelbauer. Darin sitzt ein gelber Sittich artig auf dem Stängelchen und wackelt mit dem Kopf. Drei tadellose Sessel mit über die Rückenlehne drapierter Klöppelware füllen die Stubenmitte; sie lassen an ein rotes Kleeblatt denken. Mila hat der Müllerin gegenüber einmal bemerkt, dass aufgeräumte Zimmer auf sie ausnahmslos leblos wirken würden. Sie bestreite gar nicht (Mila verschränkte dabei die Arme über ihrem mächtigen Schwangerenbauch), dass Ordnung zu Tugenden führen könne, es nehme sie aber wunder, was denn eigentlich zur Ordnung führe.

Die Müllerin offeriert Holundersaft und Sandsturmkekse. Wie ein Häufchen Elend sitzt der um Haltung ringende Herr Esslinger in einem der roten Sessel, Hände und Gesicht blassgrünlich. Er ist zu bemitleiden, fraglos ist er das. Die Antwort kennt die Müllerin ja: Frau Esslinger ist mit den drei Kindern weg, sie will zumindest den Sommer auf dem Land verbringen.

Eugen hat Mücke und Pepo vor der Abreise nochmals die Finger- und Fußnägel gesäubert und geschnitten. Ohne Trauerränder sollten seine zwei Großen bei Irma Thrändorf eintreffen. Hilf der Mutti, so viel du kannst, sagte er beim Abschied zu Mücke, dann kriegst du auf dem Frankenfeld bestimmt jeden Tag Gesottenes und Gebratenes wie das fleißige Mädchen bei Frau Holle, oder zumindest wird Tante Irma dir Bratkartoffeln und Spiegeleier brutzeln. Danach strich Eugen Pepo einige Male über den blonden Schopf, flüsterte ihm etwas ins Ohr und straffte die Riemen seines Rucksacks. Und er blickte auch in das zahnlose Lächeln von Hänschen, der seinen Zeigefinger ergriffen hatte und gar nicht mehr loslassen wollte. Mila küsste Eugen. Und Eugen küsste Mila.

Wünsch euch Glück, kehrt nur bald zurück!, rief er schließlich tapfer in das Stampfen und Pusten des abfahrenden Zugs hinein und schwenkte sein Taschentuch und konnte nicht verstehen, warum er während der letzten Wochen auch noch Hänschen so liebgewonnen hatte. Doch die Vermehrung von Liebe in einem Vaterherzen ist genauso unerklärlich wie die Vermehrung von Manna. Über das weißliche Himmelsbrot hatte Martin Buber dereinst in Heppenheim gesprochen, als sie alle zusammensaßen und Brot und Wein teilten und übers Teilen redeten und Mila ihre lange schmale Hand auf dem Oberschenkel eines der Männer in der Runde ruhen ließ und er (Eugen) beruhigt war.

Brot und Wein, Eier oder Knödel, nichts vermag derzeit seinen Appetit anzuregen. Seitdem Mila und die Kinder fortgezogen sind, kann er nur dünne Suppen, Milch oder eben den aus Blüten, Zucker und Zitrone angesetzten Holundersaft zu sich nehmen. Nicht mal an den Keksen mag er knabbern. Aber wie freundlich von der Müllerin, dass sie sich um ihn kümmert. Und bis er sich nachher auf dem Arbeitslosenamt in die Warteschlange stellen und dort mindestens eine Stunde lang in der fürchterlichen Enge ausharren muss, hört er sich noch an, was sie am Vormittag vom Friseur erzählt bekommen hat.

Ungefähr zur selben Zeit versucht Zimmer bei weit geöffnetem Fenster ein wenig zu dachsen. Das Quäken von Clemi ist zu hören. Seit seiner Geburt hat Christiane die gemeinsamen Mittagsschläfchen aus dem Ehealltag gestrichen. Was durchaus überflüssig ist; die neu eingestellte Kinderschwester ist ein hocherfreuliches Wesen! Er wird gelegentlich mit Fingerspitzengefühl gegen Christianes neueingeführte Regel angehen müssen. Und an Jung sollte er heute noch schreiben, sich bedanken, denn ihre erste Begegnung in Zürich war doch sehr lohnend, was entscheidend mit seinem gelungenen Vortrag vor Jungs Jüngerinnen und Jüngern zu tun hatte. Gestern Abend konnte er mit demselben Vortrag einen weiteren schönen Erfolg verbuchen: Ganz Heidelberg, also jeder, der Wert darauf legt, zum besseren Publikum der Stadt zu zählen, drängte in den großen Hörsaal und ließ sich in abendlicher Regenschwüle zwei Stunden lang vom Tempo seines Gespanns auf und ab kutschieren. So ungefähr in der Mitte, wo jeder Zuhörer hätte müde werden können, spürte er, wie die Anwesenden zu einer Masse zusammenschmolzen, zu einem Wachsklumpen, den er mit Leichtigkeit formen und zum spannungsgeladenen Schluss lenken konnte. Ein sehr gelungener Abend war das, treffliche Formulierungen vermögen eben Gewaltiges. Das ist wie in der Politik. Zwar kennt er sich da etwas weniger gut aus. Doch zweifellos sind Reden praktisch immer dumm, dumm wie Teetassen. Umso besser, wenn man sich ans Eigene hält. Und an den Augenblick. Was ihn selbst betrifft, so lebt er nun mal in der Gegenwart, da bleibt kein Platz für Vorsorge, Politik und Nachdenken. Mitten in seinem Da-Sein aber steht Mila, oder präziser: er und sie einander in den Armen, und das ist jenes Indien, *das von ihren Küssen und Flüssen lebendig wird* wie vielleicht vorher kaum irgendwo in Europa. Wählen muss man dennoch ... Zentrum wird er wählen, Christiane natürlich auch. Mila wird wohl nicht wählen gehen, und wenn sie es täte, würde sie sehr wahrscheinlich nur die alten Spuren von Eugen ... noch ein wenig mehr austreten ... und für die Kommunisten stimmen. Gescheiter also, wenn sie derzeit ausgiebig mit Stillen beschäftigt ist ... Clemi schreit nicht mehr, wird wohl eben gefüttert werden ... Von Hänschen macht Mila sich nur los ... höchstens los, wenn sie hohen Besuch kriegt ... von ihm höchstpersönlich ... morgen, quatsch, übermorgen, gleich nachdem Gerty abgereist ist ... da werden sie sich in den Waldschatten legen ... ein Moosplätzchen finden, und er wird ... Mila etwas vorlesen ... ein Stück Billinger vielleicht, ein Hüne vom anderen ... Ufer ... oder Lawrence ... oder aber weder Billinger noch Law ... wie ... Schicksal für Wirrgewordene ...

1932
Statt Klopapier bekommt Mila einen Packen *Neue Freie Presse* geschickt. Heinrich und Christiane Zimmer müssen jetzt eisern sparen, nachdem sie ein Häusl für Mila gekauft haben.

Eugen hilft Helle und Hans Koch mit zwanzig Mark aus, weil die Freunde derzeit äußerst knapp dran sind.

1932
Kürzlich hat Eugen Pepo das Märchen von *Hans im Glück* erzählt und anschließend von ihm wissen wollen, was er selbst denn unter Glück verstehe.

Pepo musste nicht lange überlegen: Wenn du etwas besonders Schönes gebaut hast, und keine bösen Buben kommen und machen es kaputt, dann hast du Glück gehabt.

Nun erzählt Helle. Und wenn sie erzählt, so fühlt Eugen sich klein und beschützt, er hängt an ihren Augen, der flaumigen Stimme, den vollen Lippen. Nichts Amüsantes von dem Kastenschwitzbad erzählt sie heute, keine altbekannten Geschichten, die sich einst in der Blankenburger Kommune zugetragen haben und die man sich gern immer wieder anhören möchte, nichts, was mit dem steifen Kriegsarm von Hans zu tun haben könnte (hier ist wohl alles gesagt), nichts von ins Leben geretteten und danach auf Knien sich vorwärts schleppenden Perlhühnern und auch keine Neuigkeiten über ihre eigenen, quirligen Menschenkinder oder aber die anhänglichen Urschafe (Lilly, Willy, Tilly, Gusto Gräser und wie sie alle heißen). Nein, Helle erzählt heute eine Geschichte von ihrem Pfau, dem Hahn.

Es war einmal, beginnt Helle, ein Automobil. Das war neu, schön, geradezu mondän und gehörte einem Unternehmer. Er machte sich eines Tages auf, um mit diesem Automobil nach Emst zu fahren, da ihm die Kunde zugetragen worden, dass es da ein hasengroßes Modell für eine Einachserfräse zu bewundern gebe, die ein gewisser Hans Koch, gleichermaßen ein Erfinder wie ein Landwirtschaftsfanatiker, ausgeheckt habe. Der Herr begab sich also nach Emst, parkte sein Automobil neben dem bescheidenen Haus des Hans Koch, ließ sich begrüßen und bewirten und fand an der Einachserfräse zusehends Gefallen. An den Planzeichnungen und der Vorkalkulation gab es offenbar nichts zu bemängeln, so dass die Herstellung eines Prototyps und die nachmalige Serienfertigung eine beschlossene Sache zu sein schienen. Man trat also wieder vors Haus. Der Herr holte zum Handschlag aus, besann sich aber eines Besseren, als er den Pfau sah. Gerade attackierte der seinen offensichtlichen Nebenbuhler im dunkelblauen Wagenlack. Die Federkrone wippte. Zwei Federkronen wippten im gleichen Takt. Dann hielt der Pfau inne, beäugte. Und hackte erneut, diesmal noch erbitterter. Der Feind hielt mit. Dem Herrn blieb zunächst die Sprache weg, und gleich dem Vogel bewegte er sich nicht von der Stelle. Erst als der Pfau seinen Rivalen unter Einsatz seines ganzen Kopfs in die Flucht zu schlagen gedachte und zu bluten begann und die Blutstropfen auf das heiße Blech aufschlugen, trat der Herr laut klatschend auf den Wagen zu. Er stieg ein und fuhr davon, eine Staubwolke hinter sich herziehend.

Bevor er aufbricht, soll Eugen sich zwei Pfauenschwanzfedern aussuchen. Er tut sich mit Auswählen nach wie vor nicht leicht. Bei seinem nächsten Besuch wird er Pepo und Mücke die Federn mit den schillernden Wunderaugen mitbringen. Und Zimmer wird den Kindern flugs erklären, dass der Pfau das Reittier indischer Götter sei.

1932
Zum Abschluss der gespenstische Ball.

Bis es so weit ist, verbringt Zimmer fast eine ganze Woche in diesem Zürich, ohne kaum je zur Ruhe zu kommen. Im Juni war's beschaulicher, lockerer, unangestrengter. Jetzt muss er sich mit den Fahnen des Romanfragments des seligen Schwiegerpapas beschäftigen. Das Buch soll noch auf den Weihnachtsmarkt, und weil für das Setzen, Drucken und Binden mit vier Wochen zu rechnen ist, ackert er sich also Vormittag um Vormittag durch die hundertachtzig Seiten, statt Zürich fröhlichen Fußes zu durchkämmen. Da hat es Christiane besser.

Jeden Nachmittag von fünf bis sieben finden die Seminare von seinem Konkurrenten Jakob Wilhelm Hauer statt. Trostlos schlecht sind sie, breit und geschwätzig, ein einziges theosophisches Gemunkel. Jung, das sieht Zimmer sofort, ist auch enttäuscht, aber er lässt es Hauer nicht merken. Jung ist ganz Arzt, und Ärzte lassen sich nie etwas anmerken.

Am Mittwochmittag fährt man gemeinsam hinaus nach Küsnacht. Jungs Landsitz ist außergewöhnlich, außergewöhnlich die Lage am See. Kühl bläst der Wind, und dunkle Wolken ziehen, aber behaglich und anregend ist es trotzdem. Wirklich, Jung ist ein großer Esser und Trinker, ein Schäker und Lacher, lieblich winket der Wein, wenn er Gedanken winkt (oder so ähnlich).

Auch beim reichen Bodmer sind sie eingeladen. In dessen Villa mit riesigem Umschwung muss man (vorzugsweise neidlos) zugeben, dass dieser schlaksige Mann mit den scharf gemeißelten Gesichtszügen nicht grundlos weit über Zürich hinaus als literarischer Leitstern gilt. Bei Bodmer trifft man auch auf Rudi Schröder. Der hat in diesem Sommer eine Art Kollaps gehabt, ist zwanzig Pfund leichter und befremdet durch jugendliche Schlankheit. Als er von seiner neuesten Publikation in der *Literarischen Welt* spricht und andere Gäste sich mit einem Glas Weißen in der Hand nur zurückhaltend dazu äußern, liest Zimmer schnell ein paar Seiten quer und findet danach ein paar anerkennende Worte für den lieben und verehrten und klugen Rudi Schröder.

Endlich soll die Woche mit einem Ball feierlich abgeschlossen werden, in einem sehr guten Etablissement beim Bahnhof Zürich, mit all den fürchterlichen Klubmitgliedern, den gegenwärtigen und früheren Patienten Jungs sowie den schrecklichen Psychoanalytikern. Am ärgsten sind ein paar Jüdinnen aus Berlin, eine sitzt zwischen ihm und Jung und drängt dem Abend ihre Regie auf. Diese Frau bietet ungefähr so alles, was Zimmer von ihr nicht verlangt. Ihm ist schon klar, dass er in großer Gesellschaft immer wie jemand wirkt, der noch nicht ganz wachgeküsst ist, was Christiane mit ihrer bloßen Anwesenheit maßgeblich unterstützt.

Zum Schluss wird getanzt, Zimmers Tischnachbarin ist gleich Feuer und Flamme. Alle tanzen, fast alle, Christiane auch. Zimmer nicht. Er betrachtet den tanzenden Haufen und denkt an einen Hafen voller abgetakelter Wracks und an einen jener berühmten Autofriedhöfe in Amerika, von denen er nie einen in natura gesehen hat. Über allen Tanzenden aber bewegt sich ein ungeheurer weißhaariger Schweinskopf, Carl Gustav Jung, in bezwingend vitaler Dämonie unermüdlich tanzend.

Erschöpft fährt Zimmer von Zürich ab. Er wünscht sich Ruhe, er will nur noch sich und Mila, im Garten in Leiheim, auf unendlichen Lagern in stillen Nächten. Und nichts weiter. Nie ist ihm unter Menschen deutlicher geworden, welch herrliches Leben sie beide einander zu allen Zeiten bereitet haben und wie spukhaft das Leben ringsum ist.

1933
Gegenwärtig, wo Luftblasen in Blei gegossen werden, sieht Eugen sich öfters an jenen Ort zurückversetzt, zu dem die

Mutter ihn gelegentlich geführt hat. Wieder spürt er ihre harten Finger seinen Unterarm umklammern. Dazu das Klackern beschlagener Schuhe auf Asphalt. Und der Regenschirm mit dem verhassten Griff aus Elfenbein.

Mit dem Kind an der Hand verschaffte die Mutter sich Durchgang und Vortritt, sie rempelte Leute an, scherte sich nicht um Fuhrwerke, eilte die Straßen entlang. Den hohen und schmucken Häusern folgten niedrigere, einfachere Bauten, und das Kind Eugen flog atemloser und hustender an Handwerkerbuden vorüber, an Unrat und unvollständigen Häuserzeilen, wo längs der Brandmauern gelegentlich dunkle Menschenbündel lagen. Wenn endlich unter einem Torbogen die Blumenhändlerin stand und ihr rotes Haar sich unter dem flohgrauen Kopftuch hervordrängte, war das Ziel nicht mehr fern. Mit ihren Schlüsselblumensträußchen oder jenen aus Maiglöckchen, Wicken, sommerbunten Zinnien und Schneerosen stand die junge Händlerin wortlos da, und es war dieses anspruchslose Dastehen, das dem Buben etwas Linderung verschaffte, innen, wo tausend Nadeln ihn stachen. Tausend war die größte Zahl, die Eugen kannte, und sie wurde eben etwas kleiner, sobald eine Haarsträhne des windgesichtigen Mädchens sich bewegte, es ihm ein Lächeln zuwarf oder ihm mit seinen Blumen winkte. Nur ein Kind konnte dies alles bemerken.

In einiger Entfernung hielt die Mutter immer an derselben Ecke an. Von da aus musste Eugen sich die Schreie und das beängstigende Quieken derjenigen Kinder anhören, die nicht pariert hatten, vorlaut, frech oder faul gewesen waren. Eugen guckte auf das Stück Land, das lang und breit vor dem fast fensterlosen Kindergefängnis lag, er schaute angestrengt auf aufstrebende Gräser und geknickte Halme, auf Schneeinseln oder sich wiegenden Hahnenfuß. Und auf in der Sonne aufblitzende Scherben. Oder auf nichts. Zuweilen gab es Bienen und Schwebfliegen. Einmal viele braune Heuschrecken. Das Kindergefängnis würde einen lehren. Nur hartes Brot und Wasser gebe es und zum Schlafen kein Bett, drohte die Mutter, sondern Stroh auf eiskalten Fliesen, fünfzig Kinder zusammen in einem Saal. Ein jedes Mal gelobte Eugen Besserung. Selten wusste er, worin seine Verfehlungen bestanden hatten.

Schließlich klärte Julius seinen um fünf Jahre jüngeren Bruder auf: Was Mama ihm jeweils zeige, sei ein Schlachthaus. Schweine und Rinder würden dort abgestochen und danach zu Braten oder Würsten verarbeitet, selbst Augen, Zungen und Schwänze fänden Verwendung. Nur die Zähne seien zu nichts nütze. Und Kindergefängnisse gebe es keine, nirgends auf der Welt, weder bei den Negern noch bei den Eskimos. Aber gefährliche Frauen und Männer sperre man in den Gefängnissen immer getrennt ein. Warum das so sei, habe er bisher nicht herausgefunden.

Noch am selben Tag gab es Hiebe für Julius. Mit dem Regenschirm. Weil Emma die Brüder belauscht und danach eine Frage gestellt hatte.

Damals schwor Eugen sich, in seinem Leben kleine Leute niemals in Angst und Schrecken zu versetzen. Bis heute fasst er Mücke oder Pepo höchstens mit drei Fingern am Kinn, aber nicht zu fest, und schaut ihnen in die Augen: Aus, die freche Haselmaus, herein, der liebe Sonnenschein! Für Hänschen genügt meist ein betontes Nein. Reicht dieses Kommando nicht, mischt Mücke sich ein, lenkt den kleinen Bruder ab oder traktiert ihn wortreich. Seit neuestem kann Hänschen sich selber aufrichten und alles zu Boden werfen, was er erreichen kann. Nächstens wird er sich ohne fremde Hilfe durch diese schreckliche Welt bewegen.

1933

Zimmers Prinzip ist eine Veranlagung. Er kann nichts dafür, dass er sich weder für Vernunft, Technik, Wirtschaft noch für Politik interessiert. Zu allen Dingen, zu denen er überhaupt in einer Verbindung steht, hat er eine rein erotische Beziehung. Leider steigt so etwa nach dem vierzigsten Lebensjahr der Springquell des Erotischen nicht mehr höher. Wohl deshalb ist ihm gerade nicht nach Trallala. Im Gegenteil, Zimmer ist entmutigt und deprimiert wie selten. Die grauen Schatten sind grau, sie haben nichts Goldumrandetes mehr, der Schnee ist bereits wieder geschmolzen und das Gras zeigt seine braune Januarunansehnlichkeit.

Auch die beiden Vorträge in Berlin belasten ihn; sie sind öffentlich und sollen allgemein verständlich sein. Den einen über *Altindische Politik und das Abendland* hat er wenigstens schon zu Papier gebracht, wenn auch lustlos und uninspiriert, aber den neuen Vortrag über *Yoga* muss er noch zusammenschustern.

Eine einzige Freude ragt aus der allgemeinen Freudlosigkeit: der Kauf des Jagdhauses in Leiheim. Dank Christiane konnte dies geschehen. Im vergangenen Sommer entdeckte sie das Inserat für dieses Häusl mit grandioser Aussicht auf den Neckar, und sie schlug vor, es für Mila und die Bamsen zu besichtigen, allenfalls gleich zu erwerben, damit seine zweite Familie endlich ein sicheres und von Heidelberg nicht allzu weit entferntes Zuhause habe. So haben sie kurzentschlossen gehandelt. Ein derart geschmeidiger Erwerb wäre derzeit nicht mehr möglich, abgesehen davon, dass er sich ohne die Tantiemen von den Dichterwerken nie hätte verwirklichen lassen.

1933

In Berlin zieht der lichtlose Winter sich hin, und die Nebelkrähen, die Vögel der Schwermut, fliegen scharenweise über einen hinweg. Die Fülle von Fahnen und Wahlplakaten ist beängstigend. Und schlimm sind auch die Sprechchöre, die von der Straße her in Eugens Morgenschlaf einfallen.

Bis gestern hat er sich von Berlin etwas versprochen: ein bescheidenes Weiter, ein irgendwie beschaffener Posten. Freund Frieder könnte ihm dabei einmal mehr behilflich sein. Der aber ist nicht ganz unerwartet entlassen worden und will Berlin möglichst schnell den Rücken kehren. Dieser Auszug aus der geliebten Stadt im verseuchten Deutschland soll gefeiert werden. Den passenden Rahmen hierfür kennt Frieder durchaus, die Zauberflöte an der Kommandanten-Straße soll es sein.

Im breiten Torweg steht ein Mann im dunklen Anzug. Er empfängt die Gäste und weist ihnen den Weg zum Eingang, wo hinter der Tür ein Aufpasser zuvorkommend nickt. Nicht zu übersehen steht im Treppenhaus eine Tafel mit dem Kürzel BfM. Der *Bund für Menschenrechte* steht gegen die Entrechtung der Homosexuellen. Kein Mann kommt ohne einen bescheidenen Eintritt in die Herrenabteilung im oberen Stockwerk, keine Frau in die Damenabteilung im Erdgeschoss. Weibliche Gäste dürfen den oberen Saal der Zauberflöte nicht betreten, selbst wenn ihre unkundigen Begleiter darauf hinweisen, dass dort bereits Damen zugegen seien.

Im schummrigen Licht des orientalisch dekorierten Raums tanzen Menschen, weich und unaufgeregt. Die meisten von ihnen sind jung, schmal gebaut, sie tragen saubere Scheitel und saubere Kleider. In diesem gut besuchten Saal wird alles Laute gemieden. Plötzlich wechselt das Licht, die kleinen Lampen verlöschen, rotes Scheinwerferlicht beleuchtet die Tanzfläche, der Geiger sagt eine Tyrolienne an. Über die hohen Gläser mit Limonade und Strohhalm hinweg sehen Frieder und Eugen von ihrem kleinen runden Tisch aus den tanzenden Paaren zu. Wie sie sich ordnen, Kreise bilden, Gesicht gegen Gesicht, sich schrittweise verschieben, ein anderes Gesicht gegen ein anderes Gesicht.

Dann fällt Eugen jemand auf, der ebenfalls nicht tanzt, und wie er die Zigarette zwischen Daumen und Zeigefinger hält – *aus gutem Grund ist Juno rund, Berlin raucht Juno*. Das Jackett hängt zu lang und groß an dem schlaksigen Mann. Trägt er Krokodillederschuhe? Auf Distanz kann man sich schnell irren. Jetzt drückt der Unbekannte die Zigarette aus, löst sich mit einem Zeitlupendreh von seinem Stehplatz und kommt leicht hinkend heran. Seine Augen leuchten wie Parma-Veilchen, korngelbe Brauen stehen darüber. Er beugt sich vor und schnarrt: Schönen guten Abend, Herr Kapellmeister.

Ihre Verwechslung soll mir eine Freude sein, bitte, setzen Sie sich doch zu uns, erwidert Eugen und drückt mit der linken an der rechten Hand herum, deren Gelenke gerade mal wieder schmerzen.

1933
In diesen Zeiten vermehren die Feinde der Freunde sich ungeheuer schnell.

1905
Die einen sind für die Russen, die anderen für die Japaner.

Für den Menschen ist keiner. So weit ist man zu Anfang des zwanzigsten Jahrhunderts noch nicht.

1933
Mein liebes Herz, ich komme nicht dazu, dir eine Zeile zu schreiben, denn nach zwei Stunden Ski üben vor- und nachmittags bin ich allemal so todmüde und zerschlagen, die Hand gehorcht beim Schreiben so schlecht, die Augen sind von der starken Sonnenstrahlung ermüdet, dass man auch keine Zeile Zeitung lesen mag über all die Umkrempelei, die in Deutschland vorgeht. So schreib ich dir heut zwischen Frühstück und Übungsstunden. Dabei ist das Ganze wunderbar bekömmlich, jeden Morgen, wenn die Sonne wieder auf den Schnee strahlt, hat man doch wieder Lust, auf die Bretter zu steigen, und wenn man nach ein paar Übungstagen eigentlich noch sehr wenig kann, fühlt man doch, wie man alle Tage mehr kann und hat Spaß daran. Für den Anfänger mindestens ist diese Sportübung völlig entsexualisierend. Wenn ich wie ein geschmolzenes Blei abends ins Bett fließe, weiß ich nicht, ob ich Mannderl oder Weiberl bin, und doch fühlt man, dass dieser Sport mit seinem starken Atmen in Schnee und Sonne und hoher Luft und seiner vielseitigen Muskelanstrengung einen sehr erfrischt und frisch erhalten kann bis in hohe Jahre. Wir betreiben ihn auch sehr behutsam und bedacht. Donnerstag ist Schluss, dann geht es zur Schwiegermama nach Wien (Mozartgasse 4). Schreib mir bitte gleich dorthin ein paar Zeilen, wie es euch geht, was der Garten macht usw. Ich hoffe schlank und sichtlich erfrischt nach dem unbekömmlichen Heidelberger Föhnklima aus der Winterfrische in deine Arme zu tosen! Bald mehr, alles Liebe, immer dein Heinz

1933
Und in Wien, wo alles noch offensichtlicher in den Wehen einer politischen Neugeburt liegt und wo Zimmer während seines Vortrags bloß sich selbst hört und nicht die laute Menschenansammlung unten auf der Straße, in Wien, wo man das noch vorhandene Gemütliche sich nicht durch zu starke innere Beschäftigung mit den lawinenartigen Umwälzungen verdüstern lassen darf und der Einzelne also nur auf sich und das Nächste bedacht sein soll, weil man ohnehin nix machen kann, in Wien küsst Zimmer Mila und deren liebe Blondheit wieder und wieder mit seiner ganzen Vorstellungskraft.

In Wien kann man aus Gertys Fundus (pssst!) für Mila auch noch Unterwäsche herauspflücken. Außerdem findet sich ein sehr anständiger grauer Anzug (vom Dichter), der Eugen sicher passen wird. Wegen der Kniebundhose wirkt der Anzug leider etwas sportlich, erklärt Christiane, sei dafür aber unerhört strapazierfähig. Jedenfalls schickt Zimmer gleich alles nach Leiheim, zusammen mit ein paar Osterzuckerln für die Kinder und den inzwischen so traditionell wie symbolisch gewordenen Ostereiern für Mila. Letztes oder vorletztes Jahr hat er als Osterei für Mila einen Band Gerhart Hauptmann aus dem Bücherschrank in Gertys Badezimmer gemaust, und später zeigte sich, dass Mila sich darüber gar nicht sonderlich freute. Umso lieber stellt Zimmer sich jetzt vor, wie ihre Lippen die kleinen Schokoladeeier umschließen. Dass sie ihn derzeit allerdings wieder mal ihren ganzen Trotz fühlen lässt und ihm keine einzige Zeile nach Wien schreibt, kann er sich nur mit ihrer Kleingläubigkeit erklären. Andererseits kommen ihre ehelichen und außerehelichen Komplikationen wohl daher, dass sie und er aus einem göttlichen Kreis in diesen menschlichen Lebenskreis verwunschen worden sind. Doch wenn Mila ihm nicht schreibt, so macht ihn dies sehr schlaff, es betäubt, es verwirrt ihn. Gestern ist er irrtümlicherweise sogar im Zoologischen Museum gestrandet. Eigentlich wollte er sich völkerkundliche Dinge anschauen, aber stattdessen ist er auf eine Unzahl abscheulicher Fische gestoßen, auf unheimliche Tiefseetiere und sehr deprimierende Würmer.

1933
Rom. Die Falle Rom. Nichts von beschaulicher Romantik, dafür viel lärmiges Leben und auf Schritt und Tritt die Verschachtelung der Zeiten und ihrer Kulturen. Für die zweieinhalb Jahrtausende inklusive Gegenwart soll heuer ein einziger Tag ausreichen. Auge und Ohr werden geradezu überreizt von den vielen Arm in Arm schlendernden, kokettierenden Mädchen, den zumeist ansehnlichen Römern mit ihrem lässig hüfteschiebenden Gang, den schlaugesichtigen Strohfächerbuben, den bereitwilligen Schuhputzern, den in Zeitlupe arbeitenden Straßenpflästerern, den pfeiferauchenden Straßenkindern, den murmelnden Bettlern (vor ihnen muss man sich in acht nehmen, da sie immer auch Diebe sein können!), den *cipolle!, cipolle!* krächzenden Zwiebelbuben und den überhaupt allerorts ihre Dienstleistung oder Ware lauthals anpreisenden Leuten. Und neben den zerlumpten Gestalten Kostüme über Kostüme, von den Landfrauen über die Miliz bis zu den Geistlichen, wobei die bunten Schärpen der Priesterzöglinge aus aller Welt besonders hervorstechen.

Jene auffallenden Zöglinge dort drüben sind von deutscher Nationalität, erklärt Christiane, statt einer Schärpe tragen sie eine rote Soutane, die derjenigen der Kardinäle ähnlich ist. In der Vergangenheit sollen angehende deutsche Priester immer wieder aus dem Kollegium in heimliche Winkel oder Osterien entwichen sein. Also wurde ihnen die feuerrote Kleidung verordnet. Hinter einem Teller Risotto und einem Becher Wein oder in Begleitung einer luftigen Signorina konnten die Entwichenen nun leichter ausfindig gemacht werden.

Nach mäßiger Morgenbewegung auf der Via dell'Impero kehren die Zimmers im Caffè Aragno ein. In diesem erbaulichen Lokal hat sich vor Jahren auch Hofmannsthal sehen lassen. Das Frühstück aus Milchkaffee und Mortadellaschnittchen wirkt durch diese Vorstellung etwas weniger karg. Danach ist die faschistische Zehnjahresausstellung an der Reihe. Unentschlossenheit ist eine schlechte Partnerin. Hat Schwiegerpapa Hugo dem Faschismus nicht ordentlich Sympathien entgegengebracht? Zimmer wischt sich später, die Stufen der breiten Außentreppe hinuntersteigend, reflexartig über die Ärmel (helles Leinensakko). Der Staub auf den Straßen ist beträchtlich, und überall schleichen einem Dünste um die Nase, die nicht mehr zu den Aromen gezählt werden können. Um den Unannehmlichkeiten zu entfliehen, nimmt man sich einen zweirädrigen, mit Verdeck ausgestatteten Pferdekarren und holpert an Sehenswürdigkeiten vorüber zum Petersdom. Eintreten dürfen die Zimmers nicht, Christiane könnte mit ihrem kurzärmligen Sommerkleid den lieben Gott in Verlegenheit bringen.

Da kann man nichts machen, als Ganzes ist sie sowieso missglückt, kommentiert Zimmer. Er hat sein unzeitgemäß langes Haar mit einer Frisiercreme aus der Stirn gekämmt und blickt auf eine Römerin, deren züchtige Kleidung über einen sehr beweglichen Hintern hinwegtäuschen soll und die nun eben in den Petersdom eingelassen wird. Eine missglückte Baugeschichte, präzisiert Zimmer, kein Vergleich zur Basilika in Assisi oder zur Kathedrale von Chartres, letztere mit den so beeindruckenden Heiligen- und Königsköpfen an den Portalen, ein Rätsel, dass Menschen sie schufen, und mit Fenstern, deren Leuchtkraft nur die Erinnerung bewahren kann, da war mir so richtig christlich fromm zumute. Und damals, als ich Chartres erstmals erlebte, bedauerte ich auch diese Franzosen, die aus der Liebe und der Frau eine ewig lockende und süßquälende Angelegenheit der Sinne gemacht haben. Damit sind sie, wie die Italiener auch, im katholischen Heidentum stecken geblieben: die Frau als Fesselnde und Verderbliche – was ja nur heißt, dass man die Kluft zwischen Erotik und Geist nicht überbrücken kann oder sogar eine Kluft sieht, die es gar nicht gibt, womit dein Indo, so, wie er vor dir steht, meine liebe Christiane, nichts gegen deinen Glauben gesagt haben möchte –

Aber das weiß ich doch –

Und glücklicherweise haben wir den Dom hier schon vor zwei Jahren abgeschritten und festgestellt, dass der Fuß des Heiligen Petrus bereits zur Hälfte abgeküsst ist. Ziehen wir –

Und wenn ich gerade diesen einen Fuß nochmals –

Da hat es natürlich jede Alternative schwer, lacht Zimmer. Aber um deine verehrten Füße zu schonen, fahren wir jetzt noch den Tiber entlang zum Kapitol. Bei dieser Hitze fühle ich mich in meinen Schuhen auch nicht sehr wohl. Auf Capri werde ich mir solche Sandalen kaufen, wie die Leute sie hier tragen und die mehr Stil haben als jene, welche mir in Ascona aufgefallen sind.

Hinterher bringt ein Auto die Signora und den Signore zum Hotel zurück, das sehr praktisch neben dem Bahnhof Termini liegt. Im anständigen, nicht unbedingt feudalen Zimmer wirft Zimmer sich etwas Wasser ins Gesicht – und endlich *pranzo*! Das südländische Essen ist einfach eine Klasse für sich. Zwar schmecken die in Öl gebackenen Artischocken, die Spaghetti amatriciana und der Arrosto di manzo in einer Trattoria vermutlich noch eine Spur besser, doch hier sind die Portionen beachtlich und der goldgelbe Frascati ist süffig und das miniatürliche Süßgebäck zum Kaffee süß und die Bedienung, come si dice?, é fantastico! Mille grazie!

Während Christiane eine Siesta machen will, genehmigt Zimmer sich in der Bar um die Ecke noch einen richtig guten Espresso mit viel Zucker. Danach macht er auf die Schnelle einen Rundgang durchs Thermenmuseum; es ist ihm als Stadtoase empfohlen worden. Und wahrhaftig, hier versammeln sich die schönsten Skulpturen, Fragmente, Leiber und stummen Götter, darunter eine vorchristliche Ceres-Büste und ein schlummernder, in seiner gesamten Körperlichkeit wundervoller Hermaphrodit, den Zimmer einmal von hinten und mehrmals von vorn abknipst. Eine badende Venus und ein schlafender Frauenkopf erinnern ihn sehr direkt an Mila. Leider ist die Nase der Venus arg abgeschlagen, so dass nicht zu erkennen ist, ob sie nicht eher mehr griechisch-böhmisch als rein griechisch ist, wodurch die Ähnlichkeit mit seinem lieben Herz noch vollkommener sein könnte. Tausendmal hat er seine Mila in dieser Weise daliegen sehen, das Haar an Stirn und Schläfen klebend, die Lippen geschlossen und nach allem Vorangegangenen so tief in Schlaf versunken, dass selbst er sie nicht mehr erreichen konnte, weder durch Betrachtung noch durch Berührung.

1904
Aber ich, beteuert Maxi, ich schließe die Augen nie, wenn ich schlafe! Gestern Abend habe ich ganz genau aufgepasst, und heute Morgen waren sie immer noch offen. Warum guckst du so, Onkel Eugen? Ich lüge nicht!

1933
Genüsslich leckt Pepo den Honig von seinem Vesperbrot. Auf der Terrasse des Jagdhauses wartet er auf Eugen. Drüben am Maschendrahtzaun gibt es schon ziemlich rote Tomaten, davon will er später eine kosten. Drinnen wickelt Mücke Hänschen. Klarer Fall, dass Mücke da ran muss, weil Mutti schon genug zu tun hat mit Windeln kochen, Brote schmieren, Briefe schreiben, Bücher lesen und Zigaretten rauchen.

Fliegen surren Pepo um den Kopf, seit dem Frühjahr gibt es eine Menge Fliegen. Es war schön, als Onkel Goldstein eine Weile hier in Leiheim wohnte und zeigte, wie man sie mit bloßer Hand fangen und zerquetschen kann. Onkel Goldstein war auch deshalb hier, um aus dem Garten überhaupt einen Garten zu machen. Erst grub er den Boden beim Zaun um, danach durften sie mit ihm die Tomaten- und Kletterbohnensetzlinge in den Boden stecken. Auch Johannisbeeren hat Onkel Goldstein gepflanzt. Und ein *Glasbett* für die Samen hat er gebaut, damit sie schneller aufwachen können. Sagte Onkel Goldstein. So mit Schaufel, Hacke und Säge könnte auch Vati hantieren, er tut es aber nicht, weil er immer leicht ins Keuchen kommt. Also soll er es besser bleiben lassen, sagt Mutti. Und sie selbst lässt es sowieso bleiben. Aber sie hat Verbotsschilder für die Schnecken gemalt, oder sie streut Asche um die Salate herum. Das sieht dann nicht so schön aus, weil die

Salate auch grau und schwarz werden. Wenn sie überhaupt wachsen. Mutti hat oft lustige Einfälle. Einmal, kurz vor einem Besuch von Onkel Zimmer, steckte sie Tulpenzwiebeln in den Boden, die lange in der Rumpelkammer gelegen hatten. Den Tulpenzwiebeln blieb aber nicht mehr genug Zeit, um bis zu Onkel Zimmers Besuch aus dem Boden zu gucken. Das war schade. Onkel Zimmer konnte sich dann auch gar nicht richtig freuen. Vati hingegen lachte sehr, als ich ihm die Geschichte erzählte.

Mmh, dieser Honig ist toff, *toff* ist ein Lieblingswort von Onkel Goldstein, ganz vieles ist bei ihm toff: krümelige Erde oder das Quellwasser unten am Fluss oder Muttis Wein oder Muttis Teetassen, die Onkel Zimmer ihr mal geschenkt hat und die er selbst noch früher von seiner toten Mutti bekommen hat. Und sogar den kleinen Königskopf auf dem großen schweren Würfel findet Onkel Goldstein toff. Weil er uralt und eben richtig toff sei. Aber ihm (Pepo) gefällt der König mit den blinden Augen nicht. Er findet ihn wirklich nicht so *doll*. Er sagt nämlich doll und nicht toff. Für ihn ist zum Beispiel Valentina Knöllchen doll. Und das muss man auch gar niemandem erklären, denn sobald Valentina Knöllchen auftaucht, bückt jeder sich zu ihr hinunter, streichelt sie und spricht mit hoher, verstellter Stimme. So sprechen viele auch mit Hänschen, der es gar nicht verdient, dass man sich so nett mit ihm abgibt, obwohl er das Töpfchen immer noch nicht kapiert. Er könnte auch aufs Plumpsklo gehen, alle gehen hier aufs Plumpsklo. Und gehen kann Hänschen ja. Aber er ist kreuzdumm. Immer noch packt er Muttis Brüste aus und dockt an einer an. Auf diesen Bruder würde er gern verzichten, auch weil er und Mücke ohne Hänschen viel ungestörter miteinander spielen könnten. Doch eines Tages war er einfach da, so wie in diesem Frühjahr Valentina Knöllchen plötzlich da war. Aber mit ihr ist es schon anders! Ihre Schnauze muss keiner putzen, sie hat Ohren wie ein Schaf und eine erstaunlich lange Zunge. Vor allem sind die zwei goldfarbenen Sterne über den Augen sehr schön. Sonst ist sie fast überall schwarz. Onkel Zimmer sagt, sie sei ein Mischling, und tatsächlich ist Valentina Knöllchen am Bauch nicht nur schwarz, sondern auch golden. Oder vielleicht eher wie Karamell – da kommt sie ja! Komm her, Valentina Knöllchen!

Der Hund stürmt auf Pepo zu, bleibt vor ihm stehen und bellt.

Ja, das war witzig: Als Valentina Knöllchen in der Umgebung des Jagdhauses auftauchte, guckte sie einen nur mit ihren glänzenden schokoladebraunen Augen an und stellte den Kopf ein wenig schief, bellen konnte sie gar nicht. Und alle anderen Hunde waren ihr egal. Dann kriegten sie mal Besuch von einem Mann, der mit Pflanzen und Tieren sprechen kann, und dieser Mann, den Mücke und er Onkel Charlie nennen durften, legte winzige Kügelchen unter Valentina Knöllchens Schlabberzunge. Das war recht mutig, weil sie sehr spitze Zähne hat. Bald darauf fing sie an, den anderen Hunden nachzuspringen und sich beschnuppern zu lassen und selber an den fremden Hunden herumzuschnuppern. Und dann konnte sie auch bellen. Wenn er sich solche Kügelchen unter die Zunge legen würde, dann könnte er vielleicht auch etwas, was er jetzt noch nicht kann. Schwimmen etwa. Oder durch die Zähne pfeifen.

Ist schon gut, Valentina Knöllchen, hör nun auf zu bellen, du kriegst gleich was von meinem Brot. Sobald der ganze Honig weg ist. Das Brot ist schon ziemlich hart, aber das macht uns beiden nichts aus, nicht wahr? Weißt du,

Valentina Knöllchen, Onkel Zimmer mag lieber frisches Brot. Darum bringt er immer welches mit. Und viele andere dolle Dinge auch. Eine lange Zeit kann er nun nicht nach Leiheim kommen, weil er so viel reisen muss. Mit der Bahn durch ganz Italien. Das ist weit weg. Viele, viele Tage lang. Man würde ein schwarzes Gesicht kriegen, wollte man während dieser langen Fahrt immer nur zum Fenster hinausschauen, hat er gesagt. Aber dafür bleibt Vati umso länger hier. Sicher bringt er Naschfischle oder Milchbonbons mit. Ja, ja, du kriegst dann auch eins. Wie herrlich, wenn wir gemeinsam durch die Wälder streifen werden, um Tannenzapfen, Fallholz, Beeren und Pilze zu sammeln. Und aus dem neuen Buch vom Rübezahl wird Vati mir und Mücke bestimmt auch vorlesen. Mutti sagt, sie beide und Onkel Zimmer hätten mal zusammen im gleichen Haus mit einem Rübezahl gewohnt, der Fridolin der Feuerkopf geheißen habe. Aber ich glaube das nicht so recht. Manchmal reden die großen Menschen Dinge, und ich weiß, dass es anders ist. Doch leider habe ich keine Ahnung, wie es richtig ist.

Zur selben Stunde sitzt Zimmer auch auf einer Terrasse, in einer Mittagslandschaft für Eidechsen. Eine sanfte Brise weht, ein erster wärmerer Tag. Häuser mit Stiegen und Schwibbogen umgeben die kleine Piazza. Dass es ihn und Christiane in diesem Jahr über Rom bis nach Capri verschlagen würde, wurde ihnen beiden erst gegen Ende Semester klar, als sie erfuhren, wie unanständig hoch die Ausreisegebühr für eine Einreise nach Österreich ist. So sah man davon ab, im Anschluss an die Tage in Ascona ins neu erworbene Schlössl der Schwiegermama zu reisen. Nix also Zeller See. Daher lud man Eli und Clemi samt Kinderschwester bei Bekannten in Basel ab, um selber zuerst einige Tage im Bündnerland zu verbringen (das Baden in den erfrischenden kleinen Bergseen bei Flims war sehr schön) und sodann mit der Bahn weiter ins Tessin zu fahren (eine sehr schöne Fahrt). In Montagnola stand Zimmer neben Hermann Hesse am Fenster und blickte auf die Berge und den Luganersee. Es zeigte sich, dass dieser gutgeschnittene Vogelkopf mit den scharfen blauen Augen einen gesunden Sinn für die Wirklichkeit hat. Hesse versteht etwas von Indien, hat keine Komplexe und macht kein Getue um nichts. Und das von einem seiner Verehrer für ihn gebaute Haus nimmt sich trotz seiner Kleinheit recht komfortabel aus. Auch am Essen gab es nichts auszusetzen, wobei insbesondere der Schluck Nussschnaps sehr bekömmlich war.

Nach diesem erquickenden Besuch ging es weiter nach Ascona und den See entlang noch ein Stückchen weiter bis zum herrlich gelegenen Anwesen von Olga Fröbe, der Casa Gabriella in Moscia. Da Fachkollege Hauer, *dieser pastörliche, sektiererische Mensch!*, zu spät eintraf, war es an Zimmer, mit seinem Vortrag die erstmaligen Eranos-Tage zu eröffnen. Vom richtigen Umgang des Göttlichen im Menschen, einschließlich des Dämonischen, redete er. Man müsse sich gut stellen mit diesem Einen, das im Innenraum unseres Leibes wohne und größer und unheimlicher sei als wir selbst. Der tantrische Yoga-Kult beschwöre es. Tägliche Aufmerksamkeit müsse ihm entgegengebracht werden, sonst entziehe dieses Mächtige sich uns, necke uns, drohe uns, werde uns feindlich.

Dämonisch aufgeladen wirkte insgesamt auch Ascona. Eine Ausnahme bildete Baron Eduard von der Heydt, von dessen Person, Kunstsammlung und Ambiente Zimmer höchst angetan ist. Ein paar Mal begab er sich deshalb auf den Monte Verità. Gern wäre er in den Gassen den langbärtigen Tolstoi-Karikaturen ausgewichen, die mit Leinengewändern und Sandalen aus einer halbvergangenen Epoche geschlurft kamen. Nur wer sich bereits in einem steuerlosen Kahn befindet, hält es in Ascona für längere Zeit aus.

Die Dichterin Else Lasker-Schüler beispielsweise ist so eine, die als mümmelndes Weiblein durchs Leben bohèmt. Zimmer kennt sie aus Berlin, in Ascona hatte er sich mit ihr im Caffè Verbano verabredet. Als sie sich vorbeugte und mit schwarzfunkelnden Augen Herr Professor, *kein Elefant bin ich, aber ein Vogel, ein einfacher, der Elefanten gern hat,* raunte, war sie ihm nicht ganz geheuer. Aber als sie mit einem Mal von ihren eigenen Worten davongetragen wurde und ihre Stimme des Lebensüberdrusses und des Ekels verschwand, konnte er sich zurücklehnen. Manchmal leuchtet auch ihr Wortwitz wie ein Feuerwerk en miniature auf. In diesen Momenten ist sie Zimmer am sympathischsten. *Schnell Hase Hase machen* nannte sie beispielsweise das, was er auch gern mit Mila (zuweilen schnell am Küchentisch) oder gegenwärtig nur mit Christiane (niemals am Küchentisch) treibt.

Zur Tagungsreihe wurde Else Lasker-Schüler nicht eingeladen. Olga Fröbe, das Perlenkettenoberhaupt dieser Eranos-Sache, habe nicht begriffen, knurrte Else Lasker-Schüler, dass sie mit Prinz Jussuf spreche, sehr frech sei *der olle Fröbel* mit ihr am Telefon gewesen! In Berlin habe man sie auf offener Straße tätlich angegriffen, und hier in der Schweiz treibe man sie an den Rand der Gesellschaft und schimpfe sie exzentrisch.

Es war wahr: Offensichtlich wollte keiner der geladenen Gäste es sich mit Olga Fröbe verscherzen, zu diesem explosiven Zeitpunkt, auf diesem himmlischen Fleck Erde. So gab es niemanden, der sich für Else Lasker-Schüler ins Zeug legte.

Ohne den alten Zauberer Jung hingegen ist Eranos undenkbar. Seine Anhängerinnen fanden sich gleich mit ihm zusammen ein. Mitte der Woche verdarb Jung sich den Magen, trank noch ein wenig und war grantig. Derweil schwamm Zimmer mehrmals im Lago Maggiore und löschte seinen Durst noch und noch mit Merlot (der ist weder leicht noch zu schwer). Die fürchterlichen Adorantinnen aber strapazierten Jung letztendlich dermaßen, dass er sich, völlig von ihnen erschöpft, am letzten Abend gar nicht mehr an den Tisch draußen unter den Bäumen am See setzte, weil sonst gleich zwei solche Schmeißfliegen ihn von links und rechts attackiert hätten. Zimmer indes ließ es sich nicht nehmen, über den Steintisch hinweg und nach allen Seiten hin mit allen anzustoßen. Er knüpfte wichtige Kontakte. Bedauerlicherweise fand er keine Gelegenheit, allein mit Jung ein längeres Gespräch zu führen. Schon ein paar Wochen vorher in Zürich hatte sich kein Austausch ergeben. Wenigstens verstand man sich in einem Lachen oder einer Bemerkung herrlich, Jung und er.

An Jung kann Zimmer sich nämlich nähren, ähnlich wie an indischen Mythen. Seit seinem letzten Aufenthalt in Leiheim sind derartige Begegnungen geradezu notwendig. Was wesentlich damit zu tun hat, dass Hänschen derzeit erheblich viel Unruhe verströmt. Na, Zimmer ist auf den Kleinen nicht die Bohne eifersüchtig, doch wenn er sich schon zu einem längeren Besuch im Jagdhaus einfindet, sollte Mila wenigstens ihren inzestuösen Neigungen, das Lager mit ihrem Jüngsten zu teilen, engere Grenzen setzen.

Unter diesen unbefriedigenden Verhältnissen zog es Zimmer wieder einmal in die nächste Nähe von Teta Fahr. Leider kam Mila ihm auf die Spur, so dass er kurz vor seiner Abreise in den Süden darlegen musste, was Sache ist. Seine einzige Mila hat doch niemals keinerlei Grund, eifersüchtig zu sein, ihn reizt doch nichts Neues mehr! Er ist doch von Minderwertigkeitsgefühlen und Machtlust, von Neugier und unerfüllten Träumen frei! In dieses Abenteuerchen stürzte er sich, weil er wohl ein wenig von sich selbst gelangweilt war, deshalb. Oder vielleicht war es auch reine Dummheit. Es ist ja so, dass die Dummheit im Leben der Männer (gelegentlich) eine kolossale Rolle spielt.

Zimmer legte seiner beschwichtigenden Ausführung vierzig Mark bei. Auf kleine Extras springt Mila oft gut an, während der monatliche Unterhalt als normal taxiert wird. Aber diesmal straft sie ihren Professor nachhaltig. Indem sie ihm glattweg einfach nicht mehr schreibt. Was sehr ans Lebendige geht. Gerade in diesem Klima von Capri, wo es zu kühl und regnerisch ist, und dies alles Ende August, und die Capriweine enttäuschen auch, man kann nur Chianti trinken. Kein Wort von Mila seit Wochen. Als ob er ihr alles Mögliche angetan hätte und darum nicht das kleinste Lebenszeichen von ihr verdiente. Er muss ja denken, dass ihr womöglich das Unwahrscheinlichste zugestoßen ist. Kann sie ihm nicht wenigstens den Sohlenumriss ihrer nie genug geküssten Patschfüße postlagernd nach Capri schicken, damit auch sie in den Genuss dieser Sandalen kommen kann, mit denen er hier herumlatscht? Eigentlich müsste sie zugeben, dass er ihr sonderbares Verhalten durch nichts verdient hat, dass es mehr Hilflosigkeit ihrerseits ist, die er hier, fern von ihr, mitzutragen hat.

Bleibt ihm nur, Karten und Briefe ohne Zahl von unterwegs ins Jagdhaus zu schicken. Und irgendwie ist es tröstlich zu wissen, dass das Rübezahl-Buch, welches er auch noch von Heidelberg aus schickte, wenigstens Mücke und Pepo Freude macht. Ganz bestimmt tut es das. Dieser hilfsbereite und fidele Rübezahl ist doch überhaupt kein übler Kerl.

1933
Liebste, eben kam deine Karte, und ich war sehr erstaunt darüber, denn ich war mir gar nicht bewusst, dass ich längere Zeit nicht geschrieben hätte. Die Zeit vergeht ja furchtbar schnell, und so eine Woche ist um, man weiß nicht wie.

Gestern wirst du jedenfalls die Zeitungen mit dem Brief erhalten haben und wirst nun beruhigt sein. Zufällig schrieb ich gerade von meiner Gesundheit. Übrigens sehe ich keinen Grund zu solcher nervösen Unruhe, auch wenn einmal ein paar Tage länger keine Nachricht kommt, ja, selbst wenn ich wirklich einmal ein paar Tage krank sein sollte, so liege ich doch nicht allein und verlassen, die Müllerin ist ja im Haus, und es ist bis jetzt noch kein Jahr vergangen, in welchem ich nicht ein paar Tage erkältet war, und nun geht's auf Weihnachten, und ich habe gute Hoffnung, dieses Jahr durchzukommen, denn ich fühle mich so widerstandsfähig wie noch nie, toi, toi, toi!

Vor kurzem habe ich des Nachts eine kommende Erkältung weggepustet, dass ich dabei zum Schwitzen kam, das war wirklich interessant und ein hohes Lied auf den Atem. Infolgedessen trage ich auch alles andere leichter, als ich es sonst tun würde, und komme um Depressionen herum, wie sie anscheinend und leider Gottes bei dir manchmal vorkommen. Ich kann dir nur raten, Mila, wegpusten! Es geht so schön, wenn man sich nur erst einmal dazu aufgerafft hat.

Gestern war ich bei der Familie auf dem Remberg, um nach meinem Herbert Goldstein zu fragen, und ich erfuhr sehr Schönes. Nach vielen Mühsalen und vielem Hungern kam er an sein Ziel (Nîmes in Südfrankreich), wurde von seinen Korrespondenzfreunden sehr gut aufgenommen, und es geht ihm nun sehr gut. Er meint sogar, dort festen Fuß fassen und später die Familie nachkommen lassen zu können. Frau und Töchterchen strahlen vor Hoffnung, es kann für sie nur besser werden, denn jetzt geht es ihnen recht dreckig. Mit der Freundin, mit der sie zusammen wohnen, haben sie, nach Abzug der Miete, noch elf Mark in der Woche zum Leben. Dabei ist die Frau so sehr an Asthma leidend, mehr Bronchialkatarrh, dass sie den ganzen Tag liegen muss, und es ist ein Jammer, sie so zu sehen. Aber schon die Hoffnung hat sie jetzt wieder auf die Beine gebracht. Wie das so geht, wurden auch gleich Pläne gemacht: Die Familie Esslinger muss dann auch nachkommen, jawohl! Es war sicher nicht wegen dieser kindlichen Phantasien, dass ich den ganzen Abend so aufgeregt war und lange nicht einschlafen konnte, sondern es war der Gedanke, wie schön es sein muss, da draußen freie Luft zu atmen, und wohl auch der Gedanke, dass es eben doch immer wieder Möglichkeiten gibt, die man für unmöglich gehalten hat.

Ich will Schluss machen, um den Brief fortzubringen, und dir nur noch sagen, dass es bezüglich der Impfaffäre ganz gewiss das Beste ist, noch abzuwarten, statt der Gefahr entgegenzugehen. Heute haben bürgerliche Menschen gelernt, Dinge, die sonst ein Horror für sie waren, ruhig abzuwarten. Jetzt lässt man gerichtliche Mahnungen gleichgültig unbeachtet, und es kommt sogar vor, dass der Gerichtsvollzieher auch noch mittut. Es eilt jedenfalls nicht, und Weihnachten können wir darüber sprechen.

Und nun noch eins: Schicke mir möglichst bald eure Wunschliste für Weihnachten, denn in den letzten Tagen ist's gar nicht schön zu kaufen.

Mit viel tausend Grüßen und Küssen, euer Eugenvati.

1933
Nicht selten reist ein Koffer zwischen Heidelberg und Leiheim hin und her. Der passende Schlüssel kommt jeweils per Briefpost. In die eine Richtung ist der Koffer immer zumindest halbvoll. Stoffe für Vorhänge oder Markisen haben schon darin gelegen, Schmalz und Speck, abgetragene, aber durchaus noch tragbare Kleider, neue Rucksäcke für Mücke und Pepo, Blumenzwiebeln, eine Glocke, Draht für die Tomaten, Bücher und Zeitungen, Holzfarbe und Pinsel für kleinere Erneuerungsarbeiten am Häusl (mit Anleitung), Reis, Hirse, Buchweizen, Honig, Würste und sogar Reißnägel (ein wenig Rost schadet nicht). Aber das herrliche Koffergrammophon brachte der Professor eigenhändig.

Heute reist der erste Teil der Bescherung im Koffer an. Der Puppenwagen für Mücke kommt später, da Zimmer erst noch die Größe der Puppe kennen muss, damit sie dann auch in das Wägelchen passt. Derzeit sind übrigens nur Korbwagen zu kriegen, die ein Verdeck zum Aufklappen haben und mit reizenden Vorhängen garniert sind.

Na, das hat Mila sich anders vorgestellt, sie hätte für Mücke lieber etwas Elegantes haben wollen. Immerhin wird Heinzl das Wägelchen im selben Laden kaufen, wo er seinerzeit Mückes richtigen Kinderwagen gekauft hat; das ist doch ganz nett.

Da die beiden Großen in der Schule sind und der Jüngste sich gerade mit einem Stück Brot und einem Rest kalter Zwiebeltunke beschäftigt, kann Mila jetzt schon mal diese vorweihnachtliche Sendung eingehend begucken.

Von den Backwaren ist wohl alles dabei, was es für einen Christstollen bräuchte. Ob sie sich aber die Zeit für das Backen wird stehlen können? Heinzl will ihr *Heimkultur* beibringen, und offenbar eine andere als die, welche sie sich im Laufe der Jahre zugelegt und über die bisher (Hand aufs Herz) noch niemand gemeckert hat. Er wolle sie eine Reihe netter billiger Sachen kochen und backen lehren, deren Rezepte und Herstellungstricks er sich gerade von Mitzi anzueignen begonnen habe. Bald schon werde er mit ihr zusammen behaglich am Holzherd des Jagdhauses stehen und ihnen und ihren Kindern etwas Schönes brutzeln. Na, verhungert ist bei ihr noch nie wer, läuft hier halt entspannter als im Haushalt einer Wiener Dichtertochter.

Kleine Tiere und Häuser, ja, die gefallen Pepo sicher, auch wenn Heinzl sie im Ehape gekauft hat, obwohl er sie im Dürerhaus besorgen wollte. Aber ein paar Tiere mehr wären ganz schön gewesen, weil das eine oder andere ja doch immer verloren geht. Das schottische Kleidchen für Mücke ist nett, aber ein bissl groß. Ach so, Christiane hat es anfertigen lassen. Das Eierschränkchen scheint einwandfrei zu sein. Und die Seife riecht gut, bereits vergangene Woche hätte sie sie brauchen können, egal, jetzt ist sie da. Eine erstklassige Zigarettensorte in einer Blechschachtel ist auch was Famoses, Heinzl habe sie von einem Schüler geschickt bekommen. Und ein angebrochenes Zigarettenpäckchen aus Österreich schickt er noch. Gerty habe es mitgebracht, sie sei bereits angereist, was seine Jagdhausreisepläne bedauerlicherweise etwas durcheinanderbringe, und er wolle lieber seine alte Mistsorte weiterrauchen, bis er sich das Rauchen ganz abgewöhnt habe. Na, das wird sich noch zeigen, seine Anläufe sind nicht immer von Erfolg gekrönt, aber ist schon recht, wenn sie gute Zigaretten rauchen kann. Auf dem Boden des Koffers liegen ein etwas spießiger Bayernkalender und die aktuellen Tageszeitungen, die Christiane immer brav zur Seite lege. Aber was ist das denn noch? Jesses, unter dem Zeitungsstapel ist eine Eisenbahn versteckt! Da wird Pepo aber Augen machen!

So ein Spielzeug ist wirklich allerhand, und nur deshalb ist die Eisenbahn im Jagdhaus gelandet, weil Familie Zimmer wenige Tage zuvor Besuch von einer Amerikanerin bekam. Thankmar von Münchhausen hatte die Gemahlin eines bedeutenden Mannes angekündigt – und gekommen war eine niveaulose Person mit himbeerfarbenen Lippen und Truthahnlachen. Sie schwatzte, lachte und lachte und schwatzte. Ihr mühsamer Besuch zog sich hin. Die fabelhafte Christiane hielt gut durch, während Zimmer sich von Anfang an kühl gab und im Laufe des Nachmittags immer nordischer wurde. Nichts, was diese auch seelisch ganz unentwickelte Person von sich gab, interessierte ihn. Mitzi ließ sich schon gar nicht mehr blicken, und der schreckliche Verdacht drängte sich einem auf, dass die Amerikanerin nächstens grasgrüne Haarwickler, diverse Entschminkungsutensilien und ein mit lachenden Vollmonden besticktes Nachthemd aus ihrer ungeheuer voluminösen Handtasche ziehen und um ein Gästebett bitten würde. Gottlob blieb es beim Verdacht.

Zwei Tage später ließ die Amerikanerin ein Geschenk für Eli ins Haus schicken, einen Teddy, größer als Clemi, ein Wolkenkratzerplüschtier und scheußlich wie amerikanische Lebensideale. Berührte man dieses Ding, so gab es Brummtöne von sich. Zimmer rief: Umtauschen, aber sofort!, drückte Christiane mit opernhafter Geste den Hut auf den Kopf und hielt ihr wie ein Torero den Mantel auf.

Für den Teddy bekam man einen großen Bauklötzekasten plus die Eisenbahn.

1934
Wie gut und richtig, dass die Kinder und du die politischen Wellen auf dem weniger fiebrigen Land in Leiheim mitmachen, obgleich es natürlich falsch wäre, die drei Bamsen ganz von der Gegenwart fernzuhalten. Kindern die Wirklichkeit vorzuenthalten, gehört zu den unentschuldbaren Dingen egoistischer Eltern. Man muss nichts anderes als clever, so der Engländer, vorsorgen, muss den Fisch ausnehmen und schmoren, essen und verdauen, bevor jemand anderer eine Bouillabaisse auf die Speisekarte setzt. Auch ein regelmäßiger Kirchgang kann eine Vorsorge sein, für die Kinder vor allem, aber, wer weiß, vielleicht hast auch du später einmal Schutz und Hilfe des Pfarrers nötig, obwohl ich voller Vertrauen bin für das, was kommen wird, für euch, für uns alle. Zugegeben, manchmal, selten, aber doch manchmal macht es müde, in das rätselvolle Gesicht der Zukunft zu blicken, redet Zimmer, beugt sich vor und schnappt sich von Milas Küchentisch eine Knoblauchzehe, fischt sie zwischen Erbsenhülsen, einem zerknüllten Küchentuch, Bleistiftstummeln, angetrockneten Rosmarinzweigen, schmutzigen Tellern und Tassen, Briefumschlägen mit Wein- und Kaffeeflecken, Einweckgummi

und aufgerissenen Samentüten hervor und steckt sie sich ungeschält in den Mund und spricht kauend weiter, ohne sich von Mila oder gar dem Ödipusserl (auch Hänschen genannt) unterbrechen zu lassen, und offenbar ohne ein- und auszuatmen, wie eine von einem Blasebalg betriebene Zwitschermaschine – allerdings mit sonorem Ton.

1934
Jemand erzählt, dass jemand beim Ariernachweis für den Großvater ausgefüllt habe: *Kirchenchor Tuttlingen, also arisch*, und Eugen lacht sein seltenes, leicht meckerndes Lachen.

Aber eigentlich ist er traurig. Und feige, viel zu feige. So sehr feige, wie er auch unten ist. Er müsste sich das Taschenmesser nur ein paar Mal in die Handgelenke rammen, draußen am Bächlein, das da Richtung Neckar hüpft, zu Anfang der Nacht müsste er das Messer zücken. Macht er eine Andeutung in diese Richtung, so mag das wie eine Drohung klingen, aber nichts liegt ihm ferner, als Mila zu belasten oder sich seinen Verpflichtungen zu entziehen. Bloß diese Wand. Ständig baut sie sich dunkel vor ihm auf, er läuft dagegen, kann nicht ausweichen, reißt sich die Haut auf, die von den Ausschlägen, vielmehr vom Kratzen vernarbte.

Alles hat Methode. Das ist das Grauenvollste.

Würde ich eine Libelle an einem Bein festhalten, erklärt Eugen Pepo in den Tagen dieses heißen Sommers, draußen am lustigen Bächlein, wo es nur so zirpt und schwirrt, so ließe die Libelle ihr Bein in meinen Händen und entflöhe in verstümmeltem Zustand. Die Trennungsstelle am Körper ist schon vorgebildet, und das Abwerfen des Beines vollzieht sich deshalb leicht und wahrscheinlich ziemlich schmerzlos.

Pepo wirft einen letzten Stein ins Wasser, richtet sich auf und stemmt die Arme in die Seite: Wo ist denn Valentina Knöllchen? Ich glaube, sie treibt sich wieder einmal bei Brüstles herum! Da muss ich doch gleich nachschauen gehen!

Barfuß und mit leichten Beinen rennt Pepo davon, ein Hosenträger ist ihm über die Schulter gerutscht. Das verwaschene Hemd guckt hinten raus, und der zarte, sonnenbraune Hals trägt den blonden, auf und ab hüpfenden Schopf.

Schau dich nicht um, mein Pepo, der Tod geht um.

Selbst Zimmer fehlt gerade die Illusion. Derzeit geht einfach alles flöten. Trotz Fürsprache durch Richard Strauss dürfen Christiane und er nicht in Österreich einreisen. Was nicht so sehr wegen des Schlössls am Zeller See ein Jammer ist, sondern wegen der Briefnachlese, das heißt wegen der vereitelten Unterredung mit Gerty. Wichtige Details des geplanten Bandes mit frühen Dichterbriefen lehnt sie nämlich ab, selbst ein Nachwort durch den Freund Max Kommerell verbietet sie. Dabei ist er (Zimmer) der einzige reale Kopf, wenn auch ohne Nerven. Es braucht schon Geschick, durch alle Stürme hindurchzusteuern. Bloß, er hat eben keinen Ehrgeiz. Dennoch will er dieser Nachlassaufgabe, in die er durch Zufall oder Fügung geraten ist, so lange dienen, wie er nur kann. Auch wenn dieser Dienst gerade sehr mühevoll ist: Für all die unschuldigen Hugo-Gedichte muss er betteln wie für ungetaufte verstorbene Kinder, die aus der Vorhölle in den Himmel hineingelassen werden sollen. Könnte er zu Gerty reisen und vor Ort mit ihr reden, so wäre sie bestimmt zu überzeugen. Nun aber muss er ihr seitenlang umständlich schreiben.

Da für Kinder keine Ausreisegebühr zu zahlen ist, keine unverschämten tausend Mark, können immerhin Eli und Clemi zur Großmama fahren. Mitzi begleitet die Buben, während Winzling Jojo, rechtzeitig abgestellt und mit Fläschchen und Windeln versorgt, bei der Kinderschwesterfamilie in Hadamar einzieht (eine Stadt im Vorderen Orient könnte so heißen).

Zimmer deprimiert intensive Familien ja immer. Losgelöst von den Ansprüchen der Kinder und ohne irgendwelche Anordnungen und Beanstandungen Gertys hätte man sich darum von diesem Sommer einiges versprechen können: zuerst ein paar Tage in Piora am Ritomsee, danach beim Baron auf dem Monte Verità, anschließend Cinque Terre und Toscana, auch um bei Rudolf Borchardt in seinem schönen alten Schloss bei Lucca einzufallen, später am Meer bei Marina di Massa, wo die Sonne Abend für Abend pathetisch untergehen dürfte, und zum Schluss noch ein Besuch bei den lieben Doktor Binswangers am Bodensee. So ungefähr wenigstens, aber bestimmt alles in schönster Stimmung.

Doch Zimmer hat nicht das kleinste Schnepfchen Lust auf all die kommenden Wochen. Weil er sehr wahrscheinlich nächstens abserviert werden wird. Obgleich er an der Universität bisher jemand war und obgleich er dekoriert aus dem Krieg zurückkam. Christianes durch und durch katholische Lebensführung ist denen schnurz, die *nichtarische Versippung* wird ihn die Stelle kosten. Dass ein außerordentlicher Professor kein angemessenes Einkommen hat, sondern bloß eine läppische Unterhaltsbeihilfe bezieht, die schikanöserweise alle zwei Jahre zur Verlängerung neu beantragt werden muss, damit hat er sich inzwischen abgefunden. Wenn er aber auf die Unterhaltsbeihilfe verzichten muss, wird seine wirtschaftliche Lage nunmehr desolat sein. Diesen Leuten kann er doch nicht klarmachen, dass das bisschen Geld ganz wesentlich dazu dient, eine *rein arische Familie* über Wasser zu halten! Über alles gesehen kann er Mila also unmöglich etwas vorflöten. Kommt ihr geistreicher Einfall hinzu, für die drei Kinder einen arischen Vater andeuten zu wollen. Mila ist bisweilen ganz schön naiv! Eine Bekanntmachung dieser Art ist gegen jede Volks- und Gesellschaftspsychologie und würde die Stellung von Mücke, Pepo und Hänschen nicht im geringsten erleichtern und obendrein ihre eigene Lage wesentlich verschlechtern. Von ihm selbst ganz zu schweigen. Aber Milas helle Stirn und Wangen sollen nicht *von Trübnis überhangen sein* (wenigstens Hugos Wort ist Balsam), das heißt, dass er sie vor der Abreise in den Süden noch beschwichtigen will: Sie soll wissen, dass richtige Juden sich selten etwas antun. Zwar darf man die Möglichkeit einer Durchführung nie bezweifeln. Sein Vater und der Franz verbargen ihre Absicht wie eine verbotene Geliebte. Erst als sie es getan hatten, ging einem ihre Raffinesse und ihre Torheit auf. Solange Eugen also darüber spricht, ist nichts zu befürchten, meine liebe milchweiße Götterkuh.

1934
Vergeblich schleichen die Nachbarn bei diesem hellen Mond zum einen Fenster des Jagdhauses, um zu lauschen. Mila hat wirklich Besuch, nicht aber vom Professor. Sie selbst schläft bereits, gönnte sich zwei Schlaftabletten zu drei Gläsern Wein. Verblüffend rasch hat sie die Fotografie heute zur Hand gehabt, als Eugen sie danach fragte.

Leicht vornübergebeugt sitzt er auf dem Korbstuhl im kleinen Zimmer, die Fotografie in den Händen. Er wendet sie. Starrt auf die Widmung. Dieser Tod nimmt ihn her. Gern meint man, hofft nicht, aber rechnet damit, noch alle Zeit der Welt zu haben. *Meinen lieben Freunden* steht da. *Meinen lieben Freunden und Genossen Eugen und Mila Esslinger.* Eugen muss nicht lesen, er kann die Worte auswendig. *Festungshaftanstalt Ansbach. September 1919 – Februar 1920. Erich Mühsam.* Erneut dreht Eugen das Foto um. Acht Männer in Alltagskleidung posieren sitzend oder stehend in einem Hof, in der Mitte der Freund Erich Mühsam. Mit der Zeigefingerkuppe streicht Eugen ihm über Kopf, Schulter, den Arm, den breitkrempigen Hut und die lange, lange Pfeife.

Er war einer von denen, die nicht mittanzten, einer, der einschritt mit Wort und Tat, denkt Eugen. Dass Erich Mühsam mit Mila was hatte, ist ihm egal gewesen. Andersherum war es wichtig, dass sie diesem guten, unerschrockenen Menschen später Pakete mit Büchern, Esswaren und Zigarren ins Zuchthaus schickte, unabdingbar war das. Jetzt haben sie ihn kleingekriegt. Schlimm und eigentlich unglaublich. Dass er sich im Lager erhängt haben soll. Aber so steht es in der Zeitung.

Eugen entfaltet ein frisches Taschentuch und wischt sich Tränen und Schweiß vom Gesicht. An Schlaf ist in dieser heißesten Nacht nicht zu denken. Ums Jagdhaus herum sind sämtliche Blumen und Stauden verdorrt. Die Regentonne ist ausgeschöpft. Selbst die Birke und der Nussbaum lassen Blätter fallen.

1905
Maxi schnappt nach dem Himmel und schluckt den ganzen Fluss. Und über ihm schlagen die Töne zusammen, und auf den zweisilbig gerufenen Namen *Ma-xi!* trifft das Schwirren einer Libelle, die eben aus dem Schilf auffliegt. Eine Teichjungfer. Bräunlich und unscheinbar. Die schlüpfbe-

reite nächste Generation wird in irgendeinem Winkel den Winter überdauern. Wie durch ein Wunder. Ein Wunder, wenn all die neuen Augen tiefblau leuchten werden.

1934
In Ascona ist das Sommertheater in vollem Gang. Tenöre, Komparsen, Publikum sind da. Entgegen seinen Annahmen kann Zimmer diese zweiten Eranos-Tage richtig genießen, die Vorträge, die Gespräche, das wunderbare Wasser.

Einmal führt ein Berliner ihn und Christiane in seinem kleinen Wagen nach Ronco hinauf, von wo der Blick über den See sehr schön ist. Dann erreicht man Locarno. Dort entdeckt Zimmer ein kleines Schild, das nach Minusio weist. Dahin, schlägt er vor, könnten sie doch gleich fahren, denn da liege Stefan George begraben.

Zwar ist der Friedhof geschlossen, aber durch eine der Gittertüren kann man sein Grab gut sehen. Es besteht nur aus einer großen Steinplatte. In diesem Panzer von Stein wird George nie von einem Himmelstropfen erreicht werden, keine Blume kann daraus sprießen, kein Hügel über ihm einsinken. Derart hermetisch eingeschlossen kann er nur sanft zu Brei verschimmeln.

Ich, verkündet Zimmer am selben Abend (in einem bequemen Doppelbett im Hotelkasten auf dem sehr schönen Monte Verità) und drückt Christiane fest an sich, ich möchte einmal unbedingt unter Blumen, Gras und Klee liegen, Ziegen mit ihren anspruchsvollen Zungen müssten davon fressen, alles süß und fett finden und süße fette Milch in die saugenden rosa Mäulchen ihrer neu geworfenen Böcklein spritzen.

1934
Und wieder muss er an die Bewohnerin im weit entfernten Jagdhaus denken und an die unübertreffliche Lage dieses Jagdhauses, wo fließendes Wasser fehlt und Mücke und Pepo zum Wasserholen losgeschickt werden, einmal, zweimal täglich. Und die Eier bei Frau Brüstle nicht vergessen! Auch mit dem Leiterwagen brauchen vier Kinderbeine wirklich allerhand Zeit, bis sie das Fernschweibrünnle erreichen. Und an dieses Brünnle, vielmehr eben an Mila, denkt Zimmer, und an die Quirlung des Milchmeers und damit wiederum an Mila, wenn er bei Marina di Massa schwimmt.

1935
Mein liebes Herz, hab vielen Dank für deinen lieben Brief, ich habe ihn mit großer Spannung von vorn bis hinten gelesen, bis ich die in jeder Hinsicht erfreuliche und beruhigende Nachricht fand, dass ich dir Montagabend willkommen bin, das heißt, sobald der nörgelnde Eugen abgereist ist und die lebendigen Kinder in ihren Betten stecken. Auf keinen Fall verschieben, es sind ja Ewigkeiten, dass wir uns nicht gesehen haben. Ich bin sehr froh, dass diese Pillen geholfen haben, heb dir nur den Rest luftdicht verschlossen an sicherer Stelle auf. Erfindungen wie diese Pillen sind die wahrhaft genialen, weil über ihre wirkliche Wirkung nichts sehr Bestimmtes auszumachen ist: Weiß man genau, ob es nicht auch so, das heißt ohne sie, ganz normal gekommen wäre? Und wenn sie mal nicht gewirkt haben, wer hat Schuld? War's vielleicht zu spät? Als ich meinen letzten Brief an dich geschickt hatte, empfand ich Bedenken, ob ich's hätte tun dürfen, tröstete mich aber schließlich damit, dass es uns

bei einiger Bemühung wohl hoffentlich noch gelingen wird, dem Hänschen ein Geschwisterchen zusammenzubringen. Das steht also ganz bei dir. Ich hab für alle Fälle, damit wir bei der Hitze genug zu trinken haben, vom Reichert acht Flaschen an dich schicken lassen, zwei Flaschen Burgunder (Mâcon), drei Flaschen roten Bordeaux und drei Flaschen Weißen (Graves). Den Weißen musst du am Donnerstag in kaltem Wasser einkühlen, von den anderen je einen in die Sonne legen. Ich bin innerlich erfüllt von all deinen Blond- und Zartheiten. Gestern hab ich hier den Schluss des *Königs* geschrieben. Im Einzelnen kann ich später noch Kleinigkeiten überarbeiten und zusammenziehen, wo sich kleine Wiederholungen merkbar machen, aber ich bin einstweilen froh, ihn so fertig zu haben. Ich denke, ich werde ihn in die Festschrift für Carl Gustav Jung tun, die in diesem Herbst zu seinem sechzigsten Geburtstag dargebracht werden soll. Mein Liebes, ich freue mich maßlos auf dich und will grenzenlos auf dir grasen. Immer dein H.

1935
Jemand hat die Brunftschreie der Hirsche komponiert. Jemand hat das liebliche Neckartal geschaffen, das während der letzten Jahre mit elf Staustufen verunstaltet worden ist. Jemand streut unterschiedliche Seelen in eine Brust: eine mausgraue zum Beispiel, eine purpurrote, eine titangelbe, eine giftgrüne. Jemand wirft die Epidemien unters Volk (nur der Keuchhusten lässt sich dank der groß angelegten Impfmaßnahmen in Schach halten). Jemand lässt ein Efeukissen über Maxis Kindergrab wuchern. Jemand macht, dass der Kaffee nach Kaffee riecht und die Bohnen der Ziegen keine Kaffeebohnen sind. Jemand schneidert

die überaus engen, letzten Larvengewänder, in denen ein ganzer Vierfleck Platz findet.

1935
Im letzten Moment haben Christiane und Heinrich Zimmer das Grundstück an der Bergstraße in Heidelberg erworben. Während der Bau des neuen Hauses vorangeht, begibt Zimmer sich an den Zürichsee. Auch hier ist es überhaupt nicht sommerlich, obwohl es schon richtig warm sein müsste. In Jungs Haus kann er nicht übernachten, weil gerade seine Schwester, ein bescheidenes Fräulein, im Alter von nur einundfünfzig Jahren verschieden ist. Doch bei schwarzem Kaffee hat er wenigstens Gelegenheit, unter vier Augen seine (erzählbaren) Träume zu erzählen. Und im Klub hält er einen Vortrag, der den Zuhörern zwischen den ansonsten dahingeklecksten Darbietungen wie eine Oase vorkommen muss. Zimmer trinkt in diesen Zürcher Tagen auch Tee mit dem lieben Thomas Mann. Katja Mann wirkt munter wie immer, Sohn Klaus dagegen fällt mit seinem überheblichen Emigrantenpathos unangenehm auf.

Zurück an der Quinckestraße in Heidelberg findet Zimmer vor lauter Kisten, Koffern und Schachteln sich selbst kaum mehr wieder. Eli und Clemi spielen überall Verstecken, bis es dem Vater zu laut wird und er ein Machtwort spricht. Wichtige und weniger wichtige letzte Entscheidungen und Anordnungen müssen getroffen werden. Dem Flickschneider gibt Zimmer persönlich den Auftrag, seinen alten Wintermantel mit einem schönen neuen Ärmelfutter zu versehen und ihn direkt an Herrn Eugen Esslinger zu schicken. Briefschulden müssen abgetragen und beim Postamt die Sommeradressen gemeldet werden. Und der Koffer und ein Paket sollen noch ins Jagdhaus spediert werden. In den sieben Jahren Quinckestraße hat sich verständlicherweise allerlei angehäuft. Christiane hat für Mila alte Vorhänge und einen Fleckerlteppich in den Koffer gepackt. In der Mitte, wo der Teppich kaputt ist, brauche Mila, so Christiane, ihn nur in zwei Teile zu schneiden, um zwei hübsche kleine Läufer zu erhalten. Auch der Margarinekarton ist bereits voll: Die aus rauem Wollstoff gefertigte Hose, bei der man an der morschen Hinterpartie einen festen Flecken aus anderem Zeug wird einsetzen müssen, soll Herr Brüstle kriegen, und die Bücher sind für Milas Geburtstag bestimmt, den er heuer nicht schon wieder verbummeln will. Und da es keinen Zweck hat, die Bücher umziehen zu lassen, bekommt Mila sie eben jetzt schon.

Zimmer sitzt an der Schreibmaschine und setzt seinen Schopenhauer-Aufsatz krümelweise aus Notizen, Zitaten und Stichworten zusammen. Gut, dass Mila in diesen Wochen, wo er sie nicht mehr besuchen kann, etwas abgelenkt wird. Hans und Helle Koch, die sich derzeit auch im Jagdhaus aufhalten, vermögen sie bestimmt aufzuheitern. Mit den Augen von Gästen wird sie vieles wieder anders und schöner sehen, selbst wenn eklige Nachbarn einem das Leben schwer machen. Aber dieser Schopenhauer-Aufsatz! Auftragsarbeiten machen einfach zu wenig Spaß. Andererseits eilt der Artikel auch nicht, da er in einen Band kommen soll, welcher erst nach Weihnachten, also praktisch doch erst zum nächsten Osterfest, erscheinen wird. Sonnenklar also, jetzt an anderes zu denken – an die anderen Welten bei gleicher Umgebung, wie es bei Schopenhauer in etwa heißt. Und auch daran, dass er dem nächsten Brief an Mila unbedingt wieder zwanzig Mark beilegen muss, damit sie gut bis zum Monatsende kommt. Und da es nach

Müll riecht, den die Nachbarn wiederum über den Zaun in ihren Garten gekippt haben, was die neuen Gesetze durchaus billigen, schließt Zimmer nun trotz Wärme das Fenster. Bleibt zu hoffen, dass man an der Bergstraße unbelästigter wird leben können.

In diesem Sommer hat die Obrigkeit ihren Ausreiseplänen nach Österreich stattgegeben. Während die Packer das Haus ausräumen, fahren die drei Buben in Begleitung von Mitzi und der Kinderschwester vorab schon mal zur Großmama an den Zeller See, während die Eltern sich nach München aufmachen. Dort sind Zimmers drei Vorträge derart schlecht besucht, dass er mit dreißig Mark weniger Honorar weiterziehen muss; doch immerhin war das Publikum bedeutend netter als dasjenige in Zürich. In Berchtesgaden zielen aller Blicke auf das Haus des Führers. Zimmer späht auch schnell hinauf (und sieht ein Haus) und ist froh, im entfernt gelegenen, reizenden Nusshof logieren zu können. Hier werden geachtete Gäste gern empfangen. Unterhalb des Gasthofs ist der Bach zu einem kleinen Weiher gestaut, groß und kalt genug für ein paar Schwimmzüge, alles wie von einem Kalenderblatt. Mit Ausnahme der Bremsen. Aber man kann sich ohne weiteres einen Sport daraus machen, sie an sich selber totzuschlagen. Es ist überhaupt ein Sommerwetter, das für zwei Liebende geschaffen wäre, bei drückender Wärme unter tausend schwarzen Fliegen und mit Wein im hellen Nachmittagslicht oder in der kühlen Kammer des Jagdhauses.

Dann erreicht man endlich (endlich!) das Schlössl am Zeller See. Zimmer wird das Turmzimmer zugewiesen; es ist mehr als anständig. Da Schwägerin Alice Astor aus England eine Menge schöner alter Möbel schickte, hat er das Vergnügen, in einem gotischen Holzfauteuil an einem gotischen Schreibtisch zu sitzen und entweder Kasperlestücke zu entwerfen oder den Papierberg (für die zweite Folge Hugo-Briefe) abzutragen. Ohne einen morgendlichen Gang zum See geht aber gar nichts.

In Sandalen und Bademantel macht Zimmer sich jeweils auf. So früh, zwischen halb acht und acht, ist nie jemand draußen, höchstens Entenpaare mit ihren Jungen, allenfalls Fischerboote. Der See wirkt manchmal wie reingewaschen und glatt wie Öl. Das Zwerchfell bearbeitet den Wanst von innen, und das frische Wasser massiert die Haut von außen. Brustschwimmend und wie ein Frosch die Beine schlagend lässt Zimmer dabei Ufer und Schlössl hinter sich, oder kopfunter wie Poseidon das Wasser durchpflügend, herrlich.

Während er Morgen für Morgen nackt in den See hinausschwimmt, fallen ihm kleine, einfache Wahrheiten des Buddhismus zu. Er nennt seine Sammlung *Indisches Tagebuch* (Gedankenstrich) *Spargel ohne Köpfe*. Eigenartigerweise will dieses Typoskript nicht über acht Schreibmaschinenseiten hinauswachsen, trotz der Überschrift, die er, in Anlehnung an eine Begebenheit, doch schon mal recht passend gesetzt hat.

Als er ein letztes Mal vor der großen Sommerpause durchs Neckartal zu Mila ins Jagdhaus fuhr, tat er dies per Zug statt mit dem Fahrrad. Nicht dass der volle Rucksack zu schwer gewesen wäre (der Koffer mit Schwartenmagen, Butter, Blutwurst, Rollmöpsen und den Zutaten für die Feuerzangenbowle musste bereits bei Mila angekommen sein), aber Zimmer hatte eben eine hartnäckige Erkältung durchgestanden und wollte sich noch etwas schonen. Außerdem fühlte er sich insofern geschwächt, vielmehr wie gelähmt, vielmehr ganz glanzlos, als er jetzt damit rechnen musste, nun doch abgebaut zu werden. Aus diesen Gründen genehmigte er sich im Speisewagen zwei Spiegeleier mit Bratkartoffeln und Gemüse. Das Gemüse war Spargel. Spargel ohne Köpfe. Beim Bezahlen wies er fragend darauf hin. Die Miene des Kellners verrutschte ins leicht Mystische: Ja, das ist auch Spargel*gemüse*!

Nach dem morgendlichen Schwimmen im See kann Zimmer sich immer maßlos über Gebäck, Salzstangen, Salami, Käse und Eier hermachen, und erst danach setzt er sich an den Schreibtisch. Nach zwei oder drei Stündchen ist ihm dann erneut sehr fleischlich zumute, geradezu zum Schwanzausreißen ist das.

Unterdessen liegt Mila in einer Ecke des Jagdhausgartens, während Mücke und Pepo sich drinnen mit Hänschen abgeben. Sie hat das leichte Sommerkleid über die Knie gerafft, jenes glockenblumenblaue mit den mal sechs, sieben oder acht Perlmuttknöpfen und dem ursprünglich weißen, immer noch neckischen Kragen. Sonnenflecken wandern über ihren üppig gewordenen Frauenkörper. Es ist so heiß, dass sie sich über das Vorhandensein eines Sommerwinds wundert, der ihren Professor im Salzburger Land bis ins Innerste umschmeicheln soll. Besser vorstellen kann sie sich, wie er und sein Freund, der Herr Gerngroß, täglich mehrmals zusammen schwimmen und das Turmzimmer im Schlössl auch des Nachts teilen. Nur sie beide. Oh ja, auch der kleine Herr Gerngroß von der Firma Großkopf & Eiermann ist Mila sehr vertraut. Aber die beiden Einzigartigen bleiben nun den ganzen Sommer über weg. Dies ist nicht nur schmerzlich, sondern auch ärgerlich. Was hat sie denn davon, wenn im Salzburger Land die gewitterschwere Luft mit ihren elektrischen Spannungen ihrem Professor fast allabendlich den Eindruck verschafft, dass Himmel und Erde sich begatten wollen? Dennoch wirkt er als Tröster in der Not, selbst aus der Ferne. Warum eigentlich findet er immer wieder die richtigen Worte?

Weil seine Botschaften an Mila (und nur diejenigen an Mila) nun eben mal von Sinnlichkeitsweltgewandtheit zeugen. Wenn Zimmer außerdem von Gerty Karten zu Toscanini und Verdi in Salzburg spendiert bekommt oder Raimund in seiner Wohnung in Schloss Kammer am Attersee besucht, die Alice Astor mit sicherem Geschmack ausgestattet hat, wo aber andauernd Autos vorfahren, aus denen abgeschmackte Leute steigen, die Raimund von London oder New York her kennt, und wenn der große Attersee wie ein kleines Meer wirkt und er mit Raimunds pompösem Wagen über die Hügel fährt oder spätabends im *Gelben Einmachbuch* liest, um sich inspirieren zulassen, was im Jagdhausgarten noch alles angebaut und angelegt werden könnte, und wenn er mit den allerletzten Gedanken vor dem Einschlafen bei Mila weilt, sich zum Beispiel fragt, ob sie wohl schon einen Kaninchenbock ausgeliehen hat, weil die Kaninchen nun doch zur Vermehrung reif sein müssten, dann, ja dann fühlt Zimmer sich in diesem Österreich gar nicht so elend. Anstrengend ist bloß, dass man kaum je allein ist, wobei man sich Mühe geben muss, gerade auf die blöden und reichen Leute keinen allzu positiven Eindruck zu machen.

Um den Einzug der Möbel ins neue Haus zu dirigieren, fährt Zimmer im Spätsommer nach Heidelberg zurück, während seine Familie das Schlossleben unter Gertys Herrschaft noch ein wenig fortsetzt. Natürlich will auch Mila schnellstmöglich besucht sein. Aber er hat sie vorgewarnt; er wird nämlich den Verdacht nicht los, dass es mit dem Lingam-Kult langsam, aber sicher ein Ende hat.

1935
Jemand lässt aus den beiden kümmerlichen Oberhautausstülpungen der geschlüpften Libelle vier starke, glasklare Prachtflügel anschwellen. Jemand macht es möglich, dass Freund Frieder, nachdem er nach Paris gelangt ist, auf eine Französin trifft, die ihn uneigennützig heiraten will. Jemand lotst Eugen Esslinger aus der Gefahrenzone, und Christiane Zimmer freut sich aufrichtig, dass es im eher unglücklichen Leben dieses goldigen Menschen und bei der allgemeinen Chancenlosigkeit eine solch schöne Chance für ihn gibt. Jemand inspiriert Heinrich Zimmer zum Kasperlestück *Tristan und Isolde*. Wenn er aber Bücher aus seinem Besitz verkauft und vom Erlös die zwei noch fehlenden Figuren (Räuberhauptmann und Mohr) für seine inoffiziellen Kinder besorgt, dann hat dies mit Eingebung nichts zu tun, gar nichts. Jemand steht ihm aber weiterhin bei der Geheimniskrämerei bei. Christiane indes hat eine an Verwunderung grenzende Bewunderung für Mila, weil die sich im abgelegenen Jagdhaus alleine mit Mücke und Pepo durchzuschlagen hat, jetzt, wo Eugen in Fribourg wohnt. Doch in Tat und Wahrheit ist Milas ständige Hauptunterhaltung dieser deftige Ödipusserl, vor welchem dem Professor manchmal ganz bange wird, nicht bloß, weil der Kleine sich derzeit aus Protest die Hose vollmacht, sobald er als Onkel Zimmer in Erscheinung tritt.

1935
Überall stößt man auf Kirchen und Klöster. Fribourg ist ein steiniger, gleichwohl pittoresker Ort. Ein unverständlicher Schweizer Dialekt und ein seltsam anmutendes Französisch werden hier gesprochen, sein eigenes, nicht ganz einwandfreies Französisch dürfte nicht besonders

auffallen, denkt Eugen sich. Vielleicht wird er wieder mal Papier und Tusche zur Hand nehmen. Die Leute nähern sich einem öfter als nicht, wenn man sich zeichnend mit einem Sujet beschäftigt, man kommt mit ihnen ins Gespräch und verpflichtet sich trotzdem zu nichts. Diesmal ist er den Kindern und Mila nur vorausgegangen. Spätestens in ein paar Monaten, sobald er sich ein wenig akklimatisiert und eine passende Wohnung gefunden haben wird, zieht seine Familie nach. So ist es vereinbart, Professor hin oder her.

Durch Tensi, seinen verlässlichen Freund und früheren Kompagnon, hat Eugen tatsächlich Arbeit gefunden. In Mailand erfuhr er von dessen Tochterunternehmen in Fribourg. Die Firma Tellko produziere ebenfalls Fotopapiere und Filme, einem Schweizer obliege die Gesamtleitung, Sohn Francesco amtiere als technischer Direktor. Und nun steht er, Eugen Esslinger, dem gewandten und liebenswürdigen Francesco als Fachkraft und Vertrauensmann zur Seite, muss im weißen Kittel durch die Produktionshalle wandeln und den Arbeitern freundlich auf die Finger schauen und immer dort einspringen, wo gerade Not am Mann ist. Kaum zu glauben, dass sein Leben noch einmal eine derart positive Wendung genommen hat! Dieser Neubeginn verlangt Eugen allerdings auch einiges ab. Mit vierundsechzig Jahren ist er ja nicht mehr der Jüngste, und sechs Tage pro Woche zu arbeiten ist kein Pappenstiel. Aber er hält sich einfach immer vor Augen, wie er damit ein Zuhause und ein Auskommen für seine Liebsten schaffen kann.

Gott sei Dank ist es Mila und den Kindern nie ganz erbärmlich gegangen, in erster Linie wegen Christiane Zimmer. Erst kürzlich soll sie wieder sechzig Pfund Kartoffeln an Mila geschickt haben. Dennoch ist das Leben in Leiheim entbehrungsreich, es gibt weder Elektrisch noch Wasser, nicht einmal ein Brunnen steht vor dem Haus. Und die Anfeindungen seitens der Leiheimer stimmen gewiss sehr verdrießlich, obgleich Mila da und dort vermutlich ein wenig übertreibt. Es kann doch nicht sein, dass die eine Nachbarin sich zum Fenster hinauslehnt und mit lauter Stimme aus dem *Stürmer* vorliest, sobald Mila an deren Haus vorübergeht. Wahr hingegen ist, dass ein anderer Nachbar eines Nachts eine Schnur über den Schotterweg gespannt hat, um Pepo und Mücke auf ihren Fahrrädern zu Fall zu bringen, sobald sie zur Schule fahren würden. Doch Pepo und Mücke, diese vermeintlich halbjüdischen Kinder, fielen zum Glück nicht hin, weil anderntags früh am Morgen unerwartet der Professor angeradelt kam. Und der hat Augen im Kopf, das muss man ihm lassen.

Nun, bald werden die beiden Großen ihren Schulweg sorglos antreten können. Eugen muss bloß noch herausfinden, wo man sie hier überhaupt zur Schule schicken kann, zumal die beiden mit dem Schulstoff schwer in Verzug sind. Und Mila und er werden sich in Fribourg oder im nicht allzu weit entfernten Bern hin und wieder einen Theaterbesuch oder ein Konzert gönnen, wie zu sehr viel früheren Zeiten. Schön kann das werden.

Mit der Standseilbahn fährt Eugen in die Unterstadt von Fribourg. Die Fahrt ist kurz, geht aber über mehr als fünfzig Höhenmeter. Der etwas eigentümliche Geruch während der Berg- oder Talfahrt rührt von einem technischen Geniestreich her: Die Bahn wird mit städtischem Kanalisationswasser betrieben. Zur Stoßzeit herrscht immer dichtes Gedränge. Ein Tippfräulein mit erhobenem Kinn und gespitztem Mund steht schmal neben Eugen. Die Schlieren auf dem angelaufenen Fensterglas eine Handbreit vor der eigenen Nase sind etwas störend. Als der andere Seilbahnwagen an der Ausweichstelle vorüberfährt und das Rollmaterial noch lauter knirscht und knarzt – *Heinrich, der Wagen bricht* –, stößt jemand an Eugens Schulterblatt und verharrt da – *Nein, Herr, der Wagen nicht, es ist ein Band von meinem Herzen, das da lag in großen Schmerzen.* Mon dieu, darüber sollte er nun endlich hinweg sein! Ist er aber nicht.

1935
Mit dem Freund Max Kommerell, der für zwei Tage aus Frankfurt heruntergekommen ist, landet Zimmer an diesem nebelfeuchten Abend auf dem Rummelplatz, angezogen von den vagen Lichtern, vom fröhlichen Treiben, von Gerüchen und einem Einfall namens Anny Ondra, das heißt von deren virtuosem Klavierspiel und noch virtuoseren Beinen. Kommerell spricht von dieser Begegnung mit der Illusion – reinste Form, lieber Zimmer, blind, um andere zu blenden. Wobei man die Freiheit habe, sich in einen Ignoranten, einen Hochstapler oder in ein Kuriosum zu verwandeln. Und wenn nicht verwandeln, dann so tun als ob. Oder zur Abwechslung man selber bleiben.

Max Kommerell ist ein gesundes Schwabenkind und ein unergründlicher Frechdachs. Verteidigt er jedoch die kürzlich erlassenen Gesetze, so verschluckt man sich, mit oder ohne Zuckermandelbrösel im falschen Hals. Wenn schon Politik, dann gefälligst altindische!, lacht Zimmer, als er zu husten aufgehört hat.

Bei einer Schießbude will Max Kommerell unbedingt schießen. Im Militär ist Zimmer nicht gerade ein Schießkünstler gewesen, aber ein Spielverderber mag er auch nicht sein. Also greift er zum Gewehr und nimmt die Herz-As-Karte ins Visier und denkt dabei an Mila und an ihr ganzes gemeinsames Leben und was es ihnen an Erfüllungen geschenkt hat. Und siehe da, er trifft in die Mitte. Und zielt ein zweites Mal und trifft erneut. Der dritte Schuss geht daneben.

Als Gewinn sucht Zimmer sich einen Eierbecher mit aufgemaltem, leicht (sehr leicht) zerkratztem Vergissmeinnicht aus sowie einen kleinen Salzstreuerfisch. Dem fehlt zwar der Stöpsel, aber wenn er ihn Mila schenkt, so wird Eugen sicher etwas einfallen, um ihn brauchbar zu machen. Aber halt, Eugen hat sich ja bereits nach Fribourg verzogen – na, dann hat der Fisch halt nur Symbolwert.

1936
Mit Ach und Krach hieven Pepo und Mücke eine Kiste über die Schwelle. Meißener Porzellan liegt darin, ein vielteiliges Familienerbstück des Professors.

Als Mila vor vier Jahren nach Leiheim kam, ging das Porzellan in ihren Besitz über. Damals vergaß Zimmer auch nicht, das Kartoffelpufferrezept beizulegen. Weil Mila im Jagdhaus ab und zu hätte Kartoffelpuffer zubereiten sollen, die er so gern isst und zuhause nie bekommt, da Christiane sie nicht mag. Ordentliche Kartoffelpuffer neben einem Häufchen frischer Rauke auf Meißener Porzellan mit blauem Zwiebelmuster ist jedoch ein Wunsch geblieben. Wie oft aber haben Mila und ihr Professor nach fabelhaften Jausen aus diesen Tassen Kaffee getrunken!

Und nun wird das Geschirr nach Fribourg spediert, jedes Stück, das irgendwie noch verwendet werden kann, Abplatzer und andere Beschädigungen hin oder her. Überhaupt muss alles, vom Milchsieb über den Ondulierstab, die Betten, das Grammophon, die Nachttöpfe, die (vielfach einsetzbare) Nackenrolle, den (sparsam verwendeten) Schrubber, Eugens Bücherbord (das seinen Dienst auch schon bei Zimmer verrichtete), die Fleischgabel (jenes Überbleibsel der Unseligen, das irgendwann in Milas Haushalt landete) bis zur schweren Kommode aus dem Besitz des früheren Jagdhausbesitzers mit nach Fribourg. Nur die Bank und der Ofen sollen im Jagdhaus bleiben. Die Hinweise Zimmers, dass dieser Umzug ihn teuer zu stehen komme und es billiger und klüger sei, gewisse Möbel und Kleinigkeiten direkt vor Ort aufzutreiben, und dass der Aufenthalt in der Schweiz unter Umständen nur von kurzer Dauer sein werde und sämtliche Habseligkeiten dann wieder den langen Rückweg nach Deutschland antreten müssten, all diese Darlegungen konnten Mila von ihrer außerordentlichen Emsigkeit nicht abhalten.

Es muss gepackt werden!, hat sie die Kinder öfters angeschnauzt, macht endlich vorwärts! Und nur weil Mücke, Pepo und Hänschen ihre Anweisungen nicht richtig befolgten und rumtrödelten und Schmarrn trieben, ist es (vorübergehend) zu einem Durcheinander gekommen, wodurch Mila ein bissl die Übersicht verloren hat.

Als Zimmer ein erstes Mal nach Milas Wegzug wieder den Neckar entlang nach Leiheim radelt, stecken die bewaldeten Hügelkämme in einer Wolkensuppe, und im fast leeren Rucksack reist die Zukunftslosigkeit der eigenen Existenz mit. Im Tal schießen die Verwelkungsfarben von Pappeln und Büschen ins Grüngelbe, sie erzählen von Frühling, von Beginn. Das ist befremdlich. Aber es wird Zimmer auch bewusst, dass er nie der hätte werden können, der er ist, wenn er immer nur an die Zukunft gedacht und sich laufend um seinen Aufstieg und Unterhalt gesorgt hätte. Das Unbeschwerte im Ernst des Mythenbuchs hätte er beispielsweise nie gefunden. Zehn Jahre lang hat er an *Maya* gebosselt, und nun ist das Buch auf dem Markt. Im Grunde ist es ein Kopfkissenbuch geworden: Liest man vor dem Einschlafen darin, kann man sich auf die eigenen Träume einstimmen. Und doch ist es nur für wenige Menschen bestimmt, wodurch es zugleich völlig entbehrlich ist. Handkehrum hat er seine ganze geistige Kraft dafür aufgewendet. Mit Schönheit und Saft ist die Natur eben verschwenderisch.

Als Zimmer im Garten des Jagdhauses steht, blickt er nochmals zum Neckar. Tief unten zieht der Fluss seine Schlaufe. Wegen der Staustufen ist das Fernschweibrünnle, jene herrliche Quelle am Fluss, längst überflutet worden. Seither haben die Kinder das Wasser am Friedhofbrunnen holen müssen. In der Grube neben dem alten Kirschbaum liegt die Petroleumlampe. Nur der Schirm fehlt. Ansonsten ist sie intakt. Was hat Mila sich bloß dabei gedacht? Er hängt die Lampe an ihren alten Platz im Haus. Nie hat er das Jagdhaus so leer gesehen, selbst damals nicht, als sie es dem Architekten aus Mannheim abgekauft haben. Eigentlich ist es selbstverständlich, dass Mila ihm das Häusl so sauber ausgeräumt überlassen hat, da sie den kleinsten Fetzen dort in Fribourg gut gebrauchen können. Wäre er rechtzeitig aus Österreich zurück gewesen, so hätte er noch ihr Meißener Porzellan aus Mutters Kisten ergänzen können, denkt Zimmer, während er die Bank ans Fenster rückt. Danach labt er sich an Schwarzbrot und Ölsardinen. Die leere Dose wirft er in die Grube.

Bis ein Nachmieter gefunden ist, soll der Hausschlüssel erst einmal zu den Brüstels. Herr Brüstle ist gerade mit den Hühnern beschäftigt, als Zimmer auftaucht, Frau Brüstle sitzt mit Brille auf der Nase in ihrer sauberen Küche. Sie lädt den Professor zu einem Kaffee an ihren blanken Küchentisch ein und erzählt erst einmal, wie vor zwei Tagen die beste Kuh von Bauer Bürk ins tiefe Silo gefallen und mit einer Flaschenzughebevorrichtung nicht mehr herauszubringen gewesen sei. Darum sei Bauer Bürk höchstpersönlich mit einer Leiter ins Silo gestiegen und habe von oben immer Stroh hinunterwerfen lassen und die Kuh im Kreis herumgeführt, so dass sie beide höher und höher gestiegen und endlich wohlgemut oben herausgekommen seien.

Die Geschichte ist rührend, der Kaffee leider sehr dünn.

Frau Brüstle gibt dem Professor auch jenen Brief zu lesen, den Mila ihr aus Fribourg geschrieben hat und der alle Bosheiten der Leiheimer ein letztes Mal ausführlich zur Sprache bringt. Fraglos sei viel getratscht worden im Dorf, kommentiert Frau Brüstle, das sei nicht zu leugnen, aber was sie selbst betreffe, so seien die Anschuldigungen aus der Luft gegriffen. Professor Zimmer habe sich ihnen gegenüber stets großzügig verhalten, das wisse sie zu schätzen, etwa damals, als ihr Mann die Obstbäume beim Jagdhaus gepflanzt habe und dafür mit Geld *und* der noch leidlich guten Hose entschädigt worden sei.

Zum Abschied klaubt Frau Brüstle eine von Mila nicht bezahlte Eierrechnung hervor, in sauberem Umschlag und mit netten Worten. Während der nächsten Wochen flattern vom Metzger im Ort sowie aus den umliegenden Dörfern weitere offene Rechnungen nach Heidelberg, vom Konsum, vom Spengler, von der Papierwarenhändlerin, vom Weinlieferanten, vom Haushaltswarenladen und von Levi. Dem krummbeinigen, jammernden Levi – Leibwäsche, pah! – zahlt Zimmer erst mal die eine Rate von achtundfünfzig

Mark (bleiben noch hundertdreißig). Andere Leute würden Wechsel unterschreiben, er aber hat keine Ahnung, wie das geht, Gerty unterschreibt immer nur Checks. Und ein finanzielles Polster ist natürlich überhaupt nicht vorhanden, denn schon bevor die erste unbezahlte Rechnung ihn erreicht, hat er siebenhundert Mark Schulden.

Dass Mila aus der Schweiz Briefe an alle Geschäfte in und um Leiheim schreibt, mit der Aufforderung, den Professor in Heidelberg wegen solch ausstehender läppischer Beträge gefälligst nicht weiter zu bedrängen, vermag gar nichts.

Christiane indes darf von dieser monetären Talfahrt (*Baisse* klingt wirklich eleganter) nichts mitbekommen, da sie derzeit eigene Geldsorgen hat und deshalb umso mehr auf die Einkünfte ihres Mannes zählt. Doch die Aussicht für Zimmer, in allernächster Zeit ein Extra hereinzubekommen, ist sehr beschränkt, stimmt ihn allerdings nicht derart elend wie eine leere Speisekammer. Selbst auf Rollmöpse und Zigaretten muss er jetzt verzichten. Aber auf Anspruchslosigkeit kann man sich einstellen, wenn man muss. Ruft der Gong zum Mittagessen, so gibt es für alle gefüllte Kohlrabi und basta. Man spart. Schließlich entdeckt Zimmer im Keller noch ein paar Flaschen billigen Vermouth. Insgeheim nimmt er sich eine Flasche nach der anderen in sein Stübchen mit hinauf und schlückert daran und tippt dazu seine Texte in die Maschine.

Und sonst? Sonst ist Zimmer sozusagen froh. Das Leben ist ein fortgesetzter Zauber, der ausgeübt sein will. Erst wenn das Zaubern aufhört, fallen wir still um, wie Kasperlfiguren, aus denen die bewegende Hand sich zurückgezogen hat. Also zaubern, möglichst bald nach Fribourg fahren, schließlich hat er Mila Wochen oder Monate nicht mehr gesehen, ja, er will sie wieder leise mit einem warmen Regen bedecken. Nur ein praktischer Wandschirm muss noch konstruiert werden, den sie vor ihr Bett stellen kann. Weil es ihr zu unbequem ist, die Bettsachen immer hinüberzuräumen, oder weil sie sich ganz einfach auch tagsüber gern mal richtig hinlegt. Das werden die Kinder verstehen. Diesen Wandschirm kann Mila wohl ohne nennenswerte Kosten selber machen, wenn sie sich von einem Tischler zehn im Durchmesser würfelförmig geschnittene, rohe Latten von eins zwanzig bis eins fünfzig Meter Länge liefern lässt, für fünf Längsfelder. Dazu sechzig Zentimeter lange Latten für die oberen und unteren Leisten. Mit Tischlerleim oder Nägeln ist alles sauber zusammenzubringen, bevor das Werk mit Tapete beklebt wird. In Fribourg müssten ein hübscher Tapetenrest, geblümte Stoffreste oder Chintz oder dergleichen ja billig zu haben sein. Oder Mila bezieht die Felder mit festem weißem Packpapier und bemalt sie innen in der Art wie jenen Lampenschirm. Und außen eher harmlos. Da kann er in Fribourg dann schön versteckt liegen und von ihr träumen, bis sie ihn immer wieder weckt. Und für die Wartezeit außerhalb des Hauses sucht er sich ein paar Gasthäuser in der Altstadt, wo er abwechselnd still schöppelt und was Indisches liest. Jedenfalls wird er die ersten Tage nur ganz für Mila da sein und bloß zum Schluss der ganzen Familie Esslinger seinen offiziellen Besuch abstatten.

1936
Und da sitzt sie und trinkt Tee. Umgeben von englischer Höflichkeit führt sie die Tasse an ihre Lippen. Mitgenommen sieht sie aus, nachhaltig unglücklich, denkt Zimmer und wundert sich keineswegs, seine ehemalige Verlobte, die Indologin, hier in London zu treffen, hat er doch be-

reits erfahren, dass sie sich auch in der Stadt aufhält. Sie erteile Sanskritkurse an der Schule für Orientalische Sprachen. Was sie zweifellos nicht anders als aussichtslos betreibt. So wie die Unselige sich vier Tische weiter mit ihrer Teetasse abgibt, sieht das nämlich nicht gerade nach Arbeit aus. Zugegeben, leicht ist es nicht. Er selbst trinkt morgens und nachmittags auch Tee und hofft, einen Verleger zu finden, der Übersetzungen seiner Bücher herausgeben möchte. Derzeit nimmt sich vieles durchaus recht umständlich und langwierig aus. Überhaupt dieses London! Es ist schon gut, dass Christiane und er sich etwas länger hier aufhalten, man braucht zumindest eine Woche, bis man diese Riesenstadt rein verkehrstechnisch einigermaßen überblickt. Wieder hat Alice Astor auf Hanover Lodge eingeladen, zwei komfortable Räume darf das Ehepaar Zimmer in Beschlag nehmen. Wegen der undichten Fenster braucht man nie zu lüften und hat doch immer frische Luft. In beiden Räumen gibt es einen Gaskamin, der zwar ordentlich heizt, dessen Wärme aber laufend entweicht. Das Frühstück besteht aus Speck, dünnem Toast, gesalzener Butter und Orangenmarmelade. So kann man sich kurz danach schon auf einen Lunch in irgendeinem netten Lokal freuen, einem Lokal, wie dieses eines ist.

Dank ihrer neidlosen Art würde Christiane sehr gut mit der Unseligen fertig werden, da ist sich Zimmer sicher, und niemals würde sie ihn von einem Treffen mit ihr abhalten wollen. Ihn selber interessiert hauptsächlich, ob das verwöhnte Judenmädchen, das jetzt etwa fünfzig Jahre zählt und das er dort drüben nur im Profil sieht, seine infantile Wichtigtuerei und Unerzogenheit endlich abgelegt hat. Tatsächlich ging sie ihm und allen seinen Kollegen vor einem Jahrzehnt noch gehörig auf die Nerven. Am Orientalistenkongress in Hamburg war das. Und später in Wien sah er sie wieder, bei einem weiteren Orientalistenkongress, der ihn ganz und gar niederschmetterte, woran er nun gar nicht denken mag, insbesondere nicht an die Begegnung mit seinem Lehrer Heinrich Lüders, dessen Vortrag das denkbar Rückständigste war und der auch kein einziges Wort übrig hatte für das, was er (als sein Schüler!) je veröffentlicht und ihm gesandt hatte. Jedenfalls spazierte er mit der Unseligen damals noch durch den Prater. Und eigentlich waren sie miteinander ganz freundlich. Über alles hat er mit ihr reden können, selbst über ihre grenzenlose Eitelkeit. Na, wenn ihr das nicht geholfen hat!

Jetzt spielt sie mit ihrer schweren Halskette, jetzt schaut sie sich in der ihr typischen Weise um, jetzt muss er sich aber schleunigst zu erkennen geben.

1936

So ein blöder Prinz, sagt Hänschen zu Eugen und schiebt die Unterlippe vor.

Warum blöd?

Der kommt einfach so daher und führt das *Sneebittchen* von den Zwergen weg auf sein Schloss!

Und noch bevor Eugen etwas erwidert, schimpft Hänschen auch auf das Schneewittchen selbst, das nicht minder blöd sei, weil es die lieben sieben Zwerge und ihr Häuschen hinter den sieben Bergen verlassen habe, wo doch alles so schön sei, mitten im Wald. In jenem Häuschen stehe immer ein Bettchen neben einem anderen, damit die Zwerge vor dem Einschlafen miteinander *kwatzen* könnten, und bei jedem Teller ein Becher, ein Löffel, ein Messer und eine Gabel, und zum Abendessen gebe es sicher immer Makkaroni mit Pilzen.

Ja, sagt Eugen endlich, da kann man nichts machen.

Da kann man nix machen, wiederholt Hänschen und will ein anderes Märchen erzählt bekommen, im Haus der Winde in Fribourg, das Mila so nennt, weil die Kälte immer auch von einem kalten Luftstrom begleitet wird, und wo man am besten nahe zusammenrückt, um nicht zu frieren.

Heinrich Zimmer trinkt derweil in Heidelberg Wasser statt Wein, er isst auch nicht mehr so viel wie früher und bildet sich ein, schon ein schlankeres Bauchprofil zu haben. Teils wegen des Wetters, teils wegen der Verhältnisse, aber vor allem, weil er wegen der Indienreise immer noch keinen Bescheid von oben hat, ist er niedergeschlagen. Und mit der fürchterlichen Übersetzung der englisch-indischen Geschichte kommt er auch nur sehr langsam vom Fleck. Seite um Seite watet er mühsam durch Blut und Trümmer, Jahrzehnt um Jahrzehnt, und wenn irgendwo endlich die Portugiesen am Horizont auftauchen und er in die neuere Zeit einzutreten hofft, dann greift die Fortsetzung wieder um Jahrhunderte zurück. Mit dieser Lektüre und ihrer Übersetzung, die er auf zweimal vierzig Seiten unterbringen soll, wird er sich wohl oder übel noch lange abmühen müssen. Ablenkung gibt es höchstens, wenn er sich Notizen zum *Spielkartenbuch* macht (das er womöglich gar nie schreiben wird) oder wenn er Vorträge und Rezensionen verfasst (letztere machen am wenigsten Spaß, schenken aber ein paar Batzen ein).

Eine Pause in der lästigen Übersetzungsgeschichte gibt es auch, als Zimmer in der Zeitung liest, dass Goering gestorben ist, *unser Goering*, nicht Emmy Sonnemanns großer Dicker. Von der ersten Begegnung an hatte Zimmer für Reinhard Goering etwas übrig, er verstand dessen Freude an den Frauen, seinen Überschwang und das Feuer. Umgekehrt schien auch Goering ihn zu verstehen. Es gebe, erklärte er einmal, eine nicht ganz einwandfreie Art des Mannes, eine einmal gewonnene Frau immer wieder aufs Spiel zu setzen, ohne dass man selber wisse, warum. Vielleicht tue man es nur, um die geheime Angst zu beschwichtigen, die Angst nämlich, ein nicht ganz rechtmäßig erworbenes Gut zu verlieren. Zimmer hatte auch für Goerings stets neu aufschäumendes Leiden an der Welt Verständnis. Dieser Mensch ist ihrer Zeit weit voraus gewesen. *Außen oder innen macht den ganzen Unterschied*, dichtete Goering einst, eine Zeile, die man, so Zimmer, sorglos aus jedem Zusammenhang reißen könne, weil sie alle Nägel auf die Köpfe treffe.

Und nun ist Reinhard Goering tot – der Suchende, der Zerknirschte mit dem Zucken über den Wangen, der buddhistische Wanderer, der Asconeser Vogelfängerturmeinsiedler, der entschlossene Bücherwerfer, der Dünenhungrige, der erfolglose Naturarzt, der rastlose Wortsucher, Wortfinder. *Und ich werde schlafen und aufwachen und wieder leben. Das ist das Entsetzlichste.* Wie muss es Goering vor seinem Entschluss zumute gewesen sein? Während dreier Wochen war er verschwunden geblieben und wurde endlich in der Nähe von Jena aufgefunden. Mitten im Wald. Er hatte sich eine Spritze Gift injiziert und die Adern geöffnet. Furchtbar und traurig ist das.

Heinrich Zimmer schreibt an Peter Suhrkamp. Weil jetzt unbedingt eine Gesamtausgabe des schmalen Werks auf den Markt muss. Wir sind es unserer Welt und unseren Nachkommen schuldig, lieber und sehr geehrter Herr Suhrkamp. Der Fischer-Verlag möge sich bitte darum bemühen. Zwar hat Goering den Begriff der Produktivität niemals leiden können, und auch die Werke, die ihn über Nacht berühmt gemacht hatten, verwarf er später, als er nicht mehr schrieb, aber das besagt nichts. Wenn nur erst einmal der Schlamm des zeitgenössischen Betriebs von 1918 bis heute vom Strom der Zeit weggespült sein wird, werden Goerings paar Sachen wie Urgesteinsbrocken immer noch daliegen.

In Zimmers Kopf steigt jetzt wieder das Leben am Neckar auf. Wie sein liebes Herz und er Wand an Wand wohnten. Und wie Mücke entstand. Jene andere Welt ist einmal mehr vorstellbar nah, nicht zuletzt die hellblaue Tagesdecke und der Diwan, dessen goldgelbes Fell sich vom Schweiß sträubte, und wo Mila auch lag, während er ihr aus seinen Manuskripten vorlas. Zu jener Zeit machte er die Bekanntschaft mit dem vagabundierenden Goering, durch Mila natürlich. Wir spinnen zwischen den Zweigen. Nicht die Bäume, die man pflanzt, sind das Greifbare.

1903

Maxi ist ein Wunder an Aufmerksamkeit. Mit seinen wachen Augen sieht er alles aufs Mal, entdeckt einen Eisvogel, Wasseramseln, ein Kugelnest im Schilf, sogar eine Fruchtfliege, die zusammen mit ihrem Schatten über Eugens Hemdsärmel läuft. Oder einen weißen Knopf auf dem Eis der zugefrorenen Isar. Er macht auf ein Bimmeln, ein Surren, ein Knacken, ein Knurren – ein Knurren, wo denn? –, ein Klingeln oder auf reifenschlagende Kinder in einem Hinterhof aufmerksam. So oft wie möglich streift Eugen mit Maxi umher, freilich eher selten. Er tritt überhaupt nur noch wegen Maxi und Emma über die Schwelle der mütterlichen Wohnung.

Eher zieht es ihn nach Partenkirchen oder nach Ingolstadt (dort hatte er je schon eine der unauslöschlichen Begegnungen), nach Paris (wo er jedes Jahr ein paar höchst genussreiche Monate verbringen könnte, während er den Rest des Jahres solide für seine Gesundheit leben sollte, in Karlsbad beispielsweise), nach Karlsbad also oder nach Bad Säckingen, nach Mailand, um sich bei Tensi nach den geschäftlichen Entwicklungen zu erkundigen, nach Rom (wo auch die Nudelmanufakturgehilfen zu betrachten sind, die mit besonntem bloßen Oberkörper und um die Hüfte geschlungener Schürze unter freiem Himmel ihre Teigarbeit verrichten), nach Prag (wo Eugen sich bestimmt kein weiteres Mal der Schlafsucht ergeben wird, denn das viele Schlafen bildet zweifelsohne eine der Hauptursachen seiner Nervenschwäche), in die Berge, an die Küsten, in bisher unbekannte und bereits bekannte Städte und so fort. Das bedeutet auch Reisen von Milano nach Torino, nach Genua, Pisa, Firenze, Venezia und wiederum nach Milano. Die letzte Rundreise in Begleitung des angesehenen und ansehnlichen Herrn Ballin durfte Eugen als ausnehmend schönen Erfolg verbuchen.

Die Eugen-und-Maxi-Ausflüge in München begrüßt auch Emma, die von der Mutter schon leicht bucklig geredet worden ist, begrüßt sie, weil Maxi ohne Vater aufwächst. Der mischte sich kurz vor der arrangierten Heirat unter die Fische (sagt man) und schwärmte aus, zog durchs große Wasser.

Einmal wird Maxi nach seinem Vater fragen. Deshalb wird der gute Onkel Eugen, wenn sie nebeneinander im schläfrigen Grün am Isarufer liegen, ihn mit dem Meeresrauschen im eigenen Ohr vertraut machen. Aber Maxi gefällt es nicht, dass eine Sache oder gar eine Person gleichzeitig fern und nah sein können, er wird sich auf die Seite drehen, den Arm über die Augen legen und keinen Pieps mehr von sich geben. Worauf Eugen ein weiteres Mal vom Reisen zu erzählen beginnt, von Eisenbahnen und Dampfern. Und er wird auch ein Lied anstimmen, das nach Wehmut und Erfüllung schmeckt: *Ses tantas in amare e ses nessuna, sole in cara e in su coro luna* (Bist im Lieben vielfach und bist niemand, Sonne im Antlitz und im Herzen Mond). Und diesem italienischen Volkslied wird er ein deutsches Kinderlied folgen lassen, jenes vielleicht vom Storch, der eigentlich eine Störchin ist, die mit weißem Röcklein und roten Strümpfen durch die Sümpfe watet. Bis Maxi aus seiner Stille späht, sich aufsetzt, in Eugens Singen einfällt und *nochmals, nochmals!* bettelt, um kurz darauf beide Strophen alleine zu singen. Da wird Eugen seinen Neffen mit gespieltem Erstaunen fragen, woher er denn dieses schöne Liedchen kenne. Und seinen guten Onkel imitierend wird Maxi mit aufgerissenen Augen erklären, dass er es erfunden habe – *das habe ich doch selber gewusst!* –, worauf beide sehr lachen werden.

Und endlich wird Eugen Maxi bitten, ihn noch eine Weile in Ruhe lesen zu lassen.

1904
Und kennst du auch das Märchen von der Häschenbraut?

Maxi schüttelt den Kopf, steckt das Stöckchen, das einen Dolch vorstellt, umständlich ein und setzt sich neben Eugen ins Gras (wo die Grillen zirpen, die Ameisen zwicken und die Katzenäuglein ticken).

Es lebte einmal eine Frau mit ihrer Tochter in einem kleinen Haus mitten in einem hübschen Garten mit viel Kohl. Dahin kam eines Tages ein Häschen und fraß vom Kohl. Da befahl die Frau der Tochter: Geh in den Garten und jag das Häschen weg! Ging das Mädchen zum Häschen und sagte: Schu, schu, du freches Häschen, frisst sonst allen Kohl weg! Sagte das Häschen: Liebes Mädchen, setz dich auf mein Hasenschwänzchen und reite mit mir in mein Hasenhüttchen! Aber das Mädchen wollte nicht. Anderntags kam das Häschen wieder und fraß vom Kohl. Sollte das Mädchen auch wieder in den Garten gehen und das Häschen vertreiben. Sagte es also: Schu, schu, du freches Häschen, frisst sonst allen Kohl weg! Hielt das Häschen inne und sagte: Liebes Mädchen, setz dich auf mein Hasenschwänzchen und reite mit mir in mein Hasenhüttchen. Wollte das Mädchen wieder nicht. Kam das Häschen zum dritten Mal in den Garten und knabberte Kohl. Und die Mutter schickte ihre Tochter abermals hinaus. Schu, schu, du freches Häschen, frisst sonst allen Kohl weg!, sagte das Mädchen zum dritten Mal. Und das Häschen reckte seine Nase und erwiderte (du weißt schon, Maxi, was es sagte): Liebes Mädchen, setz dich auf mein Hasenschwänzchen und reite mit mir in mein Hasenhüttchen. Setzte das Mädchen sich endlich auf das Schwänzchen, hüpfte das Häschen mit ihm vergnügt zu seinem Hüttchen und sagte, als sie da waren: Mädchen, koch jetzt Kohl und Hirse, denn es soll ein Hochzeitsfest geben! Alle Hasen will ich dazu einladen und auch die Igel und die Singvögel, und die Krähe soll uns trauen, und der Festtisch wird unter dem Regenbogen stehen. Schnell machte das Häschen sich davon, und das Mädchen war sehr traurig. Bald kam das Häschen mit allen Gästen und der Krähe zurück, klopfte mit seiner weichen Pfote an die Tür und rief: Mach die Tür auf, Mädchen, die Hochzeitsgesellschaft ist da! Doch das Mädchen tat stille und öffnete nicht. Dachte das Häschen, dass seine Braut den Kohl und die Hirse noch nicht gekocht hätte, und spielte deshalb ein wenig mit den anderen Tieren. Und als es wieder mit seiner weichen Pfote an die

Tür klopfte und rief: Mach auf, Mädchen, die Hochzeitsgesellschaft ist da, wir sind hungrig, steht das Essen nun bereit?, blieb das Mädchen wiederum sehr stille. Noch einmal trollte das Häschen sich davon. Da machte das Mädchen eine Puppe aus Stroh, zog ihr seine Kleider an, steckte ihr den Kochlöffel in die Hand und setzte sie vor den Topf ans Feuer. Und dann schlich es sich leise, ganz leise davon.

Maxi atmet tief auf. Ja, sagt er dann besinnlich, wenn ich Kohl essen muss, dann krieg ich auch immer furchtbare Bauchschmerzen.

1937
Mein liebes Herz, hab vielen Dank für deinen lieben Brief, der heute Vormittag kam. Dieser Victor Hugo war ja ein fescher Titan, aber seine Juliette gab ihm nichts nach, wegen *einer* Untreue verlässt sie ihn einmal, kurzerhand, wie man zu sagen pflegt. Wenn diese Julietten doch nur begreifen wollten, dass die Victors ihnen gar nicht untreu werden könnten, wenn sie es auch im Sinne hätten, dass vielmehr ihre Treue sich an solch enttäuschenden Eskapaden nur stärkt. Aber dafür sind diese Julietten bei allem Selbstgefühl zu kleinmütig, bei aller Unbedingtheit zu skeptisch, und der Überherrliche, Dreiviertelgöttliche ist plötzlich ein verdächtiger Jemand, dem alles und jedes an Reinfall, Vergesslichkeit, Umkrempelbarkeit zuzutrauen ist! Ich bin zwar kein Victor Hugo, es wird niemals eine monumentale Gesamtausgabe meiner gesammelten Absonderungen geben, aber dafür können sich erhebliche Enkelgruppen darüber streiten, ob man den ausschweifenden Liebesbriefwechsel ihres Großpapas mit seinem fortgesetzten Doppelleben verheizen oder einwecken soll, indem dass ein Enkel der Gruppe E von seiner Großmama her im

Besitz dieser kompromittierend-lasziven Liebesdokumente ist, indes ein Enkel Z die aufschlussreichen zärtlichen Gegenbriefe besitzt und anderseits auch das Autorenrecht auf die Briefe seines Großvaters Z im Besitz des feindlichen Enkels E, falls dieses nicht ganz erloschen sein sollte, und Enkel Z mit Enkel E einen so überflüssigen Luftprozess führen sollte wie Victor Hugos Enkel und Enkelinnen. Überhaupt muss ich sagen: Vor diesem klassischen Vorbild wird mir etwas schwach. Ich habe genau genommen niemals Vorbilder in meinem Leben gehabt, daher kommt eine gewisse Taufrische und Unschuld meiner Produktion und meines Wandels. Heute Vormittag bin ich beim Verleger das Manuskript des zweiten Briefbandes von Hugo (diesmal Gertys Hugo) losgeworden, die Korrekturen werden noch allerlei Scherereien machen. Wie meist bin ich gerade einigermaßen fertig geworden. Die Tage hier waren zum Teil fürchterlich, wie eine Art Hölle des Geselligen. Beim Anblick von vertrotteltem Naziaristokraten und ihrer unausrottbaren politischen Illusionen und im Gefühl der tiefen Herzlosigkeit der meisten Menschen ist es mir doch tröstlich, dass du und deine Zärtlichkeit immer da seid. Hier geht man erst ziemlich spät nach Mitternacht ins Bett, ist immer müd von Zigaretten, Schnäpsen, Essen, Reden. Dabei regt mich solche Geselligkeit gar nicht besonders an, vielleicht war ich früher in ihr brillant, jetzt komm ich mir meist recht fade darin vor. Einen schönen Nachmittag verbrachte ich mit dem Beer-Hofmann und seiner fabelhaften Paula, die (an Umfang) eine Art kolossalisches Urweib wird. Ich musste ihm von meinen kleinen indischen Geschichten erzählen, und wie er sie aufnahm, war wunderbar. Die Anerkennung durch diesen außerordentlichen Menschen entschädigt mich für alles, was die Welt einem auf diesem Gebiet sonst schuldig bleiben könnte. Übrigens macht es mir Spaß, von dir zu hören, dass Eugen, dieser dämonische Saboteur und eigentlich Spezialist für Fotografie, nicht einmal imstande ist, einen Film einzulegen, ohne ihn zu verpatzen. Da kannst du mal sehen, wie wenig du ihm überlassen kannst, wenn du nicht nur Kummer und Ärger haben willst! Am allerliebsten wäre ich immerzu bei dir und, wenn das nicht sein kann, still in meiner Bude mit einer gescheiten Arbeit, am liebsten Sanskrit lesend. Ich sehe dich immer vor mir, wie du mit halbgeschlossenen Wimpern abwärts blickst auf das, was da vor deinen zarten und gespannten Lippen bald verschwindet, bald wieder erscheint, weil du es langsam, aber unerbittlich in dich hineinziehst und heraussteigen lässt, um es frisch gesalbt zu betrachten. Ich kann dir nicht sagen, wie glücklich mich unsere vollkommene Einheit aller Gefühle, aller Wünsche und Erfüllungen macht, dass alles, was dem Einen das Liebste ist, den Anderen maßlos freut und dass wir darin die Grenzenlosigkeit vor uns haben. Es gibt für mich nichts, was daneben besteht. Jetzt muss ich schnell weg, durch die schöne abendliche Innenstadt traben nach der anderen Seite hinter dem Schwarzenbergplatz und Rennweg. Bald mehr! Immer dein Heinz

1937
Hagen und Hagenbeck und Beck. Hänschen kriegt es mit dem Verstehen einfach nicht ganz hin, sobald Eugen vom Tierpark mit seinen Seehunden, Pavianen und Indianern im fernen und früheren Hamburg erzählt und Mila ihm ins Wort fällt, weil sie um die Ecke beim Bäcker (dem *Beck*, wie Pepo berichtigt) Berliner hamstern gehen will, die, da-

mit es die Kinder nur wüssten, viel besser schmecken als jene in Hagen, welche man dort ja auch nicht Berliner, sondern Pfannkuchen nennt.

Und noch etwas, fügt Mücke hinzu: Hagen, da wo du, Hänschen, geboren bist, liegt zwischen Leiheim und Hamburg, und Hamburg ist riesengroß und liegt so weit oben wie Berlin, und das ist noch riesengrößer. Und dort in Berlin fällt der erste Schnee schon, wenn es hier in Fribourg noch warm genug ist für Schinken- oder Eierbrote auf der Decke in der Lichtung im Wald. Das hat mir Onkel Zimmer erklärt, und der weiß nämlich alles. Und stell dir vor, in Hamburg waren Vati, Mutti, Pepo und ich auch schon einmal. Als wir von da mit dem Dampfer bis nach Amerika fuhren und du weniger als ein Mäuschenfurz gewesen bist.

Ihre Ausführungen abschließend, tätschelt Mücke Hänschens Kopf. Verärgert schlägt der um sich und kreischt. Was niemanden groß erstaunt, weil dieses Programm etwa so alt ist wie Hänschen selbst, so dass Pepo nur trocken kommentiert: *Bisch doch e cheibe Gränni.*

Als Hänschen in Eugens etwas steifer Umarmung endlich Ruhe gibt, erklärt Pepo noch, warum er die schweizerdeutschen Wörter den französischen vorzieht: weil sich niemand darum kümmere, wie man sie schreibe, weil man sie überhaupt nicht schreibe, sondern nur zum Sprechen brauche, jawohl. Und das nächste Mal wolle er bei Onkel Zimmer mit einigen von diesen Wörtern punkten, die Bedeutungen von *tschent*, *füdleblutt* oder *abläschele* kenne Onkel Zimmer sicher nicht. Sag mal, Mutti, wann eigentlich kommt er uns wieder mal besuchen?

Nie mehr, knurrt Hänschen.

1937
Die Herbstreise nach Südfrankreich mit Auto und Chauffeur von Raimund und auf dessen Kosten lohnt durchaus. Man fährt durch eine großartige Landschaft, und die Bauten von Kirche und Königen sind sehr schön. Nîmes ist wundervoll, das alte Nest Uzès entzückend, Le Lavandou auch hübsch. In Avignon ist schlechtes Wetter, aber als es einst gerade so dunkel und wüst war wie in der heutigen Gegenwart, haben die lieben Päpste von Christiane und Mila hier eine beeindruckende Burg gebaut. Marseille hingegen ist hässlich, seinen Welthafen will man sich gar nicht erst anschauen, schließlich hat ein Privatdozent für Sanskrit in einer Matrosen-Unterwelt genauso wenig zu suchen wie ein Schaf in einem Blumenfenster, Punkt.

1937
Das Haus schläft noch, Christiane ist zu Besuch bei einer Freundin, und Zimmer holt sich eine Knolle Knoblauch in sein Arbeitszimmer, Knoblauch labt und entspannt. Statt Zigaretten zu rauchen, kann man Zehe um Zehe in sich hineinfressen und kommt so der yogihaften Bedürfnislosigkeit immer näher. Kürzlich in der Provence, wo allen Speisen Knoblauch beigegeben wird – in eine Bouillabaisse gehört sogar viel Knoblauch! –, kam er so richtig auf den Geschmack und knabbert nun eben alle paar Stunden etwas von der Knolle ab. Vielleicht kann Knoblauch letztlich sogar dazu verhelfen, sich nicht mehr über die ekelhaft kleinbürgerlichen Schikanen seitens der Universitätsleitung zu ärgern. Doch mit oder ohne Knoblauch, es gilt zu begreifen, dass die Dämonen allezeit da sind und nur manchmal zur Macht kommen. Und wahr ist, dass eine einzige Knoblauchzehe den Magen bereits nach dem Auf-

stehen stärkt und wärmt. Man braucht zunächst gar nicht zu frühstücken, die Wirkung auf Stimmung und Arbeitslust ist gleich unmittelbar zu spüren. Wäre da nur nicht die Pyjamabequemlichkeit! Na, die Last der Briefkorrekturen ist er inzwischen wenigstens los. Jetzt kann man sich in Verlag und Druckerei mit dem zweiten Hugo-Briefband abplagen, und er selbst liest derweil irgendetwas Herzerwärmendes in Sanskrit.

Abends geht er einmal mehr in die Oper. Für achtzig Pfennig sitzt er auf der Seite im zweiten Rang, umkränzt von lauter alten Tanten. *La Traviata* wird ganz anständig aufgeführt. Bei Alfredos erster großer Arie schreckt Zimmer auf, nicht sehr, eher wenig. Einst hat er den Anfang dieser Arie auf den Grabstein seiner Eltern setzen lassen, da ihm kein passendes Bibelwort hat einfallen wollen, damals, als die Asche der Mutter ins Grab des Vaters gelegt wurde und der Stein eine neue Inschrift bekommen musste. Seither steht da *Liebe, allmächtiges Gottesherz*. Dabei heißt es *Liebe, allmächtiges Zauberwort*. Dem kleinen Schweißausbruch folgt eine höchst beruhigende Erkenntnis: Weil ihm die automatische Exaktheit des Erinnerns fehlt, ist er als Philologe zwar recht unmöglich, aber indem die Dinge sich in seinem Gedächtnis verschieben, erhalten sie einen neuen Sinn, was im Grunde das Wesen bester Produktivität darstellt und einen eigentlich guten Schriftsteller auszeichnet.

In der Pause beschwert sich seine Sitznachbarin darüber, dass hier jemand so sehr nach Knoblauch rieche. Die alten Tanten stecken die Köpfe zusammen und vermuten nicht zu leise, dass der Herr bestimmt eine Leberwurst mit zu viel Knoblauch drin gegessen habe. Weit gefehlt, lacht Zimmer in sich hinein, als Nachspeise hat er geriebene Äpfel mit ein paar Knoblauchzehen vertilgt, köstlich hat das geschmeckt!

Jetzt, wo er diese wundervolle Pflanze ewiger Jugendfrische entdeckt hat, beschließt er, alt zu werden. Im Alter wird er mit Mila in kleinen Theatern sitzen und sich mit ihr zusammen die Mysterien von Verdi, Puccini und Mozart zu Gemüte führen. Irgendwann wird sich das einrichten lassen, mehr ist vorderhand nicht zu wollen. Aber wenn er schon Milas Aroma viel zu lange entbehren muss, so erreichen ihn wenigstens ihre unverwechselbaren Zeichen. Etwa ein Pilz, ein wohlgewachsenes Lingam-Symbol, das sich wegen seines auffälligen Geruchs bedauerlicherweise nicht allzu lange im Chinakästchen aufbewahren lässt. Oder das Zwiebelchen – viel Zwiebel gehört in ein gutes Gulasch! –, welches ohne sein Zutun von Fribourg nach Heidelberg mitgereist ist. Hat sich augenscheinlich bei seinem letzten Besuch verirrt, von Milas Küchentisch in sein Rasierzeug. Darf aber noch eine Weile auf seinem Schreibtisch liegen bleiben.

Leider stellen sich Unvergnüglichkeiten ein, nachdem er über Tage nichts als Kartoffelsalat gegessen, Weinmost getrunken und vielleicht zu viel Knoblauch verzehrt hat. So sieht er sich genötigt, ein paar Tage bei Schleimsuppe und Tee zu fasten. Das macht ihn zwar schlank, nimmt ihm aber ziemlich viel Schwung. Und den bräuchte er dringend, da er die in einem ganz unmöglichen Deutsch abgefasste Dissertation seines indischen Studenten vor sich liegen hat. Da man von so einem Mann nicht verlangen kann, dass er aus Bombay kommt und gleichzeitig ein lesbares Deutsch schreibt, muss Zimmer die Arbeit eben selber ummodeln.

Nachdem er die siebzig Seiten getippt hat, gönnt er sich wieder kleine Dosen Knoblauch, zumal das Wetter scheußlich molkig ist, voller Unlust. Allein in Milas Armen könnte ihm jetzt richtig wohl werden. Schreibt er ihr halt wenigstens ein paar Zeilen. Und trägt ihr auf, sich gelegentlich mit Eugen zu besprechen. Dieses Ariernachweisprozedere sollte nun nicht mehr länger hinausgeschoben werden. Man muss es mit einer Vaterschaftserklärung angehen.

Längst, schon vor Jahren, hat Christiane erstmals darauf aufmerksam gemacht, dass Eugen für die fernere Zukunft von Mücke und Pepo dringend ein kurzes privates Schreiben über deren arische Herkunft zu Papier bringen und es von einem Notar beglaubigen lassen müsste. Wenn die Kinder erwachsen seien, hatte sie argumentiert, und gegebenenfalls in Schwierigkeiten kommen sollten, hätten sie auf diese Weise eine Möglichkeit, ihre Situation zu klären. Seither hat man die Sache ruhen lassen. Doch neuerdings lässt Christiane nicht mehr locker: Es sei nun wirklich an der Zeit, die Dokumente zu berichtigen. Sie beweist damit nur einmal mehr, wie fabelhaft in Ordnung sie ist. Was allerdings das Vorgehen betrifft, so liegt es fraglos an Eugen, den ersten Schritt zu tun.

Erst als der Knoblauchkonsum zu einer häuslichen Tragödie führt, schwört Zimmer der erfolgversprechenden Verjüngungskur ab. Nein, er wolle Christiane keinesfalls kränken, ja, dass er das ganze Haus mit dem, wie sie sage, penetranten Gestank imprägniere, finde er auch unerfreulich, nein, er wolle ihr Zusammenleben um Himmels willen nicht gefährden, und schon gar nicht beabsichtige er, ihre gesellschaftliche Stellung zu unterbinden, wenn sie meine, niemanden mehr einladen zu können. Ich bin und bleibe auf immer dein allerpersönlichster Otis-Pifre, du Krone aller Frauen!

Nur wenn Zimmer abends ganz alleine auf seinem Diwan im Arbeitszimmer liegt, isst er noch hin und wieder eine oder zwei Knoblauchzehen. Mit Apfel oder auch ohne. Entgegen seiner Annahme ist er anderntags nicht ganz ausgeraucht. Christiane hat in dieser Hinsicht wirklich eine feine Nase.

1937
Es ist ein Hammerschlag auf die schwachen Schultern. Von heute auf morgen entlässt die Firma Tellko ihn. Einheimischen Arbeitskräften soll Eugen Platz machen. Bestimmt hat weder sein alter Freund Tensi noch dessen Sohn Francesco so entschieden. Von verschiedenen Seiten hat er außerdem öfters zu hören bekommen, wie zufrieden man mit seiner Arbeit sei. Nicht mal er selbst hat also Schuld für die Entlassung. Wie aber wird Mila bloß auf diese schlechte Nachricht reagieren? Wenn er arbeitslos ist, wird die Aufenthaltsbewilligung für die ganze Familie kaum verlängert werden. Hoffentlich weiß die klarblickende Nettie Katzenstein Rat. Er muss sie heute noch anrufen, vielleicht kann sie sich sogar an der richtigen Stelle für sie alle einsetzen. Aber es ist verdammt schwierig, nicht durchzudrehen.

1938
Selbstverständlich kann der Professor aus dem kahlen Christbaum und aus einem alten Brett eine Schneeschippe für Eli bauen. Hammer, Säge und drei Nägel braucht er dazu. Da soll Mitzi nur mal staunen. Wenn Christiane schon ganze drei Wochen in Wien ist, wo sie mit Gerty einiges zu besprechen, wegzuräumen, aufzulösen hat, so muss er sich eben ein bisschen mehr um die Kinder kümmern. Her mit Säge und Hammer! Er hat sich ja auch

schon mal mit einem Hasenstall beschäftigt, weil der Bauer von nebenan den Buben einen jungen Hasen versprochen hatte. Das Tier wuchs dann allerdings so schnell heran, dass es nicht mehr in den Stall gepasst hätte, wäre dieser überhaupt zu Ende geschreinert worden.

Zwei Tage hält die geniale Schippe. Gewiss hätte sie noch länger gehalten, wenn sie nicht in Clemis Hände geraten wäre.

Doch eigentlich erzählt Zimmer seinen drei Vorzeigekindern (sowie den drei Heimlichkindern) lieber Heldengeschichten. Beim Erzählen kann er so angenehm uferlos werden und sich über seine spontanen Satzgirlanden und die darin verwickelten und wieder zu entwickelnden Einzelheiten freuen.

Spaziergänge sind auch schön. Mit den zwei älteren Buben an der Hand zieht Zimmer bei ungewöhnlich warmem Januarwetter in der Gegend herum. Einmal spricht er über den Wasserkreislauf und bezieht alles Mögliche, was ihnen als Anschauungsmaterial über den Weg läuft, in seine Erläuterungen ein. Rasch schlüpft er auch aus seinem Mantel und zeigt die Monde unter seinen Armen, um den Zusammenhang zwischen Schweiß, Tauwetter und dem Dorfbrunnen von Handschuhsheim zu verdeutlichen.

Oder er spielt mit seinen Dreien ein Ratespiel. Eli, Clemi und Jojo sollen einen kurzen Blick in die Schüssel werfen, die er neben seiner Schreibmaschine stehen hat. Wer arbeitet, der muss futtern, erklärt er, so wie einer Reisebrote braucht, wenn er eine lange Reise macht. Findet ihr heraus, was euer Papa gerade jaust, bekommt jeder von euch ein Schnittchen davon geschmiert, los geht's!

Eine Eierspeise?

Nein.

Honigbutter?
Nein.
Mayonnaise?
Daneben.
Mirabellenmarmelade?
Falsch.
Apfelmus?
Nein, hört mir zu: Mit Früchten hat es nichts zu tun, es kommt von einem Tier (ist Gänsefett).

Hundedleck!, ruft Jojo, der Jüngste.

Quäkt er bei Tisch auch noch *Kuhsmutz!*, weil der Vater Maggi in die Suppe schüttet, oder ahmt er mit seinen Lippen das Knattern und Stottern eines Furzes nach (Clemi, dieses Früchtchen, hat Jojo auch diesen Spaß beigebracht), so wird ebenfalls gemeinschaftlich losgeprustet. Zumeist jedenfalls, Zimmer kann in den Tagen und Wochen, wo Christianes sittlicher Einfluss fehlt, ja nicht alles durchgehen lassen.

Abends, bevor Mitzi die Buben badet und in ihre Betten steckt, demonstriert er hin und wieder das wahre Wesen eines Früchtchens. Als liebe Brombeere hängt Zimmer im Sessel vor dem Kaminfeuer und lässt sich von Eli umarmen, von Clemi bekraxeln und mit nassen Küssen bedecken, bis Jojo sich von hinten anschleicht und mit seiner Patschhand urplötzlich Papas Haar zaust, damit der sich erstaunt umdrehen und *da ist ja noch einer!* rufen kann.

1938

Max Esslinger in München kann seinem Bruder Eugen in Fribourg nur ungenaue Auskünfte erteilen. Wie ihm auf der Kultusgemeinde gesagt wurde, seien die Geburtsdaten der Eltern ausschließlich über deren Geburtsort zu eruieren. Im Falle der Mutter müsste Eugen sich deshalb an das Einwohneramt in Fürth wenden. Der Geburtsort des Vaters könnte Mühringen bei Horb gewesen sein, aber sicher ist Max sich nicht. Emma gehe es entsetzlich schlecht. Nach ihrem Schlaganfall sei er gezwungen gewesen, für sie die städtische Wohlfahrt in Anspruch zu nehmen, weil keinerlei Mittel mehr vorhanden seien. Jetzt befinde sie sich in der Exil- und Pflegeanstalt Haar. Dort schlafe die Arme in einem Saal mit ungefähr fünfzig geistig Gestörten. Dementsprechend sei die Verpflegung. Ihm selbst gehe es, verglichen mit anderen, im Altenheim noch leidlich gut. Aber die Nerven, die Nerven!

Erst jetzt sieht Eugen ein, seinen Plan begraben zu müssen. Er steckt den Brief zurück in den Umschlag. Es wird nichts daraus, die letzten Lebensjahre bei Max zu verbringen. Nettie Katzenstein ist also gut informiert. Nicht nur seien die jüdischen Altenheime im Reich überfüllt, hat sie gesagt, sondern man riskiere bei Rückkehr nach Deutschland, zunächst in ein *Schulungslager* zu kommen. Die damit verbundene Gefahr dürfe Eugen keinesfalls unterschätzen.

Das für Süddeutschland zuständige Schulungslager heißt Dachau.

1906

Es empfiehlt sich nicht, sagt der Biologe zum Schluss seiner beunruhigenden Ausführungen, die größeren Libellen nach bekannter Sammlermethode mittels Giftgas zu töten. Am besten fasst man mit der einen Hand ins Netz, packt das Tier mit Daumen und Zeigefinger an den zusammengeklappten Flügeln und drückt ihm einen mit Äther oder Chloroform getränkten Wattebausch an den Kopf. Die abgetöteten Tiere legt man zwischen Watte in eine flache Schachtel. In unserer Jugend gab es übrigens ungleich mehr Libellen als gegenwärtig. Dies ist neben dem Verschwinden geeigneter Brutgewässer wohl vor allem darauf zurückzuführen, dass jetzt zur Bekämpfung der Stechmückenplage viele Tümpel mit Öl oder Petroleum übergossen werden und so nicht nur die Mückenlarven, sondern leider auch das mannigfaltige und wunderbare Kleintierleben des Süßwassers mit vernichtet wird.

1938
Die schicke fremde Frau spricht bestes Deutsch: Entschuldigen Sie, mir ist aufgefallen, dass Sie nähen, haben Sie vielleicht eine Schere? An meinem Kleid hier ist ein loser Faden.

Mila legt ihre paar Wäschestücke, die sie zu flicken begonnen hat, beiseite: Bedaure, ich säble die Fäden lieber mit den Zähnen entzwei, Scheren sind ja doch immer unauffindbar.

So ein warmer Frühlingstag lädt dazu ein, es sich nebeneinander bequem zu machen. Die Unbekannte beginnt freimütig aus ihrem Leben zu erzählen, sie hat viel zu sagen und lässt sich nicht unterbrechen. Das mutet durchaus vertraut an. Und mit einem Mal braucht Mila nur noch eins und eins zusammenzuzählen: Herrgott, diese Frau muss Heinzls verflossene Verlobte sein, die Unselige!

Die Indologin gluckst und schiebt gleich einen Wortschwall nach: Die Absage damals auf meine Bewerbung in Heidelberg war nicht zu meinem Schaden, wie sich herausstellen sollte. Was mir durch Halle zuteilwurde, hätte Heidelberg mir nie bieten können. Als erste deutsche Dozentin für Indologie erlangte ich einen gewissen Ruhm, und dieser Ruhm setzte sich nicht nur in den Köpfen aller akademischen Anhänger Indiens fest, sondern er hat sich auch unter dem gewöhnlichen Volk verbreitet. Erwartet habe ich das eigentlich schon, habe ich mich doch ausgiebig an Indiens Tempelstätten aufgehalten. Ich reise durch die halbe Welt, sah Birma, Nepal, Indien und Ceylon, von wo ich übrigens kistenweise Fotografien nach Deutschland schickte, nachdem meinem Antrag auf Unterstützung einer Studienreise stattgegeben worden war, natürlich nur deshalb, weil ich zuvor vom Committee on the Award of International Fellowship das Senior Fellowship in Arts bekommen hatte, eine wesentliche Auszeichnung, falls Sie verstehen, was ich meine.

Mila guckt bedeutungsvoll. Sie hat ihre über die Jahre eingeübten Mienen, mit denen sie ihrem Gegenüber glaubhaft machen kann, dass sie eine aufmerksame Zuhörerin ist. Dort vorne am Wasser passt Mücke auf Hänschen auf. Dünn ist das Mädchen, wird bestimmt mal hübsch, sieht ihr ein bissl ähnlich, sie selbst ist lange auch dünn gewesen. Und Hänschen hat ein einzigartiges Draufgängergfrieß. Sollen die Kinder ihren Spaß haben, egal, wenn sie mit den Zähnen klappern. Ihr wäre auch nach Wasser zumute, schade, dass ihr nie jemand das Schwimmen beigebracht hat. Aber wenn Heinzl davon erzählt, hat sie durchaus eine Ahnung, wie es sich anfühlen muss. Saublöd, jetzt hat sie den Anschluss verpasst – schon ist der Unseligen die Lehrbefugnis entzogen worden.

Dank meiner Bekanntheit im In- und Ausland (Mila ist wieder ganz Ohr) habe ich zu einer aussichtsreichen Lehrtätigkeit in London gefunden, und dort habe ich auch die Bekanntschaft eines begüterten Italieners gemacht, mit dem ich nun schon ein paar Jahre lang ein süßes Geheimnis teile. Die Ex-Verlobte holt tief Luft (die ist am Lago Maggiore aber auch unübertrefflich): Im Wirkungsfeld dieses hochgelehrten Mannes werde ich mich nun ansiedeln und vor weiteren Affronts sicher sein; Ascona liegt somit für mich, wie Sie leicht ermessen können, nur auf dem Sprung. So viel fürs erste von mir.

Was halten Sie davon, wenn wir gemeinsam einen Brief an den allseits beliebten Professor Zimmer schreiben?

Die Indologin findet den Vorschlag hinreißend.

Zimmer wedelt sich erst einmal Kühlung zu. Wie verrückt! Gut, dass es Mila, ganz im Gegensatz zur Unseligen, immer ferngelegen hat, große Töne zu spucken. Wer so viele Männer hinter sich gebracht hat wie Mila, der schweigt sich darüber aus. Doch wer, wie die Unselige, so wenig erlebt hat, muss sich in Szene setzen. Der Asconeser Strand ist ein kleines Welttheater, meine Herrschaften, treten Sie näher! Aber ist es Mila denn keinen Augenblick eingefallen, der Unseligen die Fleischgabel in die Hände zu spielen, das einzige Relikt, das ihm aus dieser kurzen Zeit qualvoller Nähe geblieben ist? Das wird er Mila nächste Woche unbedingt fragen müssen. Nächste Woche, endlich! Alles ist schon wunderbar eingefädelt. Christiane hat er dargelegt, dass er im Tessin tüchtig zu arbeiten gedenke, schreiben, wichtige Kontakte pflegen wolle und sich mittels des umfangreichen Bildmaterials Olga Fröbes mit dem Thema der nächsten Eranos-Tage zu beschäftigen habe. Was ja alles auch wahr ist. Und er wird Mila noch sagen müssen, dass er die Indologin nie richtig gehabt hat, vor allem deshalb, weil sie andauernd in furchtbar pompöse Stadtkleider gewickelt und für eine anständige Sinnlichkeit viel zu hysterisch gewesen ist. Andernfalls wäre er aber auch schön geleimt gewesen, bei seiner Gutmütigkeit in der Liebe!

1938

Jetzt hat Zimmer den würdelosen Kampf um diese bescheidene und ungesicherte Stelle an der Universität doch verloren. Er kommt sich wie ein Wollelefant vor, dem irgendwo die Naht geplatzt und dem schon eine große Menge Sägemehl aus dem Leib gerieselt ist. Zu jeder Tageszeit fühlt Zimmer ein besonderes Schlafbedürfnis, und schläft er nicht, so kann er nur schreiben, schreiben.

Wenn einem selber was geschieht, sieht man die Veränderungen der Umwelt ja erst richtig, und so wird ihm immer deutlicher, wie die Atmosphäre ausgeraucht, diese Epoche zu Ende gegangen ist, in der er geistig zu sich selber gekommen ist und sich entfaltet hat. Blickt er zurück, wird ihm wohl und still zumute, als lauschte oder feierte er das Requiem einer geliebten befreundeten Person – es ist aber nur die Epoche, der er angehört, die ihn hervorbrachte, wie Waldboden einen Pilz, und in die er sich hineingeatmet hat. Jetzt aber ist er in ihr verschlossen, wie ein Insekt im erstarrten Bernstein. Und gerade weil er über all die Jahre nie so zeitfern wie übliche Gelehrte war, wohnt er nicht dem zivilen Scheitern seiner Einzelexistenz bei, sondern dem Massenbegräbnis seiner Zeit.

Nach und nach rappelt Zimmer sich wieder auf. Ein paar Freunde glauben an ihn. Er werde es sicher auch anderswo noch zu etwas bringen, mit einem freien Kopf und zwei freien Händen könne Unerwartetes gelingen, könnten Welten sich auftun, sagen sie. Diese Aufmunterungen trägt Zimmer an Christiane heran. Sie jedoch hält ihm entgegen, wie schwierig und fürchterlich sich vieles immer noch ausnehme.

Und wenn dies auch richtig ist und wenn zudem auch der Absatz seiner Bücher miserabel läuft, so will er trotz allem weiterhin tätig sein und seine Fühler ausstrecken.

Plötzlich ergibt sich eine Chance. In Basel. Zimmer bewirbt sich. Und ab sofort zählt er das abrupte Ende seiner Universitätskarriere in Deutschland zu den originelleren Details seiner Biografie. Zwar wäre Basel materiell ganz unbefriedigend, aber er könnte dort sein philologisches Wissen gemächlich unter die Leute bringen, könnte viel lesen, in Ruhe schreiben (vielleicht doch endlich das *Spielkartenbuch*), alles in allem kleinbürgerlich vermoosen und jedenfalls von dort aus jederzeit zu Mila aufbrechen. Also nutzt er Kontakte, baut auf Basel. Schöne Vorträge müssen nebenher auch noch gezimmert werden. Sie sollen hauptsächlich Jung beeindrucken, allein für Carl Gustav Jung beabsichtigt Heinrich Robert Zimmer an den diesjährigen Eranos-Tagen zu sprechen.

Als Basel einem Gegenkandidaten den Vorrang gibt, muss erneut Amerika in Erwägung gezogen werden. Nicht die geringste Lust hat Zimmer auf die andere Seite der Welt, denn sehr wahrscheinlich wird er sich dort nur furchtbar abrackern müssen, und dies erst noch auf Englisch; wobei das Englisch nicht einmal Englisch ist. Einen Abend lang hat er schon die Erfahrung gemacht, wie höllisch anstrengend es ist, sich like an American unterhalten zu müssen. Und dass Mila und er sich mindestens ein Dreivierteljahr nicht haben werden, ist besonders arg. Sollte Amerika sich als einzige Lösung herausstellen, so wäre es beruhigend, wenn wenigstens Mila und die Kinder eine sichere Bleibe in Deutschland hätten. Denn höchstwahrscheinlich werden sie bald schon aus der Schweiz zurückkehren. Na klar, dass er nicht schon früher daran gedacht hat! Sie können das nach wie vor leer stehende Jagdhaus doch auf Mücke, Pepo und Hänschen überschreiben!

Da rutscht es ihm heraus, das mit Hänschen, und wo

es schon mal draußen ist, kann er es nicht mehr einfangen.

Wir überschreiben das Jagdhaus einfach auf Milas drei Kinder, dann ist für ihre Zukunft gesorgt, hat er in seiner Euphorie zu Christiane gesagt. Und das Häusl geht uns nicht verloren, was außerdem den Vorteil hat, dass wir, wenn wir von hier ausziehen, einen Teil der Möbel und Sachen, die man nicht mit nach Amerika schleppen kann, dort unterbringen können.

Sagtest du eben *drei*?

Christiane ist wirklich keine umwerfende Schönheit, fährt es Zimmer durch den Kopf: Habe ich *drei* gesagt?

Drei Kinder?

Ja, mein Liebes, ein drittes auch noch.

Wann?

Zweiunddreißig, zwanzigster April.

Zweiunddreißig? Wie Clemi? Ein Monat vor Clemi? Bub oder Mädchen?

Ein Bub. Hänschen.

Gütiger Gott! Das habt ihr mir angetan?! Rücksichtslos ist das. Und überflüssig dazu. Voreheliche sind leicht zu erklären, die Welt findet sich mit ihnen ab, aber ein Kind, das gleich alt ist wie Clemi!

Zimmer möchte seiner Christiane, die im Augenblick etwas außer sich ist, nicht entgegenhalten, dass Hänschen immerhin vor Hummelchens Tod, Clemi hingegen erst danach entstanden ist. Und an die übrigen Mila-Kindergeschichten sollte er besser jetzt und in aller Zukunft keinen Gedanken mehr verlieren, um nicht irgendwann noch in ein weiteres Fettnäpfchen zu treten.

Als hätten wir nicht schon Familiensorgen genug! Zwar habe ich immer gefühlt, dass du ihr all die Jahre nicht bloß

Mythen vorgelesen hast, ich bin ja nicht auf den Kopf gefallen. Und natürlich kannst du dir denken, warum ich dich jeweils in die Wanne geschickt habe, wenn du von ihr zurückkamst, aber damit habe ich niemals gerechnet. Oder zumindest habe ich immer gehofft, es werde mir erspart bleiben. Diese Blamage! Sechs lange Jahre hast du mir dieses Kind verschwiegen, das ist geradezu unheimlich. Trotzdem, es lässt sich nicht mehr ändern, geschehen ist geschehen. Der Bub kann nichts dafür. Andrerseits kann ich nichts dafür, wenn er nie richtig zu meiner Familie gehören wird. Für Mücke und Pepo empfinde ich anders, das weißt du.

Das weiß ich.

Die gegenwärtigen Schwierigkeiten setzen mir schon genug zu, die ganze politische Situation, die Stimmung, der wir auf Schritt und Tritt ausgeliefert sind. Und du stehst ohne Stelle da, und meine Einkünfte werden in absehbarer Zeit gleich null sein. Denke ich aber andersrum, fügt Christiane nach einer Pause hinzu, denke ich an all das, womit wir uns heute und morgen herumzuschlagen haben, nimmt dieses Private sich vergleichsweise winzig aus. Im Grunde ist es vernachlässigbar. Und als solches werde ich die Sache behandeln, und dies wird für uns alle das Beste sein.

1938
Auch wenn Zimmer Mila kaum zu Gesicht bekommt, werden diese paar Augusttage in Ascona so richtig besoffene Tage.

Am letzten Abend fahren drei Autos von Ascona nach Ponte Brolla. Im ersten sitzen Carl Gustav Jung, seine Hauptfrau und seine Geliebte (jene frühere Patientin, die dem Meister einst bei der Erforschung seines weiblichen

Teils ausführlich zu Hilfe kam). Das zweite Auto bringt den Arzt und Atemkünstler Gustav Richard Heyer samt Ex-Mutterschaf und Amazone, und im dritten Auto, gelenkt von einer kuriosen alten Engländerin, haben Anja Mendelssohn sowie Christiane und Heinrich Zimmer Platz genommen. Am mächtigen Steintisch unter einem Blätterdach aus Wein ist Zimmer der einzige ohne vorzuzeigende Nebenfrau. Alle haben einen glänzenden Appetit auf große Brocken Käse und Brot, obschon man auf dem Monte Verità eben erst genachtmahlt hat, erfreulicherweise in Anwesenheit des wie immer reizenden und gescheiten Barons. Mindestens sechs Flaschen Nebbiolo werden am Granittisch in Ponte Brolla getrunken, an diesem Abend ersäuft man die ganze Weltlage.

Anderntags zieht das Ehepaar Zimmer nach Sils Maria weiter. Denn vor der langen Reise zu Gerty will man noch ein paar Tage im Engadin genießen. Raimund, der in seinem Riesenwagen ebenfalls angereist ist, hat selbstverständlich schönste Zimmer im Hotelpalais Waldhaus bestellt. Zwar wird die Riesenholzkiste im Grünen nachts von Siebenschläfern durchtost, aber ein Zimmer mit Bad ist zur Abwechslung nicht zu verachten. Und sehr nützliches himmelblaues Briefpapier kann Zimmer einstecken (in Zürich gab es lachsrotes). Hier im Waldhaus kommt sogar ein Treffen mit Thomas und Katja Mann zustande. Zwei ihrer Töchter sind bei der angeregten Teestunde auch mit dabei (Engadiner Nusstorte ist ein Gedicht!), während Sohn Golo in Küsnacht die Kisten für Princeton packt. Da Thomas Mann die einflussreichsten Menschen kennt, fasst Zimmer ihn vorsichtshalber mit Samthandschuhen an. In einem ist man sich einig: Ein jeder muss Brücken zur nächsten Wirklichkeit schlagen und still (oder auch weniger still) zum eigenen Glück beitragen. Was das stille Glück betrifft, so wird er selbst sich künftig wieder und wieder die vergangenen Junitage in Corafora vergegenwärtigen, all jene ersprießlichen Stunden mit Mila.

Als noch Hoffnung auf die Stelle in Basel bestanden hatte, war er mit Christiane in die hübsche Grenzstadt und auch zu Jung nach Küsnacht gefahren und von dort alleine weiter zu Mila ins Tessin. Vor Zeiten war das abgelegene Rebhäuschen steil in die Reben zwischen den Lago Maggiore und das Dorf Ronco gebaut worden, Corafora hieß der Sonnenhang, hieß das Häuschen. Darin verbrachten sie einen ungestörten Tag nach dem anderen, Mücke und Hänschen wurden derweil von Spatz betreut, der das Rebhäuschen gehörte. Bloß an einem einzigen Vormittag traf Groß und Klein sich bei der Maggiamündung, wo Zimmer Mücke, an der er alles uneingeschränkt lieb und schön fand, beiseite nahm und mit ihr am Ufer hin und her schlenderte. Er sprach über Geister und Sagenfiguren und Menschen und wiederholte Verse, die er vor ein paar Jahren für ein Kasperlstück geschrieben hatte: *Wir Geister wissen nichts von Zeit* (und Zimmer hob dabei beide Hände, als würde er gleich einen Baumstamm umarmen), *wir wissen, nichts kann enden, und wissen: uns ist Ewigkeit geschenkt, uns zu vollenden. Wir Geister wissen nichts von Zeit, und Liebe kann nicht enden* – merk dir das, mein großes Mädchen, auch wenn du's vielleicht nicht, noch nicht begreifen kannst.

Später durften die Kinder mit Mutti und Onkel Zimmer nach Corafora hinaufsteigen und mit ihnen Salami aus Eselfleisch, Ziegenkäse und mit Olivenöl beträufeltes Brot essen und dazu sehr verdünnten Chianti trinken, wie es die ortsansässigen Kinder auch tun, und wenn nicht die

Tessiner Kinder, so doch sicher jene im angrenzenden Italien, und wenn nicht alle, so doch einige auserwählte, und wenn nicht täglich, so doch jeden Sonntag. Nach der gemeinsamen Stärkung aber verlangte es Zimmer wiederum nach Zweisamkeit; er hieß Mücke mit Hänschen nach Ascona traben.

Nie und nimmer wird er vergessen, wie Mila ihn gleichentags oder anderntags den Schlangenweg von dem attraktiv ruinösen Rebhäuschen hinunterbegleitete und wie er danach zu spät zum Tee bei Olga Fröbe erschien. Auch an Milas Gesicht wird er allezeit denken, als sie ihm im Grotto Chiodi, wo sie auf ihn gewartet hatte, gegenübersaß, und an ihr anderes Gesicht, das sie ihm schimmernd entgegenhob, nachdem sie unterwegs von jenen ersten Trauben gepflückt hatten, deren Fruchtfleisch einem über die Zunge flutscht, ihr unvergessliches Gesicht auf ihrem Weg den Berg hinauf, zwischen Reben und Buschwerk innehaltend. Und in jenen frühsommerlichen Tagen bei schon drückender Hitze schälten sie sich in Corafora öfters aus den Kleidern, nahmen Ganzkörpersonnenbäder und vergewisserten sich noch und noch des anderen wie des eigenen Körpers. Unauslöschlich bleibt das alles, unauslöschlich wie die Schranktür in Heidelberg oder wie später die Waldlager in Schönbrunn. Diese gemeinsamen vierzehn Tage und Nächte in Corafora oder siebzehn oder acht oder mehr oder weniger werden im Gedächtnis haften auf ewig.

1938
Amerika können sie sich aus dem Kopf schlagen. Hätten sie sich bis Ende Juli auf die Liste des amerikanischen Konsulats setzen lassen, wären sie bis Ende Jahr drange-

kommen. Da sie sich aber erst Ende August haben eintragen lassen, sind sie erst in zwei Jahren an der Reihe. Und dies trotz der Affidavits von Alice Astor. Es bliebe noch die Möglichkeit, ein Besucher-Visum zu beantragen, wodurch man von der Liste gestrichen würde. Sollte der Besuch aber nicht unmittelbar zu einer festen Anstellung führen, müsste man Amerika wieder verlassen. Dabei ist davon auszugehen, dass eine neue Eintragung auf die Einwandererliste einen sechs oder sieben Jahre zurückwirft. Ein Einzelner könnte diese leidige Abwicklung vielleicht riskieren, nicht aber eine vielköpfige Familie. Also alles beklemmend, findet Zimmer.

Christiane aber legt kurzentschlossen eine eigene Liste an. Mit Namen von Leuten, die ihnen behilflich sein könnten. Wird aus Amerika nichts, dann halten wir uns eben an England. Glauben reicht nicht, erklärt sie, wir müssen es wollen, müssen handeln, dann erst passt es.

1941
Könnte er etwas wünschen, was sich erfüllen ließe, so möchte Eugen in diesem Moment Schneeflocken ablichten und übergroße Abzüge davon haben, mindestens im Format einhundert auf einhundert. Bloß um sich weiß auf schwarz vor Augen führen zu können, was das Leben ihm an Schönem und Unveränderlichem noch zu bieten hat. Oder soll er in die frostige Nacht hinauslaufen und sich unter einen Baum legen? In den weichen Schnee? Dann aber mit einem doppelten Pflaumenschnaps im Magen. *Pflümli* heißt er hier. Schon früher hätte er öfters Grund gehabt, vor sich selbst davonzulaufen, und er ließ es doch jedes Mal bleiben. Und was seine heutige Niedergeschlagenheit betrifft, so wäre ihm ein Quitten-

likör lieber als ein Pflaumenschnaps. Aber Quittenlikör scheint man in Fribourg nicht erwerben zu können. Und gäbe es welchen, so wäre er für ihn unerschwinglich. Ach, auf dem Frankenfeld hat Irma Thrändorf zur Freude aller Siedler eigenen Quittenlikör angesetzt. Man trank ihn spätabends aus langstieligen Gläsern, die Irmas gutbürgerliche Herkunft verrieten. Irma, die unbefangen ihren eigenen Weg gewählt hat. Oh, wie gern säße er ihr jetzt gegenüber, das wäre um so vieles besser als jedes Schneeflockenablichten.

1939
Sonntags sitzt Pepo auch am Mittagstisch der Familie Landau in Fribourg, alle acht Stühle sind besetzt. Die fabelhafte Marga Landau rührt behutsam ein paar kleinstgeschnittene Schweinezungenstücke unter ihren Kartoffelstockklacks, fünf Gabeln Dörrbohnen daneben.

Als Eugen den Blick wieder auf seinen eigenen Teller lenkt, kommt ihm ein Stück Uferweg an der Saane in den Sinn, wo das Netz aus kahlem Astwerk sich über einem zusammenzuziehen droht, während der Wind bläst, die Stämme knarzen und die Vögel ihre Köpfe unter ihr Gefieder stecken und sich schlafend stellen. Oder wo im späten Frühjahr der Kuckuck ruft, bevor er seine Eier in fremde Nester legt.

Einmal, als Mila noch in Fribourg wohnte, hat Marga Landau ihr gegenüber erwähnt, dass ihr Ehemann Leo sich unter dem Federbett nicht mehr rühre, seit er sich zum Katholizismus bekehrt habe. Er sei es sich schuldig, absolut enthaltsam zu leben, habe er gesagt. Milas Empörung war kurz und fruchtbar, viele Ratschläge fielen ihr auf der Stelle ein.

Aber Leo Landau lässt sich nicht mehr verführen, nicht von der eigenen Frau und Mutter seiner vier Kinder, überhaupt von keinem weiblichen Wesen (das wäre ja noch schöner). Nur die Wohltat der jungfräulichen Muttergottes empfängt er Abend für Abend.

Dennoch ist Marga offensichtlich ein zufriedener Mensch, stellt Eugen jetzt aufs Neue fest. Stets liegt ein Lächeln auf ihrem Gesicht, selbst wenn sie isst, aber niemals wirkt dieses Lächeln erzwungen. Eugen leckt sich unauffällig die Mundwinkel. Auf der mit bunten Streublümchen bestickten Tischdecke liegt Pepos Unterarm und Hand. Die Finger zeigen locker und entspannt nach oben. Sein Junge wird noch lernen müssen, richtige Fäuste zu machen.

1939
Pepos fassungsloses Gesicht.

Es ist fast schon dunkel, als er vom Pensionat Père Girard zu Eugen gerannt kommt, mit einem Brief von Mila in der Hand. Nochmals und nochmals hat er darin die beiden Zeilen gelesen und dabei unbeweglich auf dem Rand seines Bettes gesessen.

Eugen führt Pepo auf den Balkon hinaus, er fühlt sich gedrängt, über dieses Schwierige und Schwerwiegende und trotzdem Selbstverständliche nicht mehr zu schweigen, sondern endlich über das eigene und das andere Geschlecht zu sprechen. In dieser Nacht, die süß ist wie Klee und bitter wie Löwenzahn. Jetzt wäre der Moment gekommen, wo sie beide auf dem Balkon von Eugens Zimmer stehen, dem Dachzimmer im Zeilenhaus von Leo und Marga Landau.

Kürzlich durfte er hier einziehen. Mit einem sauberen Zimmer hat Eugen sich allezeit zufrieden gegeben. Nur einmal, zu Anfang des neuen Jahrhunderts, besaß er eine eigene Wohnung, eine richtige *residenza*; in Mailand war das, mit Blick auf Santa Maria delle Grazie. Ausgesuchte Möbel, feine Bettwäsche, Vasen, Bilder und auch ein Likörservice mussten her. Das stationäre Leben schien ihm damals ein Schritt zum Besseren zu sein. Mit einem Mal stand er bereits zwischen zehn und halb elf auf und musste die nachfolgenden Stunden nicht mehr in Gemäldegalerien herumbringen, sondern konnte sich in seinen eigenen vier Wänden in Bücher vertiefen, Heinrich Heine lesen, Ernst Haeckel oder auch was ganz anderes. Oder er entwarf am Sekretär aus Kirschbaumholz eine neue Reiseroute. Und doch hielt er jenen Alltag nicht sehr lange aus. Schon nach ein paar Wochen fühlte er den Drang, den gesamten Besitz wieder loszuwerden.

Der Balkon hier bedeutet Luxus, das Holzgeländer ist zum Anfassen gut. Zum Halt finden. Gegenüber trotzt die hohe, senkrecht abfallende Felswand, welche die Unterstadt von Fribourg halbkreisförmig umgibt. Ganz oben, hinter glasig kobaltblauem Licht, schwebt der Mond. Anderswo mag es ein Funkeln in der Welt geben, von einem Fluss aus Gold und Flamme, hier ist das flache Rauschen der Saane zu hören, sobald man in die Stille horcht.

Hörst du, Pepo?

Als Eugen seine Hände vom Geländer löst und die schmerzenden Finger knetet, atmet sein Dreizehnjähriger tief ein und aus und sagt auf eine Weise *schön*, als begänne er sich auf der Stelle zu wundern.

1939
Beim Turmdrehkran müssen Eugen und Pepo sich in eine beachtliche Warteschlange stellen. Es ist ein ausnehmend heißer Tag. Anstelle des Gegenauslegers besitzt der Turm-

drehkran einen weiteren Ausleger. An beiden weit in die Luft und über den See ragenden Auslegern hängt eine vergitterte runde Gondel, mit der man in eine Höhe von sechzig Metern gehievt wird. Vorne am Turm kann sich das Führerhaus auf und ab bewegen. Extra für die Landi hat ein ortsansässiges Stahlbauunternehmen diesen zweiarmigen Vergnügungskran gebaut. Rings um den Kran herum gruppieren sich noch weitere technische Merkwürdigkeiten. Jene geheimnisvolle Maschine hätte Eugen interessiert, die das *Rätsel vom Ich* zu lösen vorgibt, obwohl die Sache bestimmt einen Haken hat. Die Bude daneben führt einen Maschinenmenschen vor. Darauf kann Eugen gut verzichten. Auch eine Fahrt durchs Schlaraffenland lockt ihn in keiner Weise. Früher einmal hat er jahrelang ein schlaraffenlandähnliches Leben geführt – wechselweise mit und ohne Magenschmerzen.

Als Pepo ihm auf den Arm tippt und gleich drei Fragen aufs Mal stellt, vor allem aber gespannt darauf ist, was es von der Gondel des Turmdrehkrans aus alles zu sehen gibt, antwortet Eugen so unauffällig er kann: On verra bientôt, mon cher. Il faut avoir de la patience.

Pater Beatus hat ihm die Bahnreise und die Eintrittskarte für die Landi, die Schweizerische Landesausstellung, offeriert, damit er Pepo begleiten könne. Der hat von Zimmer nämlich ein ganzes Britisches Pfund aus Oxford geschickt bekommen, ausdrücklich für diese sicherlich lehrreiche Ausstellung.

Restlos alle kleinen Wünsche kann man sich mit einem Pfund jedoch auch nicht erfüllen. Für eine Bratwurst mit *Bürli* und ein Eis reicht es aber schon. Und statt die teure Schwebebahn zu benutzen, welche als längste Bahn der Welt von einem Ufer des Zürichsees zum andern führt, kann man ja auch mit dem Turmdrehkran in die Höhe fliegen, damit sie am Schluss des Tages noch eine fröhliche Fahrt auf dem Schifflibach machen können. Pepo hat alles genau auskalkuliert. Er kann durchaus gut rechnen, und zwar dann, wenn es sinnvoll ist, sich überhaupt anzustrengen.

Die Warteschlange vor dem Turmdrehkran wird nur langsam kürzer, man muss sich wirklich ganz schön gedulden. Dabei will Pepo nicht bloß aus Vergnügen derart hoch hinauf, sondern dieser Flug hat auch mit seiner Zukunft zu tun. Statt Missionar möchte er nun nämlich Ballonfahrer werden und die Welt von oben vermessen. Eine Kombination beider Berufe wäre das Grandioseste, gibt es aber leider nicht. Noch nicht. Menschen erfinden ja immer wieder etwas, zum Beispiel einen *Fernseher*. So ein Gerät hat Pepo vormittags in einem der vielen Pavillons bestaunt.

Lasst die Libellen ziehen, unschuldige Fremdlinge sind es, hört Eugen plötzlich hinter sich singen, sprechen vielmehr. Er dreht sich um: Das gibt's ja nicht! Sie?! Blum?! Na, so was!

Der Biologe lacht immer noch wie ein Frosch, nur seine Zähne sind etwas gelb und die markanten Augenbrauen grau geworden: Die Freude ist ganz auf meiner Seite, Monsieur. Ich war mir zunächst auch nicht sicher, ob Sie's sind. Da geht man jahrzehntelang eigene Wege, und mit einem Mal steht man wieder beieinander, nimmt unter dem Schweizer Fahnenmeer Zuflucht und möchte sogar für einige Minuten aufwärts streben, nicht wahr?

Eugen weiß nicht so recht, wie er Pepo und Blum miteinander bekannt machen soll. Zum Glück kommen die beiden ihm zuvor.

Nein, das ist mein Vati, antwortet Pepo, als er gefragt wird, ob er der Enkel dieses Herrn sei, und verzieht instinktiv den Mund (kennt er doch zur Genüge, diese Frage!).

Ein alter Wanderfreund bin ich, erklärt der Biologe, Pepos Mimik übersehend, ein Freund, der einst mit deinem charmanten Vater das Matterhorn bezwungen hat, unter anderem. Nicht wahr, lieber Esslinger (Blum schwenkt sein Lächeln von Pepo zu Eugen), oben auf den Gipfeln schwappte die dünne Luft ganz schön über uns zusammen! Natürlich würden wir dieselben Verhältnisse heute noch antreffen, alles kann der Mensch, und handelt er noch so beflissen und beschissen, schließlich nicht ändern.

Man lacht, wenn auch jeder aus anderem Grund. Pepos Lachen gilt dem Beweis, dass die Matterhorngeschichte doch kein Märchen ist.

1939
Ich wünschte, Sie würden mal der Reihe nach erzählen, sagt Leo Landau.

Kühles Brunnenwasser steht auf dem Tisch, die Landaukinder schlafen bereits, zwei und zwei in einem Bett.

Das ist ein frommer Wunsch. Eugen spürt Marga Landaus Blick. Sie strickt und schaut ihn an. Von vorne nach hinten geht eigentlich nicht, fährt Eugen fort, in meinem Kopf ereignet sich immer noch vieles gleichzeitig. Außerdem bin ich von Natur aus ein sprunghafter Mensch. Aber ich kann's schon versuchen, ist ja eigentlich eine Zumutung für Sie beide, wenn Sie immer nur Bruchstücke aus meinem Leben zu hören bekommen, auch wenn es freilich ein unbedeutendes Leben ist. Abgesehen davon, dass ich geradezu froh bin, Zuhörer zu haben. Als erstes, sagt Eugen nach einer kleinen Pause, muss ich Ihnen wohl endlich gestehen, dass ich als junger Mann sehr wohlhabend gewesen bin. Ich hatte mal ein beachtliches Vermögen, ein ganz und gar geerbter Haufen von vielen Millionen Goldmark; mein Vater besaß ein florierendes Unternehmen. Mila kam in Linz zur Welt, sie stammt aus einer anderen Gesellschaftsschicht. Als sie vier Jahre alt war, starb ihre Mutter an Tuberkulose, ihren Vater kennt sie nicht mal dem Namen nach. So wuchs sie bei der Großmutter auf, in Ried im Innkreis. Diese Frau, eine gut katholische Metzgermeisterswitwe, machte es möglich, dass Mila eine kurze Zeit auf eine Klosterschule gehen konnte. Anderweitige Bildung hat Mila nicht, doch ist ihr dadurch vermutlich einiges erspart worden. Gleichzeitig hat sie sich deshalb auch nie in Ausdauer und Genauigkeit üben können. Eine ältere Halbschwester hat ihr dann eine Lehrstelle als Modistin in Wien vermittelt. Begreiflicherweise ging das schief. So ist Mila Dienstmädchen geworden. Bei einem Zahnarzt, ebenfalls in Wien, hat sie erstmals Einblick in das erhalten, was man früher *Kultur* nannte. Aus was für Gründen auch immer hatte sie in jenem Zahnarzthaushalt eine Sonderstellung, das heißt, dass sie sich so viele Bücher aus der Bibliothek des Zahnarztes nehmen durfte, wie sie nur wollte. Tatsächlich ist sie das Lesefieber bis heute nicht mehr losgeworden. Briefe schreiben und Lesen sind übrigens wohl die einzigen beiden Dinge, die sie, seit ich sie kenne, mit Beharrlichkeit betreibt. Auch den Professor hat meine Frau sehr wahrscheinlich von Beginn weg in ihren Bann gezogen. Wir drei waren ja zufälligerweise zur Untermiete in demselben Haus gelandet; der Neckar rauschte quasi durch unsere Betten hindurch. Damals, als Zimmer wegen eines Lehrauftrags in Heidelberg landete, war er noch kein Professor, Doktor schon, er bildete sich darauf aber nichts ein. Da Mila und ich uns unter *Indologie* nichts vorstellen konnten, machte er uns abendelang mit diesem Fachgebiet vertraut, zeigte Fotografien, Kunstkarten, las uns Gandhi und Tagore vor und übersetzte aus dem Stegreif. Ich mochte diesen Menschen, verehrte ihn geradezu. Er hatte nichts Schulmeisterliches, das muss ich sagen, sondern etwas erfrischend Launiges.

Durch den offenen Fensterspalt hört Eugen einige Schafe blöken, die zwischen der Häuserzeile und dem Fluss weiden. Schafe rücken an sehr heißen Tagen nahe zusammen, um gemeinsam zu urinieren. Die Dämpfe der in Ammoniak umgewandelten Pisse kühlen ihre Bäuche, das hat Blum kürzlich erklärt.

Und dann?

Dann erzählt Eugen weiter. Alles, was er den neuen Freunden noch nicht erzählt hat: Wie Mila sich mit Zimmer einließ und bald schon einmal Mücke kriegte. Wie er selbst über eine lange Zeit hin keine Ahnung von der Ernsthaftigkeit dieser Beziehung hatte, auch dann noch nicht, als Pepo sich ankündigte. Wie er selbst nicht immer bei seiner Familie wohnte, weil mal diese und mal jene Umstände getrennte Wohnsitze erforderlich machten. Wie er die Efis auf ihre klapprigen Beine stellte. Wie alles in sich zusammenfiel. Wie sie in Amerika ein neues Familienglück zu finden hofften. Wie Mila sich zurücksehnte. Wie er sich zurücksehnte. Von der Einzigartigkeit des Schönmattenwaghäuschens und der Müllerin in Hagen berichtet er. Von Hänschens Geburt. Und dass ihm, Eugen, nun endlich aufging, dass der Professor in Milas Leben offenbar keine Nebenrolle spielte. Dennoch habe er selbst innerhalb der Familie seinen festen Platz gehabt, einen Platz, der ihm nie streitig gemacht worden sei. Endlich habe der Professor das einfache Haus in Leiheim gekauft, wo Mila und die Kinder während vier Jahren, teilweise unter misslichen Bedingungen und jedenfalls in großer Bescheidenheit, wohnten. Und als alles aussichtslos erschien, erfolgte die Hilfe durch Tensi, und wir zogen hierher. Von diesem Jahr in Fribourg und Milas Umzug nach Ascona haben Sie beide ja das eine oder andere mitbekommen.

So ist es, bestätigt Marga Landau.

Als Mila Ascona verlassen musste, konnte sie bekanntlich ein weiteres Mal bei ihrer Freundin Irma Thrändorf auf dem Frankenfeld unterkommen. Vor kurzem hat sie ihre Siebensachen erneut gepackt und ist von da weitergezogen. Die Frankenfelder Siedlung existiert nämlich nicht mehr. Weil das Reichserbhofgesetz der Partei das Bauerntum zur Blutquelle des deutschen Volkes erhoben hat. Offenbar wird seit ein paar Jahren eine große Anzahl kleiner und mittlerer Bauernhöfe möglichst gleichmäßig über das ganze Land verteilt. Auf diese Weise soll die Gesunderhaltung von Volk und Staat gewährleistet werden. Die ehemaligen sieben Höfe des Frankenfelds sind zur neu erstellten Erbhofsiedlung Allmendfeld geschlagen, alle Felder entwässert worden. Ein ordentliches Schulhaus gehört dazu, ein Gemeindehaus, eine Schmiede und eine Bäckerei, und jedem Haushalt steht ein Mädchen aus dem Arbeitsdienst zur Verfügung. Nun kann einer nur noch ein Bauer sein, wenn er deutsches Blut hat und ehrbar ist. Mit ihren rund fünfzig Höfen und etwa vierhundert Bewohnern gilt die Erbhofsiedlung Allmendfeld als wegweisend für das deutsche Volk.

Für–das–deutsche–Volk!, imitiert Marga Landau Hitlers Gekrächze und fährt mit ihrer angenehmen Stimme fort: Ja, die Mädchen können im Arbeitsdienst praktische Dinge lernen, zum Beispiel, wie man mit einer Hand drei Hühner aufs Mal einfängt, ohne dass einem die Hühnerkacke an den Fingern kleben bleibt. Scherz beiseite, der Arbeitsdienst gehört vermutlich nicht zu den schlimmsten Errungenschaften unseres Heimatlandes.

Das denke ich auch. Mücke, die gerade ihren Arbeitsdienst auf dem Allmendfeld ableistet, wird zwar ganz schön eingespannt, aber sie hat auch das Gefühl, etwas Nützliches zu tun.

Wissen Sie denn, was aus den ursprünglichen Siedlern geworden ist, Eugen?

Die meisten Familien sind abgewandert. Irma Thrändorf gehört zu den wenigen, die dem Frankenfeld treu geblieben sind. Jedem öffnet sie nach wie vor die Tür, ob lästiger Nachbar oder Freund. Aber wie gesagt, Mila wollte nicht länger bleiben, sie vermisste das alte familiäre Frankenfeld. Sie wollte auch nicht mehr nach Leiheim, obwohl das Jagdhaus leer steht, lieber ging sie mit Hänschen nach Lützelbach, das liegt mitten im Odenwald. Da haben wir auch schon gelebt. Bevor wir nach Heidelberg zogen. Wieder sind es Freunde von früher, bei denen Mila jetzt eine Bleibe hat. Wilm und Cläre Abel betreiben ein kleines Naturheilsanatorium und eine Imkerei. Theoretisch sollte Mila sich in der Küche und beim Reinemachen nützlich machen, sie erhält dafür Kost und Logis. Praktisch mag sie es aber nun einmal nicht, wenn man etwas von ihr verlangt. In Ascona hat sie ein wenig das Färben und Spinnen von Wolle gelernt, was den Professor auf die Idee brachte, sie könnte nach ihrer Rückkehr in Deutschland ein kleines Geschäft auf die Beine stellen, um damit ihren Lebensunterhalt zu bestreiten. Doch keiner seiner Berufspläne, die er während all der Jahre für Mila hegte, ließ sich auch nur annähernd umsetzen. Einmal schlug er ihr vor, Perserteppiche zu stopfen, ein andermal sah er sie als perfekte Hebamme. Jetzt soll er Mila vorgeschlagen haben, sich von Wilm Abel zur Masseurin ausbilden zu lassen. Selbst wenn sie sich alle erdenkliche Mühe gäbe, wäre sie dazu nicht in der Lage. Bloß die Anstellung in München, damals, als wir uns kennenlernten, jene Stelle als repräsentierende Unterhalterin, ist ihr auf den Leib geschnitten gewesen.

Mit Ihrer Frau möchte man ja nicht tauschen, meint Leo Landau. Er hat die Brille abgenommen und reibt sich ein Auge. Diese andauernden Ortswechsel, diese Rastlosigkeit. Und dass sich ein Mensch mit Arbeiten derart schwertut. Marga und mir hat es vollauf genügt, nur schon einmal umzuziehen. Fribourg war natürlich ein Glücksfall. Jedenfalls danken wir Gott, dass wir draußen sind und für unseren Unterhalt sorgen können.

Ja, sagt Eugen gläsern, das wehrlose Volk der ungerecht Behandelten ist nicht gerade klein. Und besonders dann, wenn man glaubt, alles richtig gemacht zu haben, gehört man dazu.

Marga legt das Strickzeug beiseite und schiebt es aus dem Lampenlichtkegel: Wie das? Sie meinen sich selbst, stimmt's?

Ich rede von uns, von mir – und auch von Pepo.

Von Pepo?

Mila hat ihm kürzlich geschrieben, dass der Professor sein leiblicher Vater ist. Einerseits scheint mein Junge über sein Ariertum erleichtert zu sein, andererseits fragt er sich nun, ob er seinen Freiplatz im Pensionat aufgeben und ebenfalls nach Deutschland zurückkehren muss. Das möchte er nämlich nicht. Es war ihm ja schon immer bewusst, dass er in allen Fächern besondere Leistungen erbringen sollte, um überhaupt bleiben zu können. Aber das ist schwierig, wenn man vorher nur selten zur Schule hat gehen können. Er kann ja nichts dafür, gescheit ist er schon. Sie, Leo, als sein Englischlehrer und Pater Beatus als sein Religionslehrer haben durchwegs an ihn geglaubt, dafür danke ich Ihnen. Aber beruhigen kann ich Pepo nicht. *Denk ich an Deutschland in der Nacht, dann bin ich um den Schlaf gebracht*, Sie wissen schon. Der rechtskräftige Ariernachweis muss übrigens ernst noch erbracht werden. Im Reich selber. Und die beeilen sich nicht. Zu der ganzen unklaren Situation kommt hinzu, dass Mila und der Professor dem Jungen nicht gestatten, einen Teil seiner Sommerferien in Ascona zu verbringen.

Das versteh ich jetzt nicht, sagt Marga Landau, warum will er nach Ascona?

Weil der Professor im August noch einmal ins Tessin reist, von England aus. Wegen Eranos; er soll wieder reden. Mila wird auch in die Schweiz kommen, und Pepo hat sich gewünscht, Onkel Zimmer einmal noch zu sehen, jetzt, wo sich alles ein wenig anders ausnimmt. Doch der Professor und Mila haben sich dagegen ausgesprochen. Der Junge könnte stören, verstehen Sie?

So was denken Sie, Eugen?

Ja. Und uns, fährt Eugen übergangslos fort, steht die Scheidung bevor, wegen der Kinder; beziehungsweise wegen des Ariernachweises. Nur durch eine vorgängige Scheidung kann in Deutschland eine gerichtliche Arisierung überhaupt eingeleitet werden. Deshalb habe ich mir die erforderliche Blutprobe durch den Berner Gesandtschaftsarzt nehmen lassen und die zur Scheidung nötige Erklärung zu Papier gebracht, eine Erklärung so ziemlich nach dem Entwurf des Professors.

Er hat einen Entwurf geschrieben?, staunt Leo Landau.

Ja. Er kann sich nun mal besser ausdrücken als ich, besser reden, besser schreiben, das ist kein Geheimnis. Er sagt von mir, dass ich mich jeweils mit vollendeten Tatsachen abgefunden hätte. Treffend gesagt, nicht wahr? Tatsächlich habe ich die Ehelichkeit der Kinder aus Liebe zu meiner Frau befürwortet. Mila hat sich Kinder immer so sehr ersehnt. Außerdem war es durchaus auch mein Wunsch, dass Mücke, Pepo und Hänschen sich als meine eigenen Kinder betrachten sollten. Der Scheidung stimme ich zu, da ich den dreien nicht zumuten will, dass weiterhin ein Jude als ihr Vater gelten soll. Nun aber erreicht mich heute Milas Brief, der eine einzige große Anklage gegen mich ist. *Grenzenlosen Egoismus* wirft meine Frau mir vor. Tatsächlich ist es in einem gewissen Sinn Egoismus gewesen, dass ich ihr sechsundzwanzig Jahre meines Lebens gewidmet habe. Gerade dies tat ich nicht aus Schwäche, sondern aus bewusster Verehrung von Milas ganzem Wesen, von ihrem Gespür, wie sie unbeirrt ihre Wege gegangen ist.

Mit gesenktem Kopf spricht Eugen weiter: Es sind nicht immer auch meine Wege gewesen. Und je länger ich mitgehen wollte, je mehr musste ich mich dazu zwingen. Dies ist meine Schuld. Ich kann nichts dafür, dass ich in Düsternis geboren und erzogen worden bin. Freudlosigkeit und Gedrücktheit gehören vielleicht sogar zu unserer Rasse. Jedenfalls bin ich pessimistisch und unentschlossen veranlagt. Bis zu meinem fünfzigsten Lebensjahr gab es kaum einen Grund, Initiative zu entwickeln. Aber als dann das Leben die Forderung an mich stellte, habe ich geleistet, was mir wohl keiner hätte nachmachen können. Viermal habe ich mich aufgepeitscht: Amerika, Frankfurt, Hagen, Fribourg. Aber ich konnte nie alles bewältigen, was ich mir vorgenommen hatte. Vielleicht gilt das auch für das, was ich mir moralisch zugemutet habe. Mila hat es mir sicherlich nicht noch schwerer gemacht, als es eben notwendig und unumgänglich war. Vom Professor kann ich das leider nicht sagen. Trotzdem, niemand von uns kann etwas dafür.

Marga streckt den Arm über den Tisch aus und legt ihre Hand auf Eugens Hand.

Meine Frau, sagt Eugen da und blickt zu Marga auf, sie hat auch geschrieben, dass etwas fehlt, wenn ich nicht dabei bin. Das ist doch sehr lieb. Wie gern will ich ihr das glauben. Und dass es ihr damit ernst ist.

1939
Zimmers Rede über *Tod und Wiedergeburt im indischen Licht* ist hinreißend gewesen. Jahre hat Mila darauf gewartet, im Publikum sitzen zu können. Bei unzähligen Hauptproben ist sie durchwegs die einzige Zuhörerin gewesen; kommen hinzu die paar Radio-Vorträge, die Heinzl in den Zwanzigerjahren gemacht hat, nur zählen die nicht, weil vor lauter Knistern und Knacken kaum etwas zu verstehen war. Selbst seine Stimme klang anders.

Mila steht ganz vorne auf der Terrasse in Moscia und blinzelt über den Lago Maggiore. Die Sonne brennt ihr auf den Scheitel und trocknet die Tränen, noch bevor sie ihr über die Wangen laufen. Drüben in Ascona ist sie in diesen Tagen noch einmal zu Gast. Wieder wohnt sie im oberen Zimmer des bissl baufälligen Turms, der an den Sonnenhof stößt. Spatz hat ihr das Zimmer freigeschaufelt. Wäre nicht nötig gewesen.

Nettie Katzenstein hatte vor knapp zwei Jahren zu Ascona geraten, in der Annahme, dass die Tessiner Behörden ein längerfristiges Bleiberecht aussprechen würden. Aber dem war nicht so. Dass Nettie Katzenstein ausgerechnet

Unterkunft und Betätigung bei Spatz im Turm vermittelte, ist ein Zufall gewesen. Fritz (der Ex-Mann von Spatz) hatten sie nämlich schon vor vielen Jahren kennengelernt. Als jungen Menschen, der vorübergehend in Darmstadt studiert hatte.

Sie hätte es in Ascona bestimmt noch länger ausgehalten, länger als zehn Monate. Interessante, oft ganz nette Leute hat sie hier kennengelernt. Liebesangelegenheiten sind überall auf der Welt zum Ohrenwackeln, ob's die eigenen sind oder die der andern. Im Turm fühlte sie sich ganz kommod. Wo's schon etwas staubig und klapperig ist, da braucht man nicht besonders achtgeben. Bohème-Charakter habe dieses Turmzimmer, fand Heinzl, als er erstmals anreiste. Jedenfalls war es im Winter saukalt gewesen. Die meisten ihrer Besitztümer hatte sie in Fribourg einstellen können; diesmal musste sie Heinzl wenigstens nicht begreiflich machen, dass es sich bei ihren Sachen nicht um Lebensmüll handle. Eugen sorgte dafür, dass sich alles im Keller der Landaus verstauen ließ. Zu Anfang des Frühjahrs brachte Eugen endlich auch Hänschen mit nach Ascona. Marga Landau hatte ihn noch ein paar Wochen in ihrer Obhut behalten, damit sie und Mücke sich ganz der Spinnerei und Färberei bei Spatz widmen konnten. Eugen kam öfters her, es gelang ihm immer irgendwie, eine Fahrkarte für Bahn und Postauto zu besorgen. In den Schulferien und über die Feiertage ist auch Pepo jeweils zu ihr in den Turm gekommen, ihr gewiefter, ihr sanfter Pepo. Was aus dem noch wird? Bis vor kurzem wollte er noch Missionar im Fernen Osten werden. Einer der Patres und Lehrer hatte ihn auf die sagenhafte Idee gebracht; Eugen war auch dafür. Heinzl war dagegen, er habe nichts gegen das Frommsein an sich, finde es aber fraglich, ob die Heiden im Morgenland wirklich mit dem Christentum beglückt werden sollten, wenn dieses im Abendland gerade am Zusammenkrachen sei.

Weiterhin blickt Mila Richtung Ascona. Dass sie nach Deutschland heimkehren musste, war bedauerlich, bedeutete aber keine Katastrophe. Es sei denn, es gebe wirklich Krieg, wie jetzt da und dort gemunkelt wird. Aber vor einem Jahr hat alles noch ganz anders ausgesehen. Sie dachte ja auch, dass Pepo in Fribourg, in Eugens Nähe bleiben würde. Für den Vorschlag des Professors, Pepo von ihrer Halbschwester in Innsbruck adoptieren zu lassen, konnte sie sich nicht erwärmen. Pepo und Eugen in Fribourg, gut so. Sie mit Mücke und Hänschen wieder in Heinzls Nähe, auch gut. Dreimal war er nach Ascona gekommen, blieb jeweils ein paar Tage, aber nie so lange, wie er angekündigt hatte. Wenn er hier war, war es eigentlich traumhaft. Weil sie nichts verbergen mussten, da Spatz, Fritz, Els und auch andere Bescheid wussten. Heinzl und Fritz waren sich gleich sympathisch. Heinzl fand die paar Häusl entzückend, die Fritz gebaut hatte, besonders jene zwei, die durch einen unterirdischen Gang miteinander verbunden sind. Das eine Haus bewohnen Fritz und seine zweite Frau Els, das andere seine erste Frau Spatz, ihr Freund Fred sowie die beiden Kinder von Spatz und Fritz. Auch die Geschichte mit Lenin hat Heinzl gefallen; Fritz und Lenin in Zürich, das muss man sich mal vorstellen! Und Lenin hatte sich von Fritz gewünscht, dass er für ihn Chopin spielt. Und Fritz hatte sich ans Klavier gesetzt und eine Mazurka zum Besten gegeben. Und danach gleich noch eine zweite und eine dritte.

Für Heinzl und sie hat Fritz auf seinem Flügel in Ascona Walzer gespielt. Und sie tanzten. Und anschließend sagte Fritz: Für einen Käfer, welche Lust, an einer Blume baumeln, für Sie, verehrter Freund, welch Glück an Milas Brust, im Tanz dahinzutaumeln, nicht wahr? Sie blickten einander alle an und lachten. Und dann schenkte Fritz Grappa aus.

Nein, den Turm kann Mila von hier aus nicht sehen, das hätte sie sich denken können. Ganz Ascona baut sich davor auf, und sehr hoch ist er auch gar nicht. Aber idyllisch, außerhalb des Gewurls gelegen. Sie musste nur erst einmal herausfinden, wie sie zu später Stunde Wein von den Fässern im Keller des Sonnenhofs abzapfen konnte. Mit einem Schlauchstück ging das bald einmal problemlos. Irgendwie mussten Kälte und Einsamkeit ja ausgetrickst werden. Am Tag kam sie nie auf den Gedanken, einsam zu sein, da gab es genug zu tun im Wolle-Reich von Spatz, im unteren Raum des Turms. Apfelbaumrinde, Wiesenkerbel oder Zwiebelschalen ergeben erstaunlich schöne Farbtöne. Zum Färberwaidblau und dem Grün getrockneter Kastanienblätter hat die helle Mücke gut gepasst. So was hat Eugen mal gesagt, als er ihnen bei der Arbeit zuschaute. Aber streng ist diese Arbeit und jede Stunde hat durchwegs mehr als sechzig Minuten! Öfters ging sie unter einem Vorwand aufs Klo, um eine Zigarette zu rauchen. Oder einfach nach draußen.

Sobald im Frühjahr die ersten Gäste sich im Sonnenhof einquartierten, durften sie das Wasserklosett nicht mehr aufsuchen, nur noch das Plumpsklo. Eugen hielt das Verbot des Hoteliers für kleinlich. Gegen die elementarsten Menschenrechte ginge das, fand Heinzl. Ihn ärgerte es, dass ihnen durch das Verbot auch die Möglichkeit genommen wurde, die leeren Hotelzimmer diskret zu nutzen. Doch sie beschwichtigte ihn: Dafür würden sie immer einen Fleck und eine Möglichkeit finden (und ein Zeitfensterchen mit blickdichten Jalousien). Selbst in Küche und Kammer des Jagdhauses hatten sie sich schließlich zu helfen gewusst; mit der Grammophonplatte *Sieh, mein Herz erschließet sich* hatten sie sich geradezu selbst übertroffen.

Kam Eugen zu Besuch nach Ascona, übernachtete er mal bei ihr im Turm, mal in Spatzens Haus, manchmal bei Fräulein Grein, deren Unterkünfte einfach und originell sind. Einmal verlangte Heinzl, dass Eugen ab sofort ausnahmslos bei Fräulein Grein in ihren ausrangierten Autobussen unterzubringen sei, damit die beiden ausgetrockneten Leutchen zusammenfänden und sie ihn endlich los sei.

Da war der Moment gekommen: Das über all die vielen Jahre hinweg Verschwiegene wollte sie jetzt preisgeben.

Zimmers Augen wurden noch schmaler, sein Gesicht hart. Es dauerte eine ganze Weile, bis er etwas erwiderte. Demnach habe Eugen, sagte er endlich, fortwährend alle um ihn herum zu einer *Lebenslüge* gezwungen! Als sie (Mila, Mücke, Hänschen und er) ihn (Eugen) an der Postautohaltestelle in Locarno abgeholt hätten, sei ihm nämlich aufgefallen, wie Mila Eugen entgegengeflogen sei und ihm einen ehelichen Kuss auf den altgewordenen Mund gegeben habe. Nicht dass er einen Stich von Eifersucht verspürt hätte, aber einen jähen Schreck durchaus. Und jetzt wisse er auch warum: Weil dieser ganze Schwindel bei Mila so tief innen festsitze.

Jetzt braucht sie eine Zigarette. Aber die Tasche! Sie hat sie im Vortragssaal vergessen! Also schnell zurück, nein, besser nicht allzu hastig, sondern schön locker, sich der Lässigkeit der Leute anpassen, diesen Leuten, die nicht die geringste Ahnung davon haben, wer sie ist, warum sie hier ist, wie nah sie ihm, wie unvergleichlich nah sie –

In dem Augenblick, wo Mila den Raum betritt, trifft sie auf Christiane. Die beiden Frauen schauen einander ganz kurz an – und streifen aneinander vorüber, ohne irgendeine Regung, die der anderen sagen könnte: Ich habe dich erkannt.

Die Handtasche hängt noch an der Stuhllehne. Milas Herz kann auch im Hals schlagen, in den Fingerspitzen, an den Haarwurzeln. Dort vorne, ihr den Rücken zugewandt, steht Heinzl. Gerade lässt er seine mächtige Hand auf die Schulter seines Gesprächspartners fallen.

Gegen Abend wird Jung sprechen. Dann kommt sie nochmals hierher. Bis dahin will sie sich ins Grotto Chiodi setzen, Roten aus einem Boccalino trinken und Zigaretten rauchen. Heinzl hat ihr auch noch welche besorgt, bei seinem Zwischenhalt in Paris. Hoffentlich wird er sich jetzt dann bald wieder frei machen können. Aber es kann dauern, das weiß sie zur Genüge. Trotzdem. Die Not und die Traurigkeit. Die haben sie in ihre Mitte genommen, die kann sie so leicht nicht abschütteln. Die hängen an ihr wie die Kletten. Erst recht, seit er mit seiner anderen Familie nach England aufgebrochen ist.

In einer Nacht-und-Nebel-Aktion im vergangenen März verließ Zimmer Heidelberg. Dabei hatte Mila sich noch das Haar schön gemacht, weil sie ihn erwartete. Irgendwann, Tage oder Wochen vorher, hatte sie an Victor Hugo und dessen Geliebte erinnert. Sie könnten sich jene beiden doch zum Vorbild nehmen. Zimmer war ganz und gar Milas Meinung gewesen. Und ihm waren Philemon und Baucis eingefallen, dieses liebe alte Paar, welches zufrieden und anspruchslos in seiner Hütte lebt und zu dem die Götter unerkannt zu Besuch kommen.

1944
Immer noch fällt alles Grün der Wälder in Milas Augen. Und ihren letzten Kuss spürt Eugen auf seinen Lippen. Niemals hat er sich vor ihr geekelt.

1940
Die Luft hat Zähne. Oben im milchigen Herbstblau bewegen sich das Gelb des Ahorns und das Kupfer der Buche, unten geht Eugen die Saane entlang, braun schießt das Wasser an ihm vorüber. Es ist ein Fließen und Fluten in der Welt, in welcher Biber beachtliche Stämme fällen und tote Mäuse oder Ratten streng riechen. Für den Abend sind erneut heftige Stürme angesagt. Dann wird es im Haus der Winde, wo Eugen mit Mila und den Kindern vor einer Handvoll Jahre gewohnt hat, bestimmt wieder girren und knarren, und Zimmers Schritte über die Stiege, dieser Takt der Taktlosigkeit, wären kaum zu vernehmen.

Jetzt bleibt er stehen, horcht. Milas Stimme? Sie plappert etwas, raschelt und redet, sie wiederholt Zimmers Klugscheißereien. Gewiss tut sie es in guter Absicht, meint, diese seien bester Dünger für kleinmütige, mickerige Menschenpflänzchen. Mein Gott, Zimmer hat gut reden auf der anderen Seite des Atlantischen Ozeans. Niemand kann sagen, was ihnen allen noch bevorsteht. Möglich, dass die Menschen unserer Tage wirklich erst am Ufer des Meeres von Leid und Tränen stehen. Er aber, Eugen, schwimmt längst hilflos darin herum, und was da im Laufe der letzten Jahre über ihm zusammenklatschte und ihn zu einem nassen Köter gemacht hat, ist für einen Menschen viel zu viel. Was nützt ihm also Zimmers Belehrung, dass sie alle durch dieses Meer hindurch müssten, weil die völlige Nacht zum Lachen der Götter gehöre? Danke bestens, mit solchen Göttern will Eugen nichts zu schaffen haben!

1940
Das Eigentümliche der indischen Götter und das Schöne an ihnen ist, dass ihnen dauernd die unmöglichsten, anstößigsten Dinge passieren. Wie erhaben sie auch immer sind, so sind sie noch ganz Natur. Darum treibt Zimmer die Übersetzung an diesem Mythos, den er *Roman der Göttin* nennt, voran, auch wenn er ihn womöglich nie veröffentlichen kann. Aber er braucht diese Arbeit, braucht sie für Mila, für sich und für den göttlichen Sinn, der in der Geschichte liegt, braucht sie als einen Mittelpunkt, an den er sich hält wie an alle Bilder ihres gemeinsamen Lebens, die ihm so deutlich sind wie sonst nichts. Denn das ganze Leben hier in diesem Amerika nimmt sich absolut geisterhaft aus. Und daran ändern auch die Leute nichts, frühere und neue Bekannte, die andauernd zu Besuch kommen.

1941
Vorne am Strand lesen Eli, Clemi und Jojo größere Muscheln auf. Gleich werden sie sie zu Christiane in die Holzhütte tragen, um sie zu bemalen. Schiffe, Burgen und Stinktiere sind derzeit ihre Lieblingsmotive, wobei die Stinktiere eine verblüffende Ähnlichkeit mit Katzen und Kühen haben. Aber man will die Buben ja nicht entmutigen. Ganz brav und verständig sind sie, einmal, weil Christiane es so wünscht, und zum andern, weil er als Vater ziemlich schnell grantig und ungeduldig werden kann, wenn er beim Denken oder Lesen gestört wird.

Unamerikanisch ist es auf Cape Cod. Die urwüchsige Natur ohne spießige Geschäftigkeit und ohne erschwindelte Wohlanständigkeit würde auch Mila gefallen. Alles ist Meer und Ozean. Die endlose Weite, die würzige Luft und der spielende Wellenschlag – so hat er sich schönste Landschaften immer geträumt. Hat sie geträumt, seit er sie erstmals erlebte, als junger Mann, an der Nordspitze Dänemarks, dort, wo Nord- und Ostsee einander begegnen.

In diesen Urlaubstagen in wohltuender Menschenleere wird er wieder ganz zum Seehund. Dem Meer ist alles gleichgültig, verstorbene Indianer und scheinbar wichtige weiße Menschen ebenso wie Bomben und Siege. Dabei sind die neuesten Witze der Zeitgeschichte (mit ihrem knallenden Überraschungseffekt) völlig mythologisch. Doch den Russen, diesen stumpfsinnigen Marxisten, geschieht es ganz recht, dass zur Abwechslung mal sie in die Pfanne gehauen werden; schließlich gehören sämtliche verfügbaren Eierköpfe in das Frühstücksomelett des göttlichen Tänzers Shiva.

Heute hat er Thomas Manns neue Novelle erhalten. Die Widmung *dem großen Indienforscher H. Z. mit Dank zurückgereicht* ist anständig. Schmeichelhaft. Ein Zugeständnis. Noch aus Oxford hatte er dem Poeten einen Sonderdruck seines Eranos-Vortrages aus dem Vorjahr geschickt, mit diesem Mythos, der davon erzählt, wie zwei Freunde an einem heiligen Badeplatz ein bildschönes Mädchen sehen und einer der Freunde sich auf der Stelle in die Schöne verliebt und der andere zugunsten seines Freundes mit dem Vater des Mädchens verhandelt, worauf bald Hochzeit gefeiert wird. Und das Paar und der Freund machen sich auf, um die Eltern der Braut zu besuchen. Ihr Weg aber führt an einem Tempel der großen Göttin Kali vorüber. Die jungen Männer betreten einer nach dem andern den Tempel, und jeder haut sich den Kopf ab, der Bräutigam deshalb, weil die

Erleuchtung über ihn kommt, dass man als Zeichen höchster Verehrung der Göttin Kali ein lebendiges Wesen opfern muss, und der andere junge Mann, weil ihn der Freitod des Freundes dazu treibt. Als die Braut endlich selber in den Tempel geht und die beiden Leiber ohne Köpfe in einem Meer von Blut schwimmen sieht, will sie sich aus Gram am nächsten Baum aufhängen. Allein die Stimme der Göttin Kali hält sie davon ab. Angebrachter sei es, spricht die Göttin zur Braut, den Männern wieder den Kopf aufzusetzen. In ihrer Hast vertauscht die Braut die beiden Köpfe. Aber wer gilt fortan als ihr Gemahl? *Unter allen Genüssen stehen die Weiber obenan, und unter allen Gliedern ist das Haupt das höchste*, heißt es. Wer also den Kopf des Ehemannes trägt, der ist auch ihr Gatte. So der Mythos.

Thomas Mann macht aus der blutigen Geschichte eine üppige Story. Zweifellos sind die Beziehungen zwischen Kopf und Körper, Begehren und Erfüllung um vieles trauriger und bitterer, komplizierter und komischer, als die alten Inder es einen glauben lassen. Wie Thomas Mann das Ende weiterführt, ist auch recht gut gelungen, und dass er sich bei ihm bedient hat, das kann man begreifen, da sein Eranos-Beitrag seinerzeit eben ganz gut geraten ist. Andererseits scheint Thomas Mann seinen Lesern und Kritikern verschweigen zu wollen, aus welchen Quellen er geschöpft hat. Geht natürlich gar nicht. Da muss er Abhilfe schaffen, das ist er sich schuldig. In den nächsten Tagen wird er dem *Time Magazine* eine ausführliche Besprechung zukommen lassen, die vorsichtshalber anonym zu publizieren ist. Morgen hat er für die Niederschrift gerade noch keine Zeit, denn morgen wird sich ja Erich Frank hierher verirren.

Fällt ihm ein, dass er und Christiane noch gar nichts gehört haben wegen des Einbürgerungsantrags. Es ist ebenso seltsam wie wahr: Nachdem man allmählich in die offenen Räume dieses weiten Kontinents hineingewachsen ist, geht man eines Tages eine Vorstadtstraße mit Holzhäusern und üppigen Bäumen entlang und weiß mit einem Mal, dass man nie mehr auf Dauer in die engen, bedrängten Gebiete Europas zurückkehren kann, selbst wenn die Atmosphäre, die einen vertrieb, nicht mehr bestehen würde. Unter den unbekümmerten Amerikanern lässt sich nun mal entspannter leben. Man braucht sich nur die Ausläufer anzuschauen, wie sie die Tür ihres Lieferwagens zuschlagen, oder man wechselt ein Wort mit einem Polizisten und bekommt gleich dessen Taktgefühl und gute Laune bestätigt. Hier bedeuten die Ideale etwas. Man darf an dieser Haltung teilhaben, und man ist dankbar, dass man daran teilhaben kann. Auch wegen der reizenden Alice Astor bietet Amerika so viele Vorzüge; wie schon in England lässt sie ihm und der Familie jegliche Unterstützung zukommen. Vermutlich wird er leichter eine Arbeit finden, wenn er nur erst Amerikaner ist. Auch darum haben Christiane und er einen Einbürgerungsantrag eingereicht; er hat ihn mit *Henry R. Zimmer* unterschrieben. Hier empfiehlt es sich, seinen zweiten Vornamen einzubringen, sonst wird man überhaupt nie wer. Über die Einförmigkeit außerhalb der sprühenden Städte könnte er allerdings auch manches erzählen. In dem lautlos Tosenden, wo die schnellen Verkehrsmittel fehlen, kommt rasch Verlorenheit auf, das ist schon richtig. So gesehen kann er das Befinden seines alten Freundes Erich Frank verstehen, der von Wiedersehen zu Wiedersehen noch schattenhafter wird. In Heidelberg haben sie einst eine ganze Menge angeregter Abende verbracht; das war, bevor Christiane in sein Leben trat. Einmal hat Frank sogar eine wirklich gelungene Geburtstagsfeier für ihn arrangiert, ausgerechnet für ihn, der Geburtstagen nichts abgewinnen kann. Später trat Frank dann die Nachfolge von Heidegger in Marburg an. Viel Zeit blieb ihm nicht, Frank gehörte bald schon zu den ersten, die ihre Professur loswurden. Hier ist er ein unbedeutender Assistent an der Harvard University und kann sich mit diesem Job mehr schlecht als recht über Wasser halten. Und dabei hätte er doch Fähigkeiten für ganz anderes!

Morgen, wenn der treue Erich Frank zu Besuch kommt, wird Zimmer ihn ein wenig aufheitern. Bei dieser starken Junisonne wird er sich den Tropenhelm aufsetzen, und sobald Frank ihn kritisch mustern wird, wird er nicht zu unpathetisch sagen: Der Helm, mein Freund, war dabei, als ich in Indiens Dschungeln Yoga trieb und wochenlang auf einem Beine stand, die Arme gen Himmel gereckt, und schwieg (Kunstpause) und schwieg!

1942
Beide Ellbogen abgestützt, löffelt Eugen in Milch eingeweichte Getreide-Flocken. Weil er den Landaus nicht noch mehr zur Last fallen will, bleibt er oben in seinen vier Wänden, obwohl Marga wiederholt beteuert hat, dass er jederzeit willkommen sei. Für ein anderes Frühstück reichen Eugens Mittel nicht. Mittags setzt er sich immer noch gern an den Freitisch der Familie, werktags an das gelbliche Wachstuch, sonntags an die Damastdecke. Auch Pater Beatus lädt ihn immer wieder zu Mittagsmahlzeiten ein. An den stattlichen Eichenholztischen der Franziskaner hat das stumme, von einer Bibellesung begleitete Essen etwas Würdiges.

Mehr als die Vergangenheit und die düstere Zukunft macht Eugen die Armut zu schaffen. Der Mensch wird durch das Budget regiert, doch er selbst kann nicht mal mehr ein Budget aufstellen. Dabei ist es nicht die Armut als solche, über die er fast nicht hinwegkommt, sondern das Schnorren ohne Ende. Und auch Zimmers Behauptungen bedrücken ihn maßlos. Nein und tausendmal nein, niemals hat seine einzige Kraft darin bestanden, Mila nicht loszulassen. Ihr und den Kindern zuliebe hat er in die Scheidung eingewilligt. Und falsch ist auch, dass er Mila seinerzeit in München nur deshalb habe gewinnen können, weil er reich gewesen sei, sie aber als junges, leicht zu beeindruckendes Ding auf dem Pflaster gelegen habe.

Eugen stellt den Teller auf den Boden, damit die Katze der Landaus ihn auslecken kann. Seine Zeit ist noch nicht abgelaufen. Hat dies vielleicht mit der goldenen Uhr zu tun? Er könnte sie verkaufen. Reis, Schokolade und mindestens ein Paar Schuhe aus Kalbsleder würde er sich dafür leisten können. Könnte, möchte, wär, der Traum ist eine Mär. Die Märchen aber haben Patina angesetzt, und vor den Träumen hängen verstaubte, verblichene Vorhänge, so schwer, dass einer allein sie nicht mehr aufziehen kann.

Zimmer hat diese goldene Taschenuhr rechtzeitig an Mila weitergegeben. Als klar war, dass er mit seiner Familie nächstens das Reich verlassen würde. Wie der König von Thule in seinem hohen Saal schenkte er seiner Buhle im lieben Neckartal Haus und Garten, Bücher und Betten, Kleinigkeiten und eine schönste Landschaft dazu, wo sie auf ihn warten sollte in herzlieber Seelenruh. Ob man mit oder ohne Uhr hinausginge, sei einerlei, hatte Zimmer erklärt, aber die, die drinnen blieben, würden eine goldene Uhr nötig haben.

Diese hier trägt das Monogramm von Christianes Großvater. Mila wollte die Uhr nicht. Bei ihrem letzten Treffen, als sie von Ascona kam und am Bahnhof Bern umsteigen musste, hat sie das kostbare Schmuckstück an Eugen weitergegeben. Das war vor drei Jahren. Vor einer Ewigkeit.

1941
In einer Ecke oberhalb der Balkontür gibt es ein Spinnennetz, das Eugen jeweils früh am Morgen zerstört, mit ausgestrecktem Arm, in der Hand das Taschenmesser mit der goldenen Klinge. Wenig später macht die Spinne sich wieder an die Arbeit, Eugen beobachtet sie dabei. Manchmal singt dazu irgendein Vogel ungemein schön. Die Zugvögel sind schon auf und davon.

Die Luft ist feucht, aus der Küche kriecht der Geruch von gebratenem Fisch die Treppe herauf und unter der Tür durch in sein Zimmer. Marga hat zu Leos Geburtstag einen Saibling besorgt. Die Wichtigkeit der einheimischen Fischerei sei, so hat Eugen in der lokalen Zeitung gelesen, nicht mehr von der Hand zu weisen. Während bislang fast ausschließlich Felchen gefischt worden seien, so brächten die Fischer nun auch kleine Hasel, Schwalen, Rotaugen und Rotfedern ans Land. Um sie der Bevölkerung schmackhaft zu machen, wird das Marinieren und Räuchern der Fische empfohlen, da Fett Mangelware ist. Doch Marga hat nicht nur einen prachtvollen Saibling aufgetrieben, sondern auch ein ansehnliches Stück Bratbutter, beides, einmal mehr, über den der Familie so wohlgesinnten Pater Beatus.

Im Haus der Müllerin in Hagen hat Familie Esslinger sich praktisch nur von Sprotten und Bücklingen ernährt, wochenlang; sonntags gab es Schupfnudeln. Gekonnt zerlegte Eugen die Fische (selbst die Sprotten), mit Messer und Gabel, damit Mücke und Pepo sich nicht an den Gräten verschluckten. Wenn der liebe Gott in allem steckt, hat Pepo einmal gefragt und andächtig auf den Teller gestarrt, als Mila ausnahmsweise das Entgräten übernahm, ist er dann auch in diesem zermanschten Fisch?

Nur in Hagen ist Zimmer nie aufgetaucht, geht es Eugen durch den Kopf. (Von Heidelberg nach Hagen war es erstens kein Katzensprung. Zweitens wohnte die ganze Familie Esslinger wieder unter einem Dach, und Eugen war fast immer anwesend, die Sache mit den Sprachklubs war ja vorüber. Drittens stand eine Reise nach Zürich an, wo Zimmer endlich die Bekanntschaft mit Jung würde machen können. Viertens lief es in beiden Zimmerwelten am harmonischsten und krisenlosesten, wenn sie sich für den Moment gar nicht berührten. Denn fünftens hatte auch Christiane wieder einen Sohn geboren, ihren dritten. Clemi war natürlich nicht so ein Wunder wie Hänschen, der gleich selber den Kopf tragen konnte, zwar etwas wacklig, aber er konnte es! Mila indes sollte Stillschweigen über den tatsächlichen Erzeuger der abermaligen Vermehrung bewahren, unter allen Umständen und einem jeden Menschen gegenüber. Im Grunde würde Eugen sich als Alibi bestens eignen, so Zimmers Vorschlag, keinesfalls aber durfte Christiane etwas von Hänschens Existenz erfahren.)

Sehr fein und sehr dicht fällt der Regen. Und fadengerade im Lot. So war das Wetter auch damals, als Eugen die Bergstraße lang- und hinaufging vor exakt sechs Jahren, im Herbst der Nürnberger Gesetze.

Er lag schon richtig damit, warum der Professor ihn zum Essen eingeladen hatte: wegen der Palästina-Pläne, die Mila und er seinerzeit hegten. Einige ihrer Bekannten und Freunde hatten sich bereits ins Gelobte Land abgesetzt, Herbert Goldstein und seine Familie waren unter ihnen. Auch Freund Frieder hatte Berlin schon verlassen. Er selbst bezog in Hagen seit längerem kein Familienfürsorgegeld mehr, das Lügen war ihm zu riskant geworden. Nur die Antwort von Max war jetzt noch abzuwarten, sie hofften sehr, ihr Bruder und Schwager würde ihnen das Geld für die Fahrkarten nach Palästina geben.

Zentralheizung und Kühlschrank, ein Garten mit ein paar älteren Obstbäumen, Pergola und Schwimmbecken gehörten zum neuen Familienreich der Zimmers. Die Hauswirtschaft überließ man nach wie vor der tüchtigen, klugen, nie gesund aussehenden Mitzi; man beschäftigte eine Zugehfrau, einen Gärtner, eine Schneiderin und eine Kinderschwester.

Unübersehbar war im Haus an der Bergstraße das Selbstbildnis von Picasso, ein Dichtervaterhochzeitsgeschenk. Obgleich Zimmer sich von Eugen eine Aufrichtigkeitserklärung erbat, mochte dieser sich zu dem Bild nicht recht äußern. Der junge Picasso wirkte auf Eugen geckenhaft, nein, aufdringlich, nämlich unangenehm siegesbewusst. Mit so etwas konnte er dem Professor natürlich nicht kommen. Das Weiß des Hemdes, sagte er deshalb, also die Farbigkeit des Weiß ist ein malerisches Glanzstück.

Mitzi tischte auf. Gewandt nahm der Professor ihr den Krug mit der Bowle aus den Händen, füllte die böhmischen Gläser randvoll, verteilte sie und redete gleichzeitig nach allen Seiten hin. Selbst Mitzi zog er ins Gespräch (was Christiane nicht sehr zu gefallen schien). Sie wissen, sagte Zimmer zu ihr, ich bin auf die Welt gekommen, um den Menschen das Genieren abzugewöhnen. Haben Sie gestern Abend etwas Schönes erlebt? Erzählen Sie, Mitzi!

Eugen sah für den Bruchteil einer Sekunde seine Mutter vor sich, wie sie einer Hausangestellten ins Gesicht schlug.

Man sprach auch kurz über Mücke, als Christiane nach oben ging, um den Buben Gutenacht zu sagen. Der Professor gab seiner Verwunderung Ausdruck, dass Mücke im Lesen und Schreiben kaum Fortschritte machte. Dumm sei sie keineswegs, darin war man sich einig, faul auch nicht.

Sie ist eben erst zehn, meinte Eugen, man muss ihr noch etwas Zeit lassen.

Zehn, und doch schon eine große Hilfe! Ohne Mücke wäre Mila wohl ein wenig aufgeschmissen, raunte Zimmer.

Denke ich eher nicht, Mila weiß sich immer zu helfen. Aber dass Mücke so schreckhaft ist, gefällt mir nicht. Dies freilich könnte sie von mir haben.

Gut, sehr gut!, lachte Zimmer.

Dass er und Christiane ebenfalls eine baldige Auswanderung in Betracht zogen, wurde mit keinem Wort angedeutet. Obgleich Zimmer in bester Redelaune war. Eugen betrachtete ihn derart ungeniert, wie er es nie zuvor getan hatte: die gebräunte Haut, das zurückgefegte, sich noch leicht bauschende Haar, die hohe und runde Stirn, die zottigen Brauen über den schiefen Lidern. In schmalen Augenspalten, an deren Winkeln tiefe Falten strahlenförmig wegliefen, standen gewöhnliche Augen. Und der Mund war eine Öffnung, ein Riss eines Urwesens, *Urmünder*, dachte Eugen, und *Springschwänze*, und er wunderte sich über diese Begriffe aus dem Nichts, die ihm da von irgendwoher zufielen und mit denen er weiter nichts anzufangen vermochte, auch weil Zimmer nun laut und eruptiv lachte, wobei seine Kiefer weit auseinanderklafften. Sprach er dann wieder, so strömte und strömte es. Dabei kam er vom Hundertsten ins Tausendste, um irgendwann wieder zum Ausgangspunkt zurückzukehren. Dies allerdings war verblüffend. Nur wenn er zur Abwechslung zuhörte, schnappten seine Lippen zu, das Gesicht verfestigte sich, und er sah mit einem Mal anspruchslos aus. Insgesamt wirkte der Professor unprofessoral. Eugen musste rasch an das weiße Sommerstoffhütchen denken, welches er im Jagdhaus einmal vom Boden aufgelesen und das, wie sich herausstellte, keinem der Kinder gehört hatte.

Neben der Friedfertigkeit der Eheleute fiel Eugen vor allem auf, wie oft Christiane ihren nun doch schon seit einigen Jahren toten Vater einbrachte. Viel zu viel *Papa* geisterte hier noch herum, Eugen hätte sich nicht gewundert, wenn Hofmannsthal plötzlich hinter dem senfgelben Vorhang hervorgetreten wäre, möglicherweise sogar in jener Kniebundhose, die nun in seinem Besitz war, bestimmt aber tadellos, tadellos wie ein Rosenkäfer.

Und nun sollte er das Blumenaquarell von Emil Nolde zu sehen bekommen. Der Meister selbst habe es ihnen zur Vermählung geschenkt, erklärte Zimmer. Die Bekanntschaft mit Nolde sei über seine Mutter zustande gekommen, die sich einst zur selben Zeit wie das Ehepaar Nolde in Bad Nauheim aufgehalten habe. Man habe sich auf Anhieb gut verstanden, sei sich freundschaftlich verbunden geblieben, keine Freundschaft um eines Vorteils willen, das verstehe sich, denn seiner Mutter hätten Machenschaften gleich welcher Art immer ganz fern gelegen.

So musste Eugen Mitzis Petersilienkartöffelchen einfach liegen lassen, hinter dem Professor die Treppe hinaufgehen und vor Noldes Bild im ehelichen Schlafzimmer treten. Schön war es, wahrhaftig schön.

Beachten Sie, wie alle Form sich neu und wie neugierig umsieht, jungen Tieren an einem Schöpfungsmorgen gleich, forderte Zimmer mit leicht geneigtem Kopf.

Eugen war etwas ratlos. Daher stellte er eine einfache Frage: Sind das nicht Nachtkerzen?

Schon möglich, so was in der Richtung wohl schon, keine Blume zu klein, um Sujet zu sein, meine ich. Jedenfalls sind die Noldes ein ideales Paar, zwei unbeschreibliche Menschen, denen nichts zu klein ist.

Und als sie zu den Kartöffelchen zurückkehrten, die bedauerlicherweise bereits abgeräumt waren (und hatten nicht auch noch ein paar Erbsen danebengelegen?), gab Zimmer eine Anekdote zum Besten, wonach die gute Ada Nolde früher einmal mit einer zahmen Gans und einem Bernhardiner von Cabaret zu Cabaret gezogen sei, mit dem Erlös aber bei weitem nicht mal für die Farben habe aufkommen können, welche ihr Mann täglich verbrauchte.

Ein weiteres Mal fühlte Eugen sich etwas hilflos. Es gefiel ihm aber, dass Mitzi nun Chianti und Gorgonzola auftischte. Ihr Mann, so Christiane, habe beides besorgt, um ihrem speziellen Gast erstens eine einfache Freude zu bereiten und zweitens mit dem Hintergedanken, Eugen möge wieder Geschmack an Italien finden. Ja, statt mit der Familie nach Palästina auszuwandern, ergänzte der Professor, sollte Eugen frischweg nach Mailand fahren. Es sei doch nicht unwahrscheinlich, dass Tensi ihm eine Arbeit vermitteln könne, jedenfalls würden sie das Geld für eine Italienreise sowie für einen allenfalls einzuplanenden längeren Aufenthalt noch so gern erübrigen; Zimmer schickte eilends einen freundlichen Blick zu Christiane.

Unbeweglich steht Eugen an der Balkontür und blickt hinaus. Der Regen hat etwas nachgelassen, wenigstens scheint es so. Zu dumm eigentlich, dass er sich immer noch mit dem Professor beschäftigt. Das muss daher kommen, dass Mila ihn in ihren viel zu seltenen Briefen noch und noch zitiert.

Alle Begegnungen würden Spuren hinterlassen, hat Zimmer vor wenigen Wochen aus Amerika geschrieben, aber in der Mitte dieses Zirkels aus nahen und weiten Kreisen stehe jemand, der die entscheidende Verwandlung an uns bewirkt habe.

Eugen ist sich nicht sicher, wer das in seinem Fall gewesen ist.

1943
Seine Gedanken sind jetzt oft wie Fledermäuse: Sie schwirren geschwind vorüber oder hängen sich kopfüber in die Schädeldecke, kacken oder gebären ihre Jungen, fangen diese mit den eigenen Flügeln auf.

Bestimmt würde Mila jede Woche eine Nachricht schicken, wenn es nur möglich wäre. Womit schlägt sie ihre Einsamkeit tot? Mila und ihr primitives Häuschen hoch über dem graugrünen Neckar. Drinnen sieht es wohl wie in einer Räuberhöhle aus. In seiner Kammer macht es stets den Anschein, als ob er sich selber einen Antrittsbesuch abstatten würde. *Io soffro, io soffro assai*, ich leide, leide. Weil ich dir so fern bin. Doch wenigstens brauchen Mücke, Pepo und Hänschen keine Anfeindungen mehr zu erleiden. Endlich sind sie beglaubigte Arier. Was haben Arie und Arier eigentlich miteinander zu tun? Das ist so eine typische Mücke-Frage gewesen. Eugen wollte seinerzeit keine Antwort einfallen, während Mila hoch und heilig versprach, bei nächster Gelegenheit den Professor zu fragen. Sie hat öfters Dinge versprochen, die sie nicht hat halten können, und das haben die Kinder ihr meistens übel genommen. Manchmal spielte Mücke die Verständige, jetzt befasst sie sich in München endlich mit der deutschen Rechtschreibung, während Pepo in Mannheim eine

Schlosserlehre macht. Und Hänschen? Der schlägt wohl Ameisen tot (mit einem flachen Stein macht's Spaß) oder streift mit einem Pfeilbogen durch die Gegend und bleibt überall stehen, wo es irgendein Fahrzeug oder Flugzeug zu sehen gibt. Derweil sitzt Mila auf der Terrasse und raucht. Ab und zu steht sie auf, geht ein paar Schritte und wirft eine Kippe über den Abhang. Die Fenstertür ist offen, das Grammophon läuft. Puccini womöglich.

1942
Heute gibt's Bubenspitzle, sagt Marga Landau beschwingt und stellt die dampfende Schüssel in die Mitte des Tisches. Die drei älteren Landau-Kinder kichern, während der kleine Michel weiter mit dem Löffel an ein Stuhlbein klopft und Eugen still von der Schüssel zu Marga, dann zu Michel blickt. Leo Landau hat sich bereits zum Tischgebet eingeknickt, das er gleich hersagen wird.

Ich glaube, fährt Marga an Eugen gewandt fort, Bubenspitzle heißen sie bloß bei uns in Böblingen. Seit Ewigkeiten, so scheint es mir jedenfalls, habe ich keine mehr gemacht. Kartoffeln, Mehl und Eier kommen mit den Rationierungscoupons hin, und Pater Beatus hat noch ein Stück Gruyère beigesteuert. Den geriebenen Käse über die Bubenspitzle, kurz in den heißen Backofen, und fertig!

Ein Segen sind diese Mittagsmahlzeiten, segensreich wie die stete finanzielle Unterstützung durch die Kultusgemeinde. Jede Woche erhält er zwanzig Franken, ganz entscheidend hat er dies Nettie Katzenstein zu verdanken. Zwar reichen zwanzig Franken nirgends hin, der Betrag ist aber vermutlich dafür ausschlaggebend gewesen, dass die Eidgenössische Fremdenpolizei sein Gesuch um Verlängerung der Aufenthaltsbewilligung in Fribourg gutgeheißen hat.

Mücke hat ihm zum Jahresbeginn so viel Glück als möglich gewünscht. Zwei Wochen ist ihr Brief unterwegs gewesen, und die Zensur hat wie üblich mitgelesen, hat Briefbogen und Briefumschlag mit einer achtstelligen Bleistiftzahl versehen. Es liege so viel Schnee, dass der Weg ins Dorf anstrengend sei und müde Beine mache, schreibt Mücke in fahriger Schrift und voller Fehler, über die Eugen hinwegliest. Sie trage jetzt die Pelzmütze, die Mutti damals in Brüssel, noch vor dem Weltkrieg, für sich gekauft habe. Alle Leute lachten, denen sie mit dieser Mütze begegne, was sie selbst wiederum lachen mache. Leider könne sie mit der Chemieschule nicht schon zu Ostern, sondern erst im Herbst beginnen. Bis dahin habe sie noch Zeit, ihre mangelhafte Schulbildung nachzuholen.

Eugen umfasst sachte Michels Hand, damit er mit dem Löffelschlagen aufhört, und blickt aus den Augenwinkeln zu Leo Landau hinüber, der eben das Tischgebet zu Ende spricht: *Vom Schöpfer, der das Leben weckt, kommt alles, was wir haben.*

Und das, was wir nicht oder nicht mehr haben?

Jedenfalls sehen die Bubenspitzle in etwa so aus wie seinerzeit in Hagen die Schupfnudeln, die er in der Küche der Müllerin für seine Familie zubereitet hat. Wie gut diese hier schmecken, wie köstlich, und kein Zähnedrücken, wie wohltuend. Eine kleine Tagesfreude ist allemal besser als keine Tagesfreude. Ach, es wäre Eugen ein Bedürfnis, in puncto Bubenspitzle etwas klarzustellen: Von Minderjährigen hat er sich allezeit ferngehalten, sofern er jenen Burschen in Drammen nicht mitzählt, der behauptete, dass ein Norweger schon mit achtzehn Jahren volljährig sei. Stets war Eugen darauf bedacht, keinen jungen Menschen mit seiner Neigung anzustecken. Weil Kindern unbedingter Respekt gebührt. Weil sich in ihren Körpern eine heile Welt verhüllt. Weil die heile Welt in den bunten Farben des Malers mit den blauen Pferden aufleuchtet. Weil er, Eugen, sich vor dem Dunkel immer schon gefürchtet hat, längst bevor er Franz Marc kennenlernte. Weil Schwarz einhergeht mit Erniedrigung und dem Bösen oder, wie er immer mehr glaubt: Schwarz ist der Abstieg in die Hölle und steht nicht etwa für das Königreich, wie die Kabbala dies lehrt. Was hat er mit dem Judentum und den spukhaften Träumen der Kabbalisten denn noch zu schaffen? Mysterien gibt es vielleicht in Australien oder in Japan, nicht aber im Abendland, zumindest an keinem Ort, wo er je gewesen ist.

1943
Seit Zimmer von Mila vollständig abgeschnitten ist, kommen selbst die Landschaften nicht mehr an ihn heran. Dabei haben sie ihm immer etwas bedeutet. Doch jetzt schaut er Landschaften nur noch wie ein Thermometer oder ein Zifferblatt an – aha, schönstes Wetter –, und je länger er sie betrachtet, desto irrealer werden sie. Keine Briefe mehr an Mila, keine Briefe mehr von Mila. Den letzten erhielt er vor etwa einem Jahr. Eine ganze Weile hatte man sich noch über Fritz, Els und Spatz schreiben können. Als dann auch Amerika zu den Waffen griff, wurde es zu gefährlich, über das neutrale Ausland zu korrespondieren. Einmal noch hat er an Els und Fritz geschrieben. Dass seine Familie in Amerika wohlauf sei und so weiter. Und dass sie *M.* grüßen sollen. Er zweifle keinen Augenblick daran, sollten sie Mila ausrichten, dass sie sich im Jagdhaus oder oben in der verzauberten Wildnis von Corafora oder bei den Freunden in Ascona wiedersehen würden, äußerlich

vielleicht ein bisschen älter, aber im Wesen und Wesentlichen ganz unverändert.

Gegenwärtig ist er sich nicht mehr so sicher, ob das noch geschehen wird. Insgesamt fühlt er sich, als wäre er definitiv in einen anderen Lebensabschnitt getreten.

Früher, auf der anderen Seite der Welt, als sein seltsames Leben mit dem anwachsenden Reichtum seiner Beziehungsfülle ihm manchmal über den Kopf zu wachsen schien, früher ist ihm selten flau gewesen. Irgendwann begriff er, dass alles auf ihn ankomme. So hielt er das Gleichgewicht. Er versuchte, dieses merkwürdige Ganze mit seinen zufälligen Umständen (Gerty) zu akzeptieren. Jetzt ist ihm klargeworden, dass er ein Opfer hat bringen müssen. Und das hat maßgeblich mit Gerty zu tun; Gerty hat ihm eine Wahl abverlangt, zwar nicht explizit, aber unmissverständlich. Über all die Jahre hinweg. Auch noch in Oxford. Ihretwegen hat er den wesentlichsten Teil des Ganzen geopfert. Und deshalb kann er sich an Mila und seiner anderen Familie nicht mehr beleben. Andererseits, das muss er sich doch auch immer wieder sagen, bleibt Shivas Regie unübertroffen. Und dazu gehört, dass er ab Frühjahr an der Columbia University eine Anstellung hat, vorerst für zwei Semester, als Gastdozent für Indische Philosophie und Religion. Wenn er nur mal mit dieser Arbeit angefangen haben wird, sollte er aus der Betäubung aufwachen. Kommt hinzu, dass sich manchmal jemand in diesem irreal anmutenden Amerika als real entpuppt. Real und reizend. Irgendein weibliches Wesen. Und das Dasein ist für eine Weile schön, der Regen prasselt an ein Fensterglas, der blaue Himmel treibt wohlgeformte Wolken, und ein Stück Landschaft will erobert sein, und die Sonnenuntergänge sind zum Lecken. Doch dies alles gehört in die *Glutenkiste*, wie Kurt Schwitters, der unsterbliche Dada und Schöpfer Anna Blumes, vor langer Zeit gesagt hat.

1943
Blätterschatten sprenkeln Eugen. Mehlgesichtig sitzt er auf der Ruhebank. Er hustet und ist müde, müde vor allem. Mit der Handkante wischt er die Birkensamen auf der Bank zu einem winzigen Häufchen zusammen. Überaus langsam tut er das. Einige Samen bröselt er in die andere Hand. Winzige geflügelte Gebilde sind es. Als Eugen erneut husten muss, zerstäuben sie, fliegen davon. Der Professor ist tot. Gestorben schon vor Monaten.

1942
Und was bleibt von uns übrig, wenn all unsere Säfte eintrocknen, das Haar von der Haut, die Haut vom Fleisch, das Fleisch von den Knochen fällt? Lösen die Sinnesorgane und die Empfindungskraft und das Hirn mit all seinen Reichtümern sich auch auf?

Marga Landau reicht Eugen erst die Haarnadel und die Schüssel, dann den mit Sauerkirschen gefüllten Korb: Man geht nicht weg. Ich glaube, man legt einfach nur sein Kleid ab.

Eugen mag das Entsteinen von Kirschen. Am Ende, sagt er und zupft schon die ersten Stiele von den Früchten, bleiben womöglich doch nur unsere falschen Zähne übrig.

Ach was, entgegnet Marga Landau freundlich. Andererseits, lieber Eugen, gibt es sicher auch Versteinerungen von Gebissen. Was sind denn schon zehntausend Jahre?

1941
Weil die Schweizer Männer Gewehr bei Fuß an der Grenze stehen, ist ihre Nationalmannschaft auf gut Glück zusammengestellt worden. Die Mannschaft der Deutschen hingegen besteht aus ausgesuchten Spielern unterschiedlichster Gebiete, und es ist nicht weiter verwunderlich, dass diese Mannschaft in der laufenden Saison bisher ungeschlagen geblieben ist, durchtrainiert, wie sie ist. Doch an diesem Nachmittag wendet sich das Blatt, nachdem der Schweizer Torwart den letzten Eckball der Deutschen souverän gehalten hat und damit die allerletzte Chance zum Ausgleich vertan ist.

Als ginge es um Leben und Tod. Um Leben vor allem. Die Freude der dreiunddreißigtausend Zuschauer ist überbordend. Selbst Leo Landau und seine Buben Igi und Flo stimmen in den stürmischen Beifall ein, in den Jubel darüber, dass die Schweizer die Deutschen besiegt haben, und dies ausgerechnet am Tag von Hänschens (und Führers) Geburtstag. Und jetzt wird das Spielfeld von den Zuschauern besprengt, man drängt zu den Siegern, ungeachtet der wiederholten Lautsprecherdurchsagen. Keiner denkt daran, den grünen Rasen zu schonen, man will die roten Spieler auf Händen zu den Kabinen tragen, ihnen möglichst nahe sein, an einem derart geschichtsträchtigen Tag.

Auch auf den Stehplätzen wird von allen Seiten her gedrückt und geschoben, Eugen kann nicht einfach stehen bleiben. Keinen Moment denkt er daran, nochmals einen Blick zur gegenüberliegenden Tribüne zu werfen, wo zu Beginn der Partie Gesandte aus dem Reich ebenso wie manche Schweizer den rechten Arm hoben, während sich schräg darüber dunkle Wolkenstreifen formierten. Walrippen, war Eugen dazu eingefallen, gestapelte Schwarzbrotschnitten, Brot und Spiele.

Das Gepuffe macht es unmöglich, ein selbstgewähltes Ziel anzupeilen. Offensichtlich strebt der Riesenschwarm dem nicht mehr als zwei Meter breiten Ausgang zu. Leo Landau und den hochgewachsenen Igi glaubt Eugen etwas weiter vorne ausmachen zu können, doch Flo ist weg, vorhin hat er gerade noch neben ihm gestanden, wo ist er denn? ... Dort! Sein bunter Ärmel ... um Himmels willen, gestrauchelt ist er!

Mit den Ellbogen rudernd und laut *pardon!, pardon!* rufend, nimmt Eugen den Kampf gegen den Strom auf. Um alles in der Welt muss er diese lächerliche Strecke überwinden. Und für die Dauer von ein paar Lidschlägen erinnert Eugen sich, irgendwann in eine ähnliche Situation geraten und erfolgreich gewesen zu sein, in seinem früheren Leben, ungefähr zu der Zeit, als er erstmals alleine ohne Führer und ohne Seil einen Grat hinunterkletterte und fröhlich und ruhig war, weil er auf jener Tour begriffen hatte, dass es langweilig und ermüdend ist, hinter einem Führer herzulaufen. Damals, als der spitze Bleistift und die peinlichen Details längst schon seine Freunde geworden waren und er noch die Hoffnung hegte, eines Tages leichte Schultern zu tragen. Und so wird er auch jetzt, Alter hin oder her, Flo erreichen können, ihn packen, emporheben und den Bub bis zum Ausgang und von dort ins Freie tragen, weil es ein Wink des Schicksals war, Leo Landaus Einladung nicht abzulehnen. Als hätte er geahnt, sich endlich wieder einmal als nützlich erweisen zu können, er, ein Verlierer hüben wie drüben, und er, dem Fußball so fremd ist wie ein ägyptisches Schriftzeichen oder eine Wursterei oder was auch immer, er hat Leo Landau und seine beiden

Ältesten trotzdem in dieses Stadion mit dem merkwürdigen Namen *Wankdorf* begleitet, nur um diesem kleinen –

1943
Ein Mensch hat ihn hierher geführt. Ihm die Tür aufgehalten. Das Mobiliar des Gasthauses ist rustikal. Man spricht Spanisch. Eugen kann kein Spanisch. Statt sich zu setzen, zu essen, zu trinken oder sich auszuruhen, steht man im nächsten Augenblick wieder draußen auf der Landstraße. Der Mensch und er ausgangs des Dorfes. Noch ein paar niedrige, einfache Häuser. Bald ein mäandernder Weg. Dann ein schnurgerader Pfad, der zuletzt über einen Damm führt. Es ist wohltuend warm. Und es ist hell. Die Blätter flüstern, ein Lüftchen trägt das Flüstern von einem fort. Träge zieht ein Fluss auf der einen Seite des Damms, träge wie der Huron River in Ann Arbor. Lovers' Lane, *never thinking of the sea*, nein, bloß nichts denken. In den Fortgang der Träume soll man sich nicht einmischen. Schon steht Eugen allein auf weiter Flur und keine Morgenglocke nur, nur ein Knistern und ein glockenspieliges Sirren. Federleicht und sehr beweglich fühlt er sich mit einem Mal. Und sieht erst jetzt das königsblaue Wasser auf der anderen Dammseite, das über die ganze Weite fließt und Goldsplitter schaukelt, so herrlich wie sonst nichts. Nichts je war. Zum ersten Mal seit langer Zeit weint, schluchzt er. Die Schönheit der Welt hat ihn getroffen. Die Schönheit der Welt, die in ihm schlummert.

1944
Sehr geehrte Frau Esslinger!
Nun muss ich meine Nachricht von kürzlich durch die traurige Mitteilung ergänzen, dass Ihr lieber Malerfreund

gestern Abend gegen neun Uhr sanft entschlafen ist. Ich hatte ihn wenige Stunden vorher noch besucht. Ich tröstete ihn mit dem Hinweis auf die religiöse Hilfe, die ihm von uns und von mehreren anderen Klöstern der Stadt geleistet würde. Da dankte er voll Innigkeit und sagte: *Sie wissen, dass ich daran glaube.* Eine Herzkrise hat schließlich seinem Leben ein Ende gemacht.

Seine Kinder werden gewiss ihren edlen Vater in treuem Andenken bewahren als einen aufrechten, redlichen Mann. Er war voll anhänglicher Liebe an seine Heimat, trotz so vielen Leids, und ließ sich durch keinen Vorteil von seiner Überzeugung abbringen. Seine vertrauensvolle Hingabe an Gottes Erbarmen hat ihm die letzten bitteren Stunden erleichtert und wird ihm – so hoffe ich zuversichtlich – die Pforten der ewigen Herrlichkeit geöffnet haben.

Ihnen, verehrte Frau Esslinger, bleibt die beglückende Erinnerung an die Freundschaft dieses edlen Mannes und die Hoffnung auf das Wiedersehen in unzerstörbarer Seligkeit.

Mit stillen Grüssen
Ihr ergebener Pater Beatus

1903
Mit der Messerbank, einem Täubchen aus Silber (erworben in einer sentimentalen Anwandlung in Karlsbad), beschwert Eugen die eine aufgeschlagene Buchhälfte. Dann spitzt er mit dem Taschenmesser den Bleistift an, zieht sein kleines Heft aus der Innenseite des Jacketts und liest den Satz noch einmal, bevor er ihn Wort für Wort abschreibt: *Der Mensch neigt sich der Religion zu, wenn er müde und alt wird, wenn er seine physischen und geistigen*

Kräfte verloren, wenn er nicht mehr genießen und denken kann.

1944
Noch habe ich einen Körper. Und noch arbeitet er leidlich. Natürlich sind die Harnschwäche und das springende Herz kein Vergnügen. Und die Vergesslichkeit schmerzt. Tage und Jahre schieben sich übereinander. Würde ich mich erinnern können, würde ich unseren Hochzeitstag feiern. Das Wetter hatte eine Farbe und einen Geruch. Völlig anders als hier an der Saane. War es Mai oder September? Viel zu warm jedenfalls. Plötzlich gab es einen Platzregen. Jemand spielte Akkordeon. Mila war stehengeblieben. In unserer Nähe lehnte ein Mann an einem Kandelaber. Ich weiß noch, dass es so aussah, als hätte er kein Gesicht. Sein Ohr lag am Instrument. Vielleicht hat es aber gar nicht geregnet. Meine Augen sind immer noch gut, sehr gut sogar. Ich lese jeden Tag. Und ich schreibe so einiges in mein Lektüreheft. Gerade weil ich immer mehr vergesse. Was nicht äußere Welt ist, sehen wir nicht. Aber wir spüren seine Gegenwart. In uns selbst und in andern. Seltsam, wie man an dem hängt, was man sieht. Ein Same müsste man sein. Ein Same von einer Birke zum Beispiel. Zu Boden segeln und sich irgendwann wieder erheben. Um nochmals da zu sein. Auf eine andere Weise. Der Krieg wäre vorüber und mein Pepo wohlbehalten zurück. Er würde als Schlosser arbeiten, und Mücke hätte auch einen Beruf. Muss sie haben, selbst wenn sie heiraten sollte. Und mit Hänschen würde ich lesen und rechnen. Wieder und wieder würde ich in Leiheim aufkreuzen. Bin immer noch gut zu Fuß, etwas langsam, aber ganz wacker. Aufschießen und blühen. Würdest du für andere blühen, so würde ich das auch

ertragen müssen. Wo hab ich das denn mal aufgeschnappt? Ertragen ist viel, Leben mehr. Für die gegenwärtige Situation bin ich alles andere als optimistisch. Deutschland muss mit noch furchtbareren Zeiten rechnen. Unser Volk steht vor dem Untergang. Der Hass wird sich nach Friedensschluss in der Welt sammeln und ein Ventil finden wollen. Für seinen Wiederaufbau wird Russland Arbeitskräfte von Deutschland fordern. Diese Arbeitskräfte werden Arbeitssklaven sein, niemand wird sie schonen wollen. Gelernte Facharbeiter werden besonders gesuchte Leute sein. Man wird auch Pepo haben wollen. Vor der militärischen ärztlichen Untersuchung meinte er noch, dass die hoffentlich merken würden, dass er nicht zu gebrauchen sei. Natürlich wurde er für diensttauglich erklärt. Nun wundert er sich, dass er so viel aushält. Wie ich seinerzeit. Interessant sei höchstens, was für starke Kerle schon zusammengebrochen seien, hat er geschrieben. Mila weiß sehr gut, was es mir bedeutet, von ihm zu hören. Sie schreibt mir aus seinen Briefen ab. Sechs Zigaretten erhält er pro Tag und kann noch sechzig als Marketenderware beziehen. Davon schickt er jeweils welche an Mila. Sagt sie. Wie sage ich's ihr, dass sie den Jungen verstecken soll, sobald er Urlaub bekommt? Vielleicht könnte sein früherer Chef ihr dabei behilflich sein? Oder der Bruder des Professors? Oder sonst jemand aus dessen einflussreichem Bekanntenkreis. Aber die wissen ja nichts von den Kindern. Zwischen dem Nichtsagen und dem Vergessenwollen liegt ein Universum. Hänschen meint immer noch, ich sei sein richtiger Vater. Das Sandkorn. Jenes Sandkorn in der Posaune. Wie war das schon wieder? Vielleicht wäre es möglich, Pepo in die Schweiz zu bringen? Dies freilich wäre ein Glücksfall. Doch mit dem Glück lassen sich keine Geschäfte machen.

Man muss es ausbrüten. Dafür Federn lassen. Kopf und Kragen riskieren. Die eigene Haut abstreifen. Dort drüben huscht ein Eichhörnchen den Baumstamm hinauf. Possierliche Tierchen. Die Ahnungslosigkeit der kleinen Lebewesen ist erschütternd. Im letzten Winter hingen Seidenschwänze wie Weihnachtsschmuck an einem einzigen Baum. Es muss aber nach Weihnachten gewesen sein. Aus Sibirien seien sie eingeflogen, erklärte Blum mir. Seine gelegentlichen Besuche tun mir gut. Wir sitzen uns im Bahnhofbuffet Fribourg gegenüber. Wir sprechen hin und her, zwischen uns zuerst zwei Teller Suppe, dann Sensler Rösti. Jedes Mal Suppe und Rösti. Weil mir das schmeckt. Blum lädt ein, und zum Schluss offeriert er einen Kaffee mit einem Schuss Schnaps. Über die ganze Schweiz verteilten sie sich, hat er gesagt, die Seidenschwänze. Schöne Vögel. Bis nach Sibirien bin ich nie gereist. Auch nicht nach Moskau. Emil Gumbel erzählte einiges, als er von Moskau zurückkam. Ist auch lange her. Wie es Emil Gumbel wohl geht? Über welche Ecken läuft meine Verwandtschaft mit ihm schon wieder? Bring ich nicht mehr zusammen. Vergessen ist nicht nur schlecht. Die Spatzen zwitschern das ganze Jahr über. Wer heißt schon wieder *Spatz*? Ich darf die Kinder nicht überhören, nicht ihr Lachen. Auch nicht ihr Weinen. Und wie geht es Emma? Und wie Max? Und Bertas Kindern und Kindeskindern? Es war einmal eine Familie. An Pepo darf ich gar nicht denken. Was möchte ich denn wissen? Ahnen ist schlimmer. Und was ist wohl aus den Grünpeters geworden? So ein kultiviertes und lustiges Paar ist mir selten begegnet. Früh genug zog wenigstens Pegu nach Palästina, zusammen mit seiner Eva und dem Jungen. Pegu kann man sich zum Vorbild nehmen, ewig kritisch, auch selbstkritisch, und nie überheblich. Über die

Gemütlichkeit des Heiligen Landes und die Herzlichkeit der Araber mache er sich keine Illusionen, hat er uns vor seiner Emigration noch erklärt, er habe die Bibel ja gelesen. Daran wenigstens erinnere ich mich noch. Auch Herbert Goldstein dürfte mit seiner Familie längst in Palästina sein. Wir hätten ebenfalls nach Palästina auswandern sollen. Andere Bekannte sind nach Polen gezogen. Um dort die Höfe vertriebener Menschen zu übernehmen. Auch Hans und Helle Koch sind in Polen gelandet. Frieder hat Knall auf Fall eine Französin geheiratet, Frieder und eine Französin! Aber ich darf nicht urteilen. Nicht über zwei Menschen. Die beiden haben mindestens bis zum Einmarsch der Wehrmacht in Paris gelebt. Seither habe ich nichts mehr von Frieder gehört. Und Pepo zieht jetzt durch Lettland. Mein großer Junge bei der Infanterie, furchtbar. Beruhigend weit, schön, schöner als die Vogesen oder der Schwarzwald komme die Landschaft ihm vor. Er vertraue seinem Schicksal, und bestimmt werde es nett werden. Der nichtsahnende Junge hat *nett* geschrieben. Ich kann nur für ihn beten und ihm den Beistand unseres Herrn wünschen. Verzagen Sie nicht, glauben Sie, hat Leo Landau immer aufs Neue zu mir gesagt. Wenn nur schon eine Karte von Franz Marc oder ein Brief von Mila mich aufzurichten vermöchten, dann dürfte ich von Jesus Christus unendlich mehr erwarten. Auch Pater Beatus hat mir dies versichert. Was im Namen des Vaters, des Sohnes und des Heiligen Geistes auf Erden zusammengefügt werde, das habe Bestand, über alles andere hinaus. Und Jesus Christus habe all unsere Sünden auf sich genommen, ein für alle Mal, alle Sünden zumindest der Menschen, die sich von ihm erlösen lassen wollten. Eines Tages habe ich zu wollen begonnen. Dabei haben wir schon damals in Brüssel unsere Ehe segnen lassen. Weil dies Milas Wunsch gewesen ist. Nur wir zwei und der erstbeste katholische Priester. Er war großgewachsen. Sein Gesicht kam mir wie geschnitzt vor. Und seine langen Finger schauten wie dürre, vom Wind umspielte Zweiglein aus den weiten Ärmeln und wehten im Laufe der kurzen Zeremonie mal in diese und mal in jene Richtung.

1917
Der Mensch hört das Seidenknittern nur, wenn die Libellen ihn dazu zwingen, dann, wenn sie sich zu Tausenden zusammenfinden. Wie jetzt, in diesem Sommer in Weißrussland, der so heiß, so intensiv ist, dass alles andere um einen herum verstummt. Die Schilder und Speere der Libellen funkeln. Ihr Flug ist schnell. Der mächtige Schwarm schwingt als dunkles Nebelwolkenband durch die Luft. Ab und zu wirft es sich auf die Erde, und eine zitternde, glitzernde Glasflügelgirlande überzieht Bäume, Büsche und Stauden.

Unter anderen Umständen könnte Eugen über dieses Schauspiel staunen. Doch das Staunen ist ihm längst abhandengekommen, und mit dem Staunen die Ehrfurcht, und mit der Ehrfurcht ein großes Stück Angst. Und mit dem verbleibenden kleineren Stück Angst steckt er gerade in einem der stinkenden, heimtückischen Gräben, Seite an Seite mit Männern, die ihm hier deutlicher als anderswo zeigen, dass man seine eigenen Heiligen und Gespenster züchtet.

Wann wird dies alles ein Ende haben? Auf einen Schlag in Heppenheim auftauchen, das wäre was! Frisch, frank und frei. Milas Hände ergreifen. Busselst mich nicht? Sich vergewissern. Ihr Profil. Ihr dabei zuschauen, wie sie mit leicht geöffnetem Mund und ungeduldigen Fingern einen

Umschlag aufreißt. Oder er würde sich in aller Ruhe an den Schiefertisch setzen, ein Kissen im Rücken, die Zeitung durchblättern und nebenher eine Tasse kalten Milchkaffee trinken. Nur ein paar Schritte von ihm entfernt wüsche Mila sich Haar und Achselhöhlen. Und zusammen mit dem Rosenwasserduft zöge ein Sommerlüftchen durch den Raum, welches seiner Gesundheit, der Gesundheit eines alten Kriegers, nichts anhaben könnte. Und natürlich drängten Triebe von wildem Wein und Clematis durch die aufgeklappten Oberfenster, unaufgeregt wie sonst nichts.

Dank & Nachwort

Ohne Maya Rauch (*1925 als Elisabeth Maja Esslinger in Heidelberg, †2008 in Zürich) wäre *Vierfleck oder Das Glück* nie entstanden. Bei einer zufälligen Wiederbegegnung im Sommer 2006 erzählte meine einstige Deutschlehrerin von den Briefen ihres Vaters Heinrich Zimmer (*1890 in Greifswald, †1943 in New York) an ihre Mutter Mila Esslinger-Rauch (*1886 in Linz, †1972 in Binau am Neckar), Schriftstücke, die Maya Rauch zu publizieren gedachte. Wir kamen überein, uns der Aufarbeitung dieser etwa 400 mehrheitlich undatierten, manchmal schwer lesbaren, beschädigten und häufig unvollständigen Briefe unverzüglich anzunehmen.

Nach zwei Jahren gemeinsamen Tuns starb Maya Rauch. In der Folge wurde ich damit beauftragt, ihre Hinterlassenschaft zu sichten und zu archivieren. Der Großteil der insgesamt rund 1.700 Briefe von Heinrich Zimmer an Mila Esslinger kam erst jetzt zum Vorschein, in Plastiktüten gesteckte ganze Briefe sowie unzählige lose Briefseiten. Praktisch sämtliche der bereits mit Maya Rauch besprochenen Briefteile konnte ich nach und nach ergänzen. Gegenbriefe von Mila Esslinger an Heinrich Zimmer fanden sich nur aus den 1920er Jahren. Von ihrem Ziehvater Eugen Esslinger (*1871 in München, †1944 in Fribourg) hat Maya Rauch vergleichsweise sehr wenige, aber wesentliche Papiere aufgehoben. Auch dafür danke ich ihr.

In ihrem Besitz fand sich außerdem eine schier unüberblickbare Anzahl weiterer gesammelter Dokumente, darunter Manuskriptseiten, Familienfotos, Urkunden sowie Briefe zahlreicher Verfasser an verschiedenste Adressaten, jeweils als Originale und/oder als Kopien. Die Lektüre brachte immer wieder Erstaunliches zutage, so beispielsweise Belege dafür, dass Christiane Zimmer-Hofmannsthal (*1902 als Christiane von Hofmannsthal in Wien, †1987 in New York) Mila Esslinger nach Kriegsende öfters mit CARE-Paketen und Geldüberweisungen unterstützt hat.

Im Februar 1945 war Pepo (*1926 als Ernst Michael Esslinger in Gernsheim) bei Frankfurt an der Oder gefallen. Sämtliche näheren Verwandten von Eugen Esslinger wurden Opfer des Holocaust. Keines von den Kindern Heinrich Zimmers mit seinen beiden Frauen lebt heute mehr. Zuletzt starb Hänschen, eigentlich Lukas Rauch (*1932 als Lukas Hannes Esslinger in Hagen, †2012 in Winterthur); ihm verdanke ich auch noch einige Hinweise. Nachfahren von beiden Familien leben in der Schweiz und in den Vereinigten Staaten.

Trotz der Materialfülle blieb manches ungeklärt. Doch aus dem bunten, geradezu tumultuösen Kosmos kam mir Eugen Esslinger näher und näher.

Schließlich war die Idee zum Roman da, also: Selbstbetrachtung der Dinge, Verdichten, Erfinden.

Mein letzter Dank gehört Ulrich von Bülow vom Deutschen Literaturarchiv in Marbach, sowohl für die mehrmalige freundliche Unterstützung als auch dafür, dass das Literaturarchiv den vorgenannten Nachlass aus der Hinterlassenschaft von Maya Rauch übernommen hat.

Katharina Geiser